致青春 122

他最野了

(下)

曲小蛐　著

高寶書版集團

目錄
CONTENTS

第十七章　永遠只有妳

「客人」離開後的正廳裡落針可聞。

商盛輝和駱曉君夫妻面色陰沉緊繃地坐在沙發中央；面臨審判的商彥居左，而被無辜殃及的池魚商嫻在他對面正襟危坐，瞪過來的目光凜冽，偶爾附贈白眼一枚。

被瞪的人卻毫無自覺，江如詩已經帶著蘇邈邈離開，他自然沒必要再維持沉穩的表象，況且緊繃了一整晚，背後的傷痛得有點麻木，他無精打采地倚在沙發上，一副隨時會睡著的模樣。

軍旅出身的商盛輝，最看不慣小兒子這副憊懶模樣。再想到幾分鐘前，在側廳裡，商彥被當場抓包，卻第一時間背過身，保護懷裡女孩的模樣，商盛輝臉色更沉了。

「你和蘇家的那個小孫女，到底是什麼關係？」

商彥抬了抬眼皮，懶洋洋的：「……同學。」

「你當我們很好騙是吧！」商盛輝聽出他的敷衍，更是惱怒。

商彥嗤地輕笑一聲，「您對我的答案不滿意？」他眼皮一撩，身體前傾，手肘撐到膝蓋上。那張清雋冷白的俊臉上露出懶散的笑，「那也沒辦法，學校不准學生談戀愛，我不在乎閒言閒語，但她不行——所以我們是同學。」

商盛輝劍眉一豎：「什麼同學關係，能像你們剛剛……剛剛那副模樣？」

「剛剛？」男生漆黑的眼裡，微光蕩漾，隨即他垂下眸，咬著唇內側卻依然壓抑不住笑意，「剛剛……是我欺負小孩呢，」他一頓，「您別誤會。」

商嫻終於看不下去自家弟弟笑得春心蕩漾、一臉禽獸的模樣，主動攬下責任：「父親，這件事交給我，我會好好教育他……」

「妳教育？如果妳江阿姨不帶著那女孩上門，我們還被妳和妳弟弟聯手蒙在鼓裡呢！」商盛輝正在氣頭上，自然是無差別攻擊。

「更何況，妳能教育他什麼？教育他怎樣大學一畢業就跟比自己小五歲、沒成年的小孩子談戀愛？」

「……」商嫻無言，她不該冒出頭來自己討打。

而商盛輝也被自己的話提醒，他擰著劍眉看向商彥：「那女孩，你江阿姨家的那個女孩，今年多大？」

商彥啞聲笑，舔了一下上顎，「十六，」眼神表情和語氣都帶著十分禽獸的遺憾之意，「也還未成年。」

「……」商盛輝差點氣昏，「你們姐弟倆！一起！去靜室給我跪著！面壁！」

從未見過商盛輝這般暴跳如雷，商彥和商嫻對視一眼，默不作聲地起身上樓。

商盛輝氣悶地又瞪了一眼姐弟倆消失在樓梯間的背影，才重新坐回沙發上。

旁邊始終沉默的駱曉君遞給他一杯涼茶：「房子都快被你的火氣燒掉了。」

商盛輝餘怒未消，但再怎麼無差別攻擊，也萬萬不敢對駱曉君表露半分。他口裡含著涼茶，低聲道：「我還不是被這兩個不肖兒女氣的……」

駱曉君語氣淡淡：「氣？我看你是鬆口氣吧？」

商盛輝一噎，差點被涼茶嗆到。

駱曉君淡笑道：「昨天把商彥打成那樣，他也沒解釋半個字，你昨晚不是為了這個，擔心得一夜沒睡？」

「我……我那是失眠。」商盛輝訕訕地說。

駱曉君瞥他一眼，也沒拆穿：「現在聽嫻嫻說了原因，你怎麼看？」

商盛輝沉默兩秒，把手裡的涼茶喝完，放下杯子：「商彥這個性格是從小慣壞的，做起事來天不怕地不怕，沒什麼治得了他。我是真的擔心，他以後會吃大虧……」

「我問你這件事，不是要你展望未來，轉移話題。」駱曉君淡淡地說。

商盛輝尷尬地笑，「這件事……這件事怎麼說……確實太衝動，但男孩子血氣方剛，他要是這種事都能忍，我反而會擔心他年紀輕輕城府太深。」商盛輝一頓，「而且，要是他早點說明原因，我也不會下手那麼重。」

「……」駱曉君沒什麼表情地看他。

商盛輝被看得心虛：「妳這樣看著我做什麼？」

駱曉君收回視線，淡淡道：「現在你知道你這小兒子那一身野性到底是跟誰學的了。」

商盛輝無話可說。

駱曉君嘆氣：「江山易改，本性難移。」

商盛輝不解。

駱曉君繼續嘆氣：「我父親嫌棄了你一輩子，在他面前，你就跟今晚商彥在江如詩面前一樣，恭敬沉穩，但到頭來，本性是一點未變。」

商盛輝訕訕不語。

駱曉君說完，難得地露了淡淡一點笑容：「我知道，嫻嫻也知道，他們這三個孩子裡，你最看不慣商彥，卻也最喜歡他。」

商盛輝心虛地輕咳一聲：「那是因為他年紀小……」

駱曉君輕哼一聲：「不是因為他最像你？」

「……」商盛輝不敢再接話了。

夫妻兩人之間沉默片刻，駱曉君收起笑，微微皺眉：「雖說有商驍和蘇荷的關係在，但蘇家的事情我們還是不便插手。」

「嗯。」商盛輝也皺眉，「這麼多年都沒聽說蘇家這個小孫女的消息，癥結多半還是在蘇家那位老太太身上。」

駱曉君擔心道：「只是商彥對蘇邈邈……」

「這女孩看起來是個性格柔軟的好孩子，我倒是不覺得蘇家的問題有什麼，」商盛輝猶豫，「可是她的病……」

沉默半晌，正廳裡的兩位父母不約而同地嘆了一聲，駱曉君搖頭，笑意淡而無奈：「商彥的個性，認定了就不會改，跟你一樣倔強，隨他去吧。」

三樓靜室是商家三個兒女的專用房間，他們從小到大，每每犯了什麼大錯——譬如商彥最近的行徑——基本上是一頓家法伺候，但大多數時候都是小問題，那便到靜室反省。

靜室裡沒有燈，僅有一個窄小天窗透光，面壁的位置並排著三個軟墊。

畢竟是從小到大的記憶，姐弟倆又最常光顧，推門進來，兩人也不在意室內昏暗，十分嫻熟地找到自己的那張軟墊，跪下。

跪了大約二十分鐘，商嫻起身：「我先去認錯，你等一下吧。」

「嗯。」

「……」她走到門口，停下腳步，側回頭，「一年管制。」

「？」商彥一時沒有反應過來。

「既然拿到調解書，就能為你爭取到最小罰則。」

商彥目光閃了閃，隱下眼底晦暗。

「我知道你不想用那份調解書，但邈邈的病，如果決定動手術，就必須趁成年之前。」

商彥身體一僵，他猛地轉過視線，看向商嫻：「妳查到什麼？」

「她的病、病況我都知道。」商嫻沉默幾秒，「你不希望在她做決定的時候缺席吧？」

跪在地上的男生緊緊握拳，片刻後，他慢慢轉回身，沉默地咬著牙，顴骨微微抖動。

「你自己想清楚。」商嫻走了出去。

晚於電腦組其他人，商彥在十二月下旬才回到三中。

組裡三人對這件事隻字不提，不過校方接到通知，記過在所難免，而且不知怎麼在學校裡漏了風聲，在商彥回來前，比賽打架的事情早已傳得沸沸揚揚。

商彥到校那天是週五。由於前不久文素素突然轉班，班導李師傑又因為商彥的事焦頭爛額無心處理，於是讓副班長暫代班長。

早上早自習，教室裡吵成一片，副班長喉嚨都快喊破了，也無法讓同學們安靜下來。突然，教室前門打開，一道闊別數日的身影懶懶散散地走進來，寬肩、窄腰、長腿，臉龐清瘦雋秀，無精打采。

全班驀地一驚，最吵的那幾個也像是被人掐住脖子一樣，瞬間消音。

整間教室安靜下來，無數雙大眼小眼，一起盯在進門那人的身上。

商彥昨天拿到審判書，被商盛輝耳提面命地斥責了大半個晚上，凌晨才趕搭飛機回來。到了機場，又一路顛簸回家，幾乎沒睡，現在一臉睏倦。但即便如此，那無法忽視的注目禮還是讓他腳步一停。

「……」眼皮慵懶地一抬，漆黑的眼神沒有聚焦，掃了教室半圈。男生薄唇輕扯，嗓音沙啞裡透著涼意，「早自習課文在我臉上？」

「！」全班瞬間回神，又一起低下頭，沒多久，朗朗讀書聲充斥教室的每一個角落。

喉嚨差點喊破的副班長訕訕地看了商彥一眼，心想他這個臨時班長應該退位讓「賢」，可惜話在肚子裡憋了半天卻沒膽子說出口，只能撐起笑臉朝商彥僵硬地點頭，算是打過招呼，然後溜下講臺。

商彥走到座位旁，坐在內側的女孩直勾勾地看著他，眼眶還有點泛紅。

商彥熬了一夜的太陽穴突突地連跳兩下，他無奈地垂手捏住女孩鼻尖：「妳要是敢哭，我現在就跟妳一起哭……妳信不信？」

蘇邈邈噎了一下，心裡難受的情緒被笑意沖散。

商彥鬆了口氣，坐下來，他拉開背包拉鍊，拿出裡面淺灰色的保溫杯，修長指節握著杯身，往女孩面前一擺，似笑非笑地低聲說：「三分之二杯。」

蘇邈邈本想詢問他情況，卻愣在保溫杯前，一句話也說不出。

「回去以後，每天保溫杯只裝三分之二。」

蘇邈邈眨了眨眼。商嫻跟她通過電話，所以她知道他為訴訟判決的事忙碌了好幾天，也知道他昨晚一夜沒睡，今早六點半才回到C城機場……發生了那麼多事，他的壓力比誰都大，也比誰都累……

她不敢相信，這個人是把她看得多麼、多麼重要，才會為她做了這麼多、犧牲了這麼多以後，仍把這樣一件小事放在心上。

蘇邈邈的眼眶瞬間溼潤起來，她輕憋住氣，伸手用力抱過杯子，側過身：「……你吃早飯了嗎？」女孩的聲音在朗朗讀書聲裡顯得低軟發悶。

「沒。」耳邊讀書聲遮掩下，商彥並未察覺其中情緒，他睏得意識不清，塞好背包便趴在桌上，「我先睡一下……記得喝完，乖。」

尾音漸漸變低，裹上疲倦的睡意，最後消弭無蹤。

蘇邈邈側過頭，被眼淚模糊的視線裡，男生閉著眼，凌厲漂亮的五官線條，細長的眼睫下是淡淡的黑眼圈，看起來疲累不堪，也看得她心口悶痛。

女孩最後轉回去，壓下眼底潮溼的情緒，伸出手指尖，輕輕點著杯身。

「商彥……」她把聲音壓到最低最低，淹沒在朗讀聲裡，連自己都聽不清，「你真的病得不輕。」

當天放學後，商彥和蘇邈邈照舊去科技大樓的電腦培訓組辦公室。

一推開門，蘇邈邈就感覺到辦公室裡格外沉悶的氣氛。她心下一懍，抬頭看過去，正好撞上辦公桌後黃旗晟難看的臉色，而旁邊，提前過來的欒文澤和吳泓博同樣神情晦暗。

見兩人進來，黃旗晟表情動了動，嘆了一聲：「商彥，蘇邈邈，你們過來，把門關上。」

蘇邈邈不安地看向商彥，商彥卻不意外，聞言神情也沒什麼變化，隨手關上門，安撫地看向女孩：「沒事。走吧。」

辦公室裡很安靜，黃旗晟自然也聽見商彥的話，他皺起眉，有些失望地看著他：「商彥，你知道這次的事情學校會做出什麼處置嗎？」

商彥為蘇邈邈拉過椅子，聞言眼皮都沒抬，語氣也淡：「取消所有保送和自主招生資格，電腦組也將我除名？」

黃旗晟皺眉：「你覺得無所謂？」

商彥抬眼：「如果老師是擔心組裡其他人，那就算我被除名，之後也會過來，您就當作是找了個免費顧問吧。」

黃旗晟心腸最軟，此時卻也氣結：「那你呢？你自己怎麼辦？你那麼好的前途……就毀在這件事上，你也甘心？」

商彥伸手，把想站起身的女孩壓回去，同時俯下身，半撐著女孩的椅背，臉上笑色漫不經心，又帶點恃才傲物的不馴。

「黃老師，我的前途只在我一個人手裡，沒有什麼事能毀了它。」他輕笑，聲音放低，似乎也在對椅子上的女孩承諾，「後年七月，等我家小孩十八歲成年禮，我會把理科榜首送給她當禮物。」

想到前不久期中考，商彥引起全校關注的成績，黃旗晟不禁啞然。就連一旁的欒文澤和吳泓博，看過來的目光也迅速從擔憂遺憾轉為憤懣與除之而後快。

唯獨蘇邈邈沉默幾秒，低聲道：「理科榜首？」

「嗯。」商彥笑著垂眼。

蘇邈邈語氣淡淡：「就憑你那還差一分才能及格的語文嗎？」

商彥不禁語塞。

蘇邈邈主動站起身，拎起背包，嬌俏豔麗的小臉繃得面無表情：「黃老師，如果沒有其他事情，我就先帶商彥去輔導語文了。」

黃旗晟第一次見這個女孩強硬的模樣，一時愣在那裡，不自覺地點頭：「哦，好……你們去吧。」

「謝謝老師。」蘇邈邈朝黃旗晟禮貌地躬身，然後她繃著臉轉頭拉住身後男生的衣角，就往小房間走去。

不等門外三人反應過來，「啪嗒」一聲，房間的門關上，接著「喀嚓」一聲，直接上鎖。

師生三人目瞪口呆，半晌後，黃旗晟回過神，疑惑不解地問吳泓博和欒文澤：「他們師徒兩個，一直都是這種相處模式？」

「……」吳泓博和欒文澤無奈地對視一眼。

趁黃旗晟不注意，吳泓博小聲跟欒文澤碎念：「相處模式決定家庭地位，我看彥爹是白白在三中猖狂那麼久了，小蘇吃他吃得死死。」

而此時，小房間裡，蘇邈邈拉著商彥在桌前坐下，將背包裡所有與語文相關的筆記與講義全部拿出來。一看就是有備而來，厚厚的一疊擺商彥面前，讓人頭昏眼花。

蘇邈邈細數：「這是我跟廖學霸借的高一課堂筆記、讀書筆記、優秀作文賞析……」

還沒數完，女孩放在背包夾層的手機震動起來。蘇邈邈話音一停，微微皺眉，拿出手機一看，來電顯示只有一個字母：Z。

「……」蘇邈邈似乎想到什麼，臉色微微一白。

「誰的電話，怎麼不接？」商彥看著那個神祕兮兮的Z，微瞇起眼。

蘇邈邈猶豫了一下，便要起身。這個舉動挑起商彥那根名為「占有欲」的敏感神經。他伸手把人攔住，直接將女孩困在旋轉椅、書桌和自己之間：「我也要聽。」

蘇邈邈沉默幾秒，只得慢吞吞地接起電話。

『邈邈？』電話那頭響起一個熟悉的女聲。

商彥噎了一下，來電的不是別人，正是蘇邈邈的母親，江如詩。

「……」他不自在地輕咳一聲，稍稍退開身。

蘇邈邈低下眼，聲音安靜：「……是我。」

『我看已經是放學時間，所以打電話給妳，沒有吵到妳吧？』

「沒。」

『嗯，那就好。』江如詩沉默兩秒，小心地問，『上次媽媽跟妳說的手術，妳考慮得怎麼樣了？』

「……」蘇邈邈下意識地握緊手機，同時不安地抬眼看向前面。

商彥坐在桌前，半垂著眼簾，冷白的側顏線條凌厲清雋，那雙漆黑的眼望著面前的筆記，看起來沒有什麼情緒波動……

蘇邈邈稍稍安心，握得發白的指尖慢慢鬆開，等電話那頭江如詩又追問了一遍，她才輕聲含糊地回答：「我還在想……」

『邈邈，』江如詩的語氣有些焦急，但是很快又按捺下來，她低聲勸導，『我知道這件事很難決定，但是最佳手術期一過，手術成功率會大打折扣，術後風險也會增加。』江如詩稍微放慢語速，『而且，國外專家的時間很難預約，妳早點決定，媽媽也能早一步安排手術，確保不耽誤最佳手術期。』

「我知道了。」蘇邈邈低聲回應。

江如詩輕嘆一口氣：『無論妳的決定是什麼，媽媽希望至少妳不要因為遲疑和猶豫而錯過最好的時機，好嗎？』

「……」女孩慢慢垂下眼，過了許久，她才輕輕說，「明天晚上，我會回覆您。」說完，女孩不再多言，輕道了一聲「再見」，便直接掛斷電話。

蘇邈邈將手機扣回桌面。

「怎麼了？」女孩身旁，從書本上移開視線的商彥抬頭，看似隨意地問。

「……沒什麼。」蘇邈邈垂著眼，低聲回應。

安靜片刻後，她又恢復如常，伸手去拿語文課本：「我先把今天老師講的新文言文的重點，幫你整理出來。」

商彥目光閃了閃，眸子深處晦暗，但他什麼也沒有說，視線落到課本上：「好。」

一整晚自習結束後，商彥和蘇邈邈一起離開學校，坐上黑色私家車。司機已經熟門熟路，按照慣例先驅車將蘇邈邈送回文家的別墅。

商彥送蘇邈邈下車，兩人走到別墅門外，女孩拿出背包裡的空保溫杯，遞給商彥：「……都喝完了。」女孩的聲音悶悶的。

商彥伸手接過，嘴角微勾著笑道：「乖。」

然而杯子卻在兩人之間不動，感覺女孩仍抓著杯子不放，商彥微愣，抬眸看向蘇邈邈。

女孩低垂著頭，路燈柔軟的燈光落在她的髮梢與瓷白的皮膚上，女孩低聲開口：「商彥……如果我不在了，你會不會為別人溫牛奶？」

男生垂眼看著女孩，原本清雋冷白的側顏上，細長微捲的眼睫彷彿勾著溺人的笑意，然而聽到女孩這句話後，那笑意被薄冰凝結在漆黑的眼裡。

他神色冷了下來：「什麼？」

「……沒什麼。」蘇邈邈有些後悔，她忍了一個晚上，不知道為什麼卻在最後關頭沒有管住嘴巴，將話問了出來。

大概是太想一輩子都擁有……這個「保溫杯」吧。

可妳不能那麼自私，有個聲音在女孩心底小聲地說，妳不能在自己什麼都保證不了的情況下，要求他給妳保證。

太卑鄙了啊……蘇邈邈。

女孩慢慢鬆開握著保溫杯的手指，指腹從雪白慢慢染上一點嫣色。然而指尖才剛離開灰色保溫杯，她的手腕就驀地被男生握住。

蘇邈邈一愣，抬眼。

商彥單手拿著保溫杯，另一隻手握著女孩纖細的手腕。細密的眼睫壓下來，俊美的面孔冷白而無情緒，下巴的線條也微微緊繃，透露著低氣壓的涼意。

他單手將杯子插回身後的背包裡，眼角微瞇：「妳剛剛說什麼？誰不在了？」

「……」蘇邈邈抿了抿唇，低著頭不說話。

商彥氣得撇開臉，輕嘖一聲，深呼吸兩口，才壓下燒得他胃痛的火氣，轉回來，撐著膝蓋彎下身，與女孩平視：「妳是不是想氣死師父，另投師門？」

男生臉上在笑，眼底卻無半點笑意。他已盡力壓抑，不想將自己沉寂隱忍一整晚的躁鬱不安顯露出來，儘管這些負面情緒幾乎要在他身體裡炸開，漆黑的眼裡甚至帶著煙硝。

蘇邈邈低著頭，半晌輕聲道：「對不起，我——」

「我會。」商彥打斷她的話，蘇邈邈一愣，抬起頭，男生咬牙切齒道，「我說我會。」

他一點點收緊手，把女孩的手腕握在掌心，怕一不小心鬆脫了，就再也拉不住。

「妳要是敢——」他深吸口氣，「那我以後會為別的女生溫牛奶、為別的女生輔導功課、替別的女生擋烤肉架，會在所有人面前維護她、親吻她的小腿、為她發瘋拚命……」他驀地收聲，眼裡隱隱發紅，「所以，蘇邈邈，妳敢離開試試看。」

「……」隨著他的話音，女孩的眼睛一點點睜大，最後帶著眸底氤氳的水氣，輕握指尖，烏黑的眼瞳暗淡，「那能不能……別讓她咬你。」她側過眼眸，伸手按到他的鎖骨上，聲音委屈得快要哭出來，「別讓她咬這裡……就只留著這裡可不可以……」

見蘇邈邈認真地和他討價還價，商彥生平第一次氣到快要昏厥。

他壓抑著火氣，再開口時嗓音嘶啞：「妳是來剋我的吧，蘇邈邈。」

「……」女孩茫然地看著他，烏黑的瞳仁裡滿是清亮的水色和委屈。

商彥被她這樣的眼神盯著，強撐了片刻便舉手投降，他捏住女孩的鼻尖，深沉無奈地慢慢吐出一口氣，伸手把人攏進懷裡。

「蘇邈邈妳這樣對我不公平，妳不能不讓我參與妳的決定，卻拿未定的結果懲罰我。」

蘇邈邈眨了一下眼睛：「你聽到了？」

「我又不是聾子。」商彥玩笑似的說道，但此時自己也笑不出來，他妥協，放棄，「為什麼是明天晚上決定？」

「……」蘇邈邈安靜幾秒，「我想去看一個人。」

「誰？」

「一個對我很重要的人。」

蘇邈邈有點慶幸此時被男生抱在懷裡，聽見他胸膛裡有力的心跳聲，卻看不到他的神情和反應。

這樣也好。

女孩用力地閉了閉眼，把過去說不出口的話說了出來：「是在遇見師父以前，對我最重要的人。」

「……」商彥眸光一動，過了兩秒，眼中的情緒慢慢晦暗，又過兩三秒，他慢慢開口，

「那現在呢？」
「？」女孩不解。
「現在誰是對妳最重要的人？」
「……」蘇邈邈噎了一下，難過的情緒沖散許多，她明明都說得那麼清楚了……
像是猜到女孩的心思，商彥垂下薄薄的眼皮，神色冷而淡，眼裡卻深而沉：「我語文不好，妳也知道。」
「……」
「……」
兩人靜默對峙了半晌，終於聽見女孩慢吞吞地張口：「你。」
商彥感覺自己的嘴角壓抑不住地牽起。
真是幼稚，像個要糖吃的孩子。
他在心底嘲笑自己，且任由情緒氾濫。
「那明天，妳現在最重要的人，想陪妳去看曾經對妳最重要的……那個人，」商彥眼底掠過一點凌厲，但很快便壓下去，「好不好？」
蘇邈邈這次沉默非常久。最後，在暗淡的夜色下，隨著頭頂樹梢被風輕輕撥動的聲響，女孩回道：「好。」
目送蘇邈邈走進文家別墅，商彥在原地停了一陣子。他單手插在褲子口袋，仰頭看著二樓窗戶。直到那個他進過一次、拉著窗簾的房間裡亮起醺柔的燈光，那張清雋而淡漠的側臉上，漆黑的眼眸才慢慢柔和。

又在夜色裡站了許久，商彥才慢慢踩著僵硬的腿腳，轉身往停在身後的轎車走去。

上了車，暖氣醺軟了身上每一個毛孔，凍了一整晚的心臟好像也跟著慢慢軟化，在女孩那聲繚繞不去的「你」裡，變得泥濘溺人。

「小少爺，送您回家？」

「嗯。」

司機發動引擎，轎車循著靜謐的路燈，開進無邊的夜色。

車內安靜了半晌，後照鏡裡的人閉著眼。窗外，流光溢彩的夜色在他冷白的側顏上走馬燈似的倏忽而過。

司機以為後座的男生已經睡著，卻聽他突然開口：「有個問題，我沒經驗，問你一下。」

「小少爺您說。」司機有點惶恐，正襟危坐。

「……」後座的男生慢慢張開眼，「假如隔天要見情敵，需要做些什麼準備？」

「……？」

接下來的時間，商彥用同一個問題騷擾了司機、別墅裡的陳姨、半夢半醒的薄屹、還有在國外出差的商嫻……但最終沒能得到一個有用的答案，反而還遭遇各種不同形式的嫌棄。

第二天早上，驅車去文家別墅接蘇邈邈。女孩看見商彥有些驚訝：「你昨晚沒睡好嗎？」

「……」男生冷白的皮膚上印著兩個比昨天更甚的黑眼圈，好似站著都能睡著。不過即便如此，那清雋俊美的五官也無損分毫，反而還透著點頹懶的美感。

商彥薄脣動了動，「嗯。」嗓音微啞，「思考一個哲學問題。」

一旁的司機愕然無語，連他這個知道真相的都差點信了。

不過司機只敢腹誹一下，臉上還是恭敬地為兩人拉開車門。

坐進後座，蘇邈邈跟司機道謝，報出了C城「愛心療養院」的地址。

旁邊商彥難得一愣。療養院？看來這位前任情敵，可能是和邈邈患難與共的青梅竹馬。

商彥心裡的警報瞬間升級。

蘇邈邈顯然提前知會了療養院的人，黑色轎車暢通無阻地進到療養院。

這間療養院據說是私人出資，在C城近郊占地頗廣。從療養院正門進入後，轎車沿著葉片稀疏但修葺齊整的灌木叢和矮樹林行駛，順著柏油路一直開進療養院的主建築。

司機將車停在專用停車場，蘇邈邈與商彥一起下車。

女孩對這裡似乎非常熟悉，輕車熟路地穿過停車場內圍的景區，走上那些彎彎繞繞的礫石路，就像是在自家的後花園一樣。

「我從懂事起，大多數時間都在這裡度過。」走在前面的女孩突然開口，聲音輕軟，沒有回頭，但商彥卻隱約可以想像她的神情模樣。

蘇邈邈又沉默很久，心裡千頭萬緒，最後只說了一句：「……這裡環境很好。」

商彥步伐一頓，他微微沉眸，他不願意去想，為什麼女孩只說環境，卻避而不談其他……明明在這裡度過那麼多年，應該有更多的回憶。

商彥又想到蘇邈邈剛進三中的時候，沉默寡言、安靜異常的模樣，不禁心口輕抽一下，他對這種痛楚漸漸有些麻木，只能藉由一些不著邊際的問題來轉移注意力。

商彥心底無聲嘆氣，他上前一步，走到女孩身邊，再自然不過地牽起她的手。

蘇邈邈一愣，仰起頭不解地看著他。

「牽著吧。」商彥氣定神閒，「我怕迷路。」

「……」

兩人最後進入一棟深灰色的矮樓，蘇邈邈熟門熟路地上了三樓，停在最靠近樓梯的一間辦公室前。

她頓了頓，輕吸一口氣，正準備抬手敲門，突然發現自己的左手還被某個「怕迷路」的人緊緊牽著。蘇邈邈臉一紅，連忙掙開，彷彿逃跑一般，迅速敲門走進去。

突然被「甩」的商彥不發一語，他垂下眼，面無表情地盯著自己被甩開的手。幾秒後，他輕瞇起眼，帶著十分微妙的心情，以及十分不善的眼神，跟著走進辦公室。

他目光一抬，立刻捕捉到房間裡唯一陌生的人。他整個人凝滯……對方竟是一位慈眉善目的老太太。

頭髮花白，在溫暖的室內穿著紅色的針織衫，胸口別著一枚胸針，臉上架著一副掛著兩條細鏈子的眼鏡。

老太太原本在看手裡的資料，聽見動靜，慢慢抬眼，同時摘下臉上的老花眼鏡，往他們身上望來。

一看見先進來的蘇邈邈，老太太臉上頓時露出笑容：「邈邈。」

「……」女孩似乎是哽咽了一下，在原地呆了兩秒，才語帶哭腔地跑上前，抱住起身迎接她的老太太，「院長奶奶……」

看著眼前這位「情敵」，男生的心情十分複雜。料想這個場合自己不該打擾，商彥將進門前那點情緒神態收斂得乾乾淨淨。

老太太的目光落過來，他微微躬身：「您好，我是陪邈邈來的。」

院長似乎有些意外，定睛仔細地看了看商彥，沒有急著開口。

商彥的目光落向有些不好意思的女孩：「我在門外等妳，有事叫我一聲。」

「……嗯。」女孩臉頰微紅，點了點頭。

商彥又朝老太太微微躬身，才轉身退了出去。

等房門關上，老太太拉著女孩的手，坐到旁邊的軟沙發上：「來，邈邈，跟奶奶說說，妳這段時間在學校過得怎麼樣……」

敘舊既瑣碎又冗長，但有時候也是一種享受。聽女孩眉眼彎彎地將學校裡的事情一一道來，老太太望著她的目光越發柔軟憐惜。

聽到後面，院長奶奶的臉上露出欣慰的笑意。

蘇邈邈說著說著，不經意對上院長望著她的慈和眼神，臉頰莫名地發燙：「院長奶奶……您這樣看我做什麼？」

「奶奶只是高興。」老太太輕輕拍了拍女孩的手，低下頭，似笑似嘆，「奶奶高興啊，我的小邈邈終於也開朗起來了。奶奶當初同意他們送妳去上學的決定沒錯，看妳現在笑得這麼開心，奶奶太高興了。」

「院長奶奶……」女孩的眼眶微微紅了。

「今天這麼高興，可不能掉眼淚。」老太太和善地笑，「讓奶奶猜猜，之前被我們小邈邈一直反反覆覆提起的商彥，是不是就是門外的那個男生？」

蘇邈邈沒來由地有些不好意思，輕輕點了一下頭。

院長笑了：「他對邈邈很好，對不對？」

蘇邈邈不想讓院長為自己擔心，也因為商彥的緣故，之前一直沒有提起 LanF 大賽的事情，此刻聽院長這樣問了，她用力地點頭。

「院長奶奶，」女孩的目光認真，「這個世界上，再不會有人像他對我這麼好了。」

院長微微搖頭：「邈邈是漂亮又可愛的女孩，為什麼不會？」

蘇邈邈想了一下，過幾秒，輕輕搖頭：「就算有……也不一樣。」

「……」院長望著女孩，沉默一陣，輕輕地嘆了口氣，「所以，邈邈這次是因為他才來找奶奶的，對嗎？」

蘇邈邈一頓，沒有承認也沒有否認。

「奶奶記得妳說過，不想接受手術，現在……是不是改變主意了？」

女孩低頭不語，院長也沒有說話。

時間靜靜流淌，窗外冬日的陽光透進來，恬謐而溫暖。

女孩的聲音終於再次響起，微微顫抖：「這個病，從出生就跟著我，我以為我早已不害怕了。可是奶奶，我好像錯了……如果一直一無所有，那我不會害怕……可是他給了我……他教會我很多很多情緒，我變得越來越貪戀……能觸摸到的溫度我不想讓它變涼，能抱住的人我也不想放開，我想和他一直、一直……一直在一起。」

女孩重複了許多遍，大顆的眼淚終於奪眶而出，落到地上，碎成幾瓣。

院長的眼眶也紅了，她拿過桌上的紙巾遞給女孩，心痛地安慰著：「邈邈乖，不要哭，就算是為了自己的病……記得奶奶怎麼跟妳說的嗎？要控制情緒。」

「我知道，可是我做不到。」女孩哽咽著搖頭，「我知道我應該離他遠一點……他那麼優秀、那麼完美，如果沒有我的話，他可以活得比現在更恣意、更出色……可是我做不到，奶奶，認識他以前我不知道自己這麼自私……我不想死，我想和他在一起，我只想要他一個人……其他、其他的我都不要了……」

蘇邈邈哭得聲音都啞了，說到後面彷彿想跟命運之神交易似的，她把自己擁有的一切、曾經奢求的一切、所有所有的一切全都押上去。

她什麼都不要了，她只要那一個人、只求那一個人就夠了。

門外的商彥靠在走廊牆上假寐，他最近幾天實在太累，訴訟判決的事情害得他幾天沒怎麼休息，昨晚江如詩那通電話，更是讓他失眠大半夜。此時他睏倦至極，一面牆，還有半牆陽光，他就能沉沉睡去。

院長送蘇邈邈從辦公室出來，看見的便是男生倚在牆角熟睡，門邊幾個女孩子湊在一起，興奮地低聲說著什麼。

「院長奶奶。」幾個女孩子見到院長出來，開心又小心地跑上前，「那個哥哥是什麼人啊？他長得好帥！」

院長應付完幾個小孩，笑著對蘇邈邈說：「聽到了嗎？邈邈要趕快好起來，才能應付得了這麼多想跟妳搶師父的孩子呢。」

「嗯。」蘇邈邈此時情緒已經平復，聞言笑起來，低應了一聲。

院長又道：「不過，站著都能睡著，可見他有多累，他對妳好，妳也不能這樣欺負人啊，邈邈。」

「不是我要他來，是他自己一定要來的……」蘇邈邈小聲說。

倚在牆角的人耳朵動了動，似乎是聽到熟悉的聲音，那薄薄的眼皮一抬，還有點渙散的眸子很快聚焦到女孩身上。

他意識還未集中，就本能地皺了眉：「……妳是不是哭過？」

蘇邈邈一呆，她明明出來前還特意照過鏡子，確定看不出來哭過。

女孩疑惑地看向旁邊的院長，院長奶奶笑望著面前兩個年輕孩子，眼睛都彎成了月牙。

她低聲對女孩說：「要習慣，有些人太關心妳，身上就像裝了雷達一樣，妳一點情緒變化都逃不過他的眼睛。」

蘇邈邈臉頰微微紅了起來。

商彥此時已經完全清醒，終於想起旁邊這位看起來 boss 級的人物是院長奶奶，那點因為他家小孩哭過而翻湧起來的乖戾情緒，很快便壓了下去。

「走吧，我送你們下樓。」

「謝謝院長奶奶。」

「妳這孩子，還學會跟我客氣了？」

「……」

三人來到樓下，往停車場走去，正好經過一個小廣場，幾個年輕男孩吵鬧的聲音遠遠近近地傳來。

蘇邈邈微皺起眉：「這是……？」

院長嘆氣：「最近從市立醫院轉來幾個骨折的孩子，說這邊環境好，來這裡休養……我聽登記的醫護說，這幾個男生是七中九中兩所學校的，因為糾眾打架，才搞到骨折。」

蘇邈邈聽得驚訝不已，往小廣場看了一眼。見幾個男生身上綁著繃帶，嘻嘻哈哈地往這邊走。

院長奶奶還在一旁交代：「邈邈，妳身體不好，要離這種打架的男孩子遠一點啊。」

「……」蘇邈邈莫名有些心虛，往旁邊瞄了一眼。

旁邊那人倒是心安理得，走得氣定神閒，看起來什麼事都沒有。

不過女孩這個小動作被院長察覺，院長遲疑了一下，看向商彥：「你叫商彥是吧？你覺得我說得對嗎？」

商彥回眸，義正詞嚴：「當然，必須離他們遠點。」

院長很喜歡這種文文靜靜的男孩子，滿意地點頭。

三人繼續往前走，恰好迎面遇上那幾個綁著繃帶的男生，其中為首的那個吊兒郎當，目光不經意一抬，突然身體頓住，接著臉一抖：「臥槽！這不是三中那個——」

其餘幾人目光也看過來，跟著驚了：「三中商閻羅！」

狹路相逢，空氣詭異地沉寂了幾秒。幾個手臂腿上綁著繃帶的男生突然在陽光下打了個冷顫，一個個低眉順目，齊聲喊：「彥哥好！」

院長不明所以。

「……」商彥面無表情，「你們認錯人了。」

週一，高二一班的氣氛似乎格外熱絡，蘇邈邈一進教室就有所察覺，邊放下書包邊忍不住回頭掃了一眼。

後座的齊文悅正一臉興奮地與廖蘭馨說話，廖學霸自然還是那副冷冷淡淡的模樣，不知道聽到哪一句，她有點嘲諷地撇了撇嘴角。

「不可能。」

「——怎麼不可能，我覺得他們說得滿有道理！」

齊文悅注意到蘇邈邈，不由興奮地說：「邈邈，妳幫忙評評理，妳覺得我們誰可信？」

蘇邈邈聽得一頭霧水：「什麼可信？」

齊文悅驚訝地瞪大眼睛：「妳沒聽說？」

「？」

「我從校門口走到教室，這一路上不知道聽見多少人討論！後天不是元旦嗎？大家都在說明後天可能會連放兩天假呢！」

廖蘭馨頭也不抬地補了一句：「我說她在做夢，她不相信。」

「……」齊文悅不管，「我不信，我不聽！邈邈妳說，是不是很可能放兩天假？」

「……」

齊文悅半天沒有等到回應，轉過頭，發現面前的女孩似乎有點走神，不知道在想什麼。

「邈邈？」齊文悅好奇地伸出手，在女孩眼前晃了晃，「在想什麼，這麼專心？」

「……啊。」蘇邈邈回過神，抱歉地笑笑，「沒什麼，我只是忘了快要元旦。」

「……」齊文悅痛心疾首，「作為一個學生，一年就那麼幾個放假的日子，妳竟然還能忘記？妳太不稱職了。」

蘇邈邈訕訕地笑笑。

廖蘭馨在旁邊涼颼颼地潑冷水：「妳以為別人跟妳一樣，上學就是為了等放假嗎？」

「……」總結陳詞很有道理，齊文悅無法反駁。

在後座兩人的辯論聲裡，蘇邈邈苦笑著轉回頭，她有些恍惚地望了一眼教室前方的時鐘。

元旦啊，不知道他……

蘇邈邈還來不及收回目光，就突然瞥見教室前方走進來的身影。

修長，懶散。

儘管那人步伐輕得可以忽略，但教室裡依然有人發現他的身影，沉默迅速在整個教室蔓延，並成功吞噬最後一點喧鬧。

自上週他回學校以來，流言蜚語就不曾停歇，不過此時商彥已經習慣，四周的安靜甚至絲毫不影響他的步伐，他徑直走到座位旁，全程連眼皮都沒抬一下。

「早安，小孩。」才剛坐下，男生就再自然不過地朝她低語，同時把保溫杯遞過來。

「……謝謝師父。」蘇邈邈伸手接過，抱進懷裡，杯身上好像還殘留著另一個人的體溫。她垂下眼，沉默兩秒，鼓足勇氣，終於將醞釀一早上的話說出口，「師父，我準備……接受手術了。」

「……」男生放背包的動作驀地一停，大約過了五秒，便恢復正常。

從蘇邈邈的角度偷偷望過去，那人的側顏線條還是一樣清俊凌厲，找不出一點瑕疵。如果不是這詭異的沉默，蘇邈邈幾乎要被他的表情蒙蔽，以為自己剛剛說的事情，對這個人沒有什麼影響。

蘇邈邈小心屏著氣，她有點不敢說話，也不敢追問。

過了不知道幾分鐘，教室裡再度喧譁起來，蘇邈邈終於聽見那個輕質好聽的男聲開口：

「去國外？」

「嗯。」蘇邈邈眼神微暗，點點頭。「她為我找了支架手術領域的專家。」

「……去多久？」

蘇邈邈停了一下，片刻後，她輕聲說：「不知道。因為要等待預約和做術前準備……手術後可能還需要長時間的恢復期和觀察期……所以具體時間，很難說。」

商彥眼簾一壓，將漆黑的眸子裡深深淺淺起起伏伏的情緒全數鎮壓。

他的喉結輕滾：「什麼時候走？」

「她希望盡快。」

「盡快？」

「……她明天會到C城。」

「……」

空氣凝滯，沉默讓時間流動得近乎緩慢。不知道又過了多久，蘇邈邈聽見身旁的男生低沉道：「嗯，既然已經決定了，那就去吧。」

「……」

那聲音聽起來平靜，語氣也波瀾不興。蘇邈邈還未說出口的幾句話，就這樣不上不下地堵在喉嚨。

最後，她還是沉默地低下頭。

齊文悅的兩天假期美夢，最終還是破滅了。關於元旦前一天的安排，學校很明確地表示一切照常，最多允許當天下午及晚上，各班在教室內舉行小型的元旦晚會活動。

沒能放假兩天自然讓學生們有點失望，不過小型晚會也是聊勝於無。週一一整天和週二上午，全班都在討論該準備什麼點心飲料和餘興節目。

到了下午第一和第二節課，學生們的心早已不在課堂上。第二節是英語課，老師也看出沒幾個學生有心聽講，索性大手一揮，提前下課。

班上由臨時班長指揮，將所有課桌並排，繞著整個教室排成ㄩ字型，之前用班費以及班導「贊助費」買來的零食飲料也一一擺好。

女生們負責在教室牆上貼彩帶氣球，男生們則負責把多餘的課桌以及書本重物，放到教室外面的長廊上。

蘇邈邈和齊文悅、廖蘭馨同組，負責布置他們座位旁的牆壁，正好是教室對外的窗戶。

蘇邈邈小心翼翼地踩著板凳、課桌，一步一步爬上窗臺。窗臺很寬，有三四十公分左右，但窗戶外面就是外牆，距離地面有幾層樓高。儘管窗戶關著，看起來還是格外讓人腿軟。

齊文悅見蘇邈邈緊張兮兮的模樣，扶著窗框笑得前仰後合。

「邈邈，妳有懼高症嗎？關著窗戶還這麼害怕？」

「……」蘇邈邈羞得臉色微紅。

齊文悅自告奮勇：「乾脆妳的部分我來貼好了。」

蘇邈邈搖頭：「沒關係，我不往下看就好了。」

蘇邈邈站在窗臺上，蹲下身想去拿旁邊的氣球，突然有人靠了過來。

商彥拿起氣球，遞給蘇邈邈，然後他單手一撐，坐到窗臺上。在女孩呆愣的目光下，男生抱著手臂，直接倚上窗玻璃，擋在女孩與窗戶之間。

蘇邈邈的臉色嚇得一白，她連忙蹲下身放低重心，伸手去推商彥：「你不要坐在這裡。」

商彥不在意地笑：「我幫妳遞東西，妳貼。」

蘇邈邈愣住，旁邊的齊文悅忍不住取笑兩人：「哎，彥哥，我們女生的工作，男生不能參與。」

「不行。」商彥一副痞子的模樣，薄唇微勾，似笑非笑，「沒看到我家小孩害怕嗎？窗邊多危險，我得陪著她。」

蘇邈邈回神，皺起細細的眉：「知道危險你還靠在玻璃上。」

商彥漫不經心地「嗯」了一聲，低頭整理旁邊的彩帶，聲音懶洋洋的，聽起來有點耍賴。

「……萬一妳掉下去，我也能在下面當妳的肉墊。」他聲音不高，只有這方寸之間能夠聽見。

於是，哄鬧的教室裡，唯獨這個角落，蘇邈邈和旁邊的齊文悅、廖蘭馨都愣了一下，看向商彥。

男生眼皮都沒抬，神態慵懶，陽光從他背後斜射下來，將那張清雋凌厲的側顏藏在陰翳裡。沒什麼表情，有點淡漠無謂。

齊文悅心裡莫名發涼，她乾笑一聲，試圖緩和氣氛：「彥哥，你這玩笑開得……我都不想站這裡了，可沒人當我的肉墊啊。」

商彥不作聲，只有那修長白皙的指節在彩帶上頓了頓，片刻後，他仰頭看向站在窗臺上的女孩，嘴角輕勾，似笑非笑：「我像在開玩笑嗎，小孩？」

蘇邈邈身體一僵，望向她的那雙漆黑眸子裡，一點笑意也無，只有深沉、陰翳、光都無法照入或者穿透的沉沉黑色。

蘇邈邈心裡突然很慌，一陣說不出來由、突如其來的恐懼。而這恐懼的根源，甚至不在她自己身上，而在面前這個男生身上。

不等蘇邈邈反應過來，教室前面突然傳來叩門聲：「彥哥，有人找你！」打破了角落四人之間的尷尬氣氛。

商彥微微皺眉，斜看過去，三個女生站在教室門外，旁邊還有一堆擠眉弄眼的一班男生。其中為首的女生手裡似乎捏著什麼東西，臉色漲紅又緊張不安，她身後兩個女生大概是來加油打氣的，正附在她耳邊說話。

來意為何，明眼人一看便知，也因為如此，高二一班原本鬧哄哄的教室裡突然安靜下來。許多看熱鬧的目光紛紛投向商彥，在這玩樂放縱的節日裡，他們一點都不介意再多個助興的「小插曲」。

顯然商彥沒有那個興致，他眼神懶懶一掃，收回目光，勾了勾搭在窗臺邊緣的一雙長腿，捏著彩帶往上遞。

「腿斷了，出不去。」仍是懶洋洋又沒心沒肺的語調。

高二一班的學生們發出失望的嘆息，然而令他們意外的是，門外這個看起來很羞澀的女孩居然格外大膽。

她鼓足勇氣抬起頭：「商彥，我是高三的虞佳憶。我知道你不認識我，不過沒關係……我這學期期末就要回家鄉參加考試了，在這之前，有些話我想告訴你……不管別人怎麼說、怎麼嘲笑我，人生就這麼一次……我不想留下遺憾。」

隨著女生的話音，高二一班的那些哄笑聲漸漸安靜下來，他們能感受到真心，而真心最容易打動人……讓這幫只想看熱鬧的學生們都忍不住沉默。

有人看向商彥，期待在他臉上看出什麼情緒，然而沒有。

「商彥，我喜歡你兩年了！」女孩臉色漲紅，鼓足勇氣喊出來。

教室裡沉寂片刻，一個清朗慵懶的嗓音響起，聽不出與平時有何不同，沒有半點起伏：

「唔，謝謝。不過我拒絕。」

乾淨俐落，一點委婉和遲疑都沒有。

學生們發出失望的噓聲，看著門外的女生紅著眼睛離開，有人忍不住偷偷用譴責的目光看向商彥。

「夠狠啊。」

「我都差點被打動了哎，彥哥竟然無動於衷。」

「哪怕出去說說話也好啊……竟然連動都沒動。」

「得了吧，別說動了，彥哥從頭到尾，完全不受影響，遞彩帶的速度都沒變。」

「鐵石心腸啊……」

「所以妳們也別做夢了，彥哥不會喜歡凡人的。」

「……」

最後一句眾人深以為然，結束討論，紛紛散開。

蘇邈邈的彩帶很快貼完，她從窗臺上下來，商彥似乎也結束了「萬一有意外可以當肉墊」的任務，一言不發地走出教室，繼續和男生們一起整理桌椅。

蘇邈邈神色複雜地坐到椅子上，沒幾秒，廖蘭馨和齊文悅就一左一右地把她圍住。

「妳和彥哥是怎麼回事？這氣氛也太嚇人了。剛剛我還以為彥哥要抱著妳殉情呢。」

齊文悅自然是開玩笑，但蘇邈邈卻一點都開心不起來。相反的，她鼻子有點發酸。

女孩慢慢趴下，把臉埋進手臂，低聲說：「齊齊，廖廖……我可能要走了……」

空氣一滯，幾秒後，齊文悅和廖蘭馨反應過來，震驚地對視一眼。

齊文悅叫道：「妳要走？妳要走去哪裡？妳真的不要彥哥了？」

「我要去國外動手術。」女孩悶軟的聲音從手臂間傳出，「我不知道……不知道自己回不回得來。」

兩人啞然，就好像把一團棉花塞進喉嚨裡，齊文悅和廖蘭馨突然明白女孩為什麼不肯看著她們說話；也突然明白，之前坐在窗臺上，男生仰頭望著女孩，眼底那深得讓人心裡發涼的幽暗，到底醞釀或壓抑著怎樣洶湧而複雜的情緒。

齊文悅眼眶也有點紅了，「別胡說！」她轉開頭，故作強硬，「班上這幫傻子什麼都不知道，但我和廖廖知道，我們還等著大學畢業以後喝妳和彥哥的喜酒呢！妳看，彥哥那火爆脾氣，在學校裡還那麼搶手，妳要是不回來……以後上了大學，遇上一幫瘋狂的學姐，更會把彥哥吃乾抹淨！」

廖蘭馨連忙伸手阻止齊文悅，卻已經來不及。齊文悅自己也意會過來，有點後悔，蘇邈邈此刻情緒低落，顯然跟剛剛那女生的告白大有關係，她竟因為太過震驚而忽略了。

「……邈邈，我開玩笑的！彥哥對妳有多專一，沒人比我和廖廖更了解，所以妳——」

齊文悅話未說完，女孩突然直起身，眼眶果然有些泛紅，但烏黑溼漉的眼瞳裡，更多的是毅然決然的篤定。

齊文悅愣了一下，感覺蘇邈邈心裡有什麼可怕的小惡魔被自己激發出來。

不等她釐清楚，就聽女孩輕聲道：「那個女生說得對，我也不想留下遺憾。我要跟師父告白！」

齊文悅一臉驚呆。

下午第四節課原本是自習課，今天則改為各班元旦晚會開始的時間。

門窗關上，窗簾拉攏，燈打開，投影機準備好，擴音器開到最大……

滿教室的氣球彩帶，歡聲笑語，各式各樣搞笑無厘頭的節目，惡趣味搞怪的活動或者獎懲輪番上演……

學生們玩瘋了。

七點，班導們按照學校要求在教室門外巡視各班「慘狀」，不意外地看到一地接一地的狼藉，一屋接一屋的小瘋子。

唯獨高二一班安安靜靜，不過是被迫安靜。

玩樂一晚上，心情複雜又興奮地瘋了半天的齊文悅站在講臺上。多媒體投影機把她的身影拉成長長一道，投在雪白螢幕上，看起來格外嚇人。

不過學生們絲毫沒有注意，都還沉浸在前一個班級自創的短劇表演裡，笑得前仰後合，一個個坐在位子上抱著肚子。

「我講一個嚴肅的問題！」齊文悅學著班導，拿板擦敲了敲黑板。

臺下學生們笑得更大聲了。

齊文悅繃著臉，不受影響，不為所動：「既然是元旦晚會，玩這些小家子氣的遊戲有什麼意思，要玩就玩刺激一點的。」

班上一默，下一秒，歡呼聲響起。

齊文悅裝模作樣地伸手在空中壓一壓：「肅靜，肅靜。這個刺激的遊戲其實很簡單，就是真心話大冒險。」

原本翹首期盼的學生們一聽，頓時發出失望的噓聲，這個遊戲早就玩爛了。

齊文悅仍舊一本正經，「不過這一次，不是當作懲罰，而是單純的真心話大冒險。」她一頓，「大家在一起也一年半了，高中三年咻一下過去，明年這個時候……就像隔壁高三的大樓，大家安安靜靜，可能也樂不起來。所以有些事情不如現在說出來，就跟今天那個學姐一樣，我們不要留下遺憾！」

教室裡的噓聲慢慢停了，齊文悅的話多多少少勾起學生的共鳴。班上學生你看我、我看你，偶爾目光正好對上，也有的只看到側臉或者後腦杓。

齊文悅看向教室第一排靠窗的座位，女孩垂下眼，旁邊的男生漫不經心地笑著，似乎在和她說話，又似乎只是專注地看著她。

齊文悅深吸了一口氣：「來吧！想說的人站到講臺上，對著全班，可以不指名道姓，不管是笑是罵，就看那個人懂不懂你在說誰！」

齊文悅說完，重重把手裡的板擦拍上講臺桌面。

高二一班轟一聲，淹沒在聲浪裡。而商彥彷彿早有預料，先一步俯身過去，摀住女孩的雙耳，把人扣進懷裡。

在無邊的吵鬧與喧囂聲中，蘇邈邈只聽見一個心跳聲。

等四周慢慢安靜下來，學生們互相望了望，卻都遲疑不前。

商彥稍微放心，鬆了手，低下眼問：「小孩，沒事吧……」

他話音未落，瞳孔輕縮，安靜的教室裡，他面前的女孩站起身，一步一步走上講臺。

全班都愣住了，變得格外沉寂，所有人目光一動不動，全盯在蘇邈邈身上。

「這是我第一次面對這麼多人……」女孩抬頭，聲音很輕，卻很動聽，空靈而安靜。

在同學們的注視下，她輕輕笑了一下，原本就漂亮的臉蛋，更讓人移不開視線。

「我有點意外……我以為我會很緊張、很緊張，但現在，心情好像比想像中平靜很多。在進入三中之前，我無法想像自己會這麼做……我曾經努力低下頭，努力把自己縮到最小，努力不被任何人注意到……我以為不被注意就不會被傷害，我逃避一切，因為我自己都認為自己不正常……直到我遇見一個人。」

她一停，烏黑的瞳仁裡情緒沉澱：「那個人教會我什麼是喜怒哀樂，他讓我知道我沒有錯、我不是活該被討厭，他告訴我要想讓別人正視我，我要先學會正視自己，他打開我完全封閉的世界……帶我走過黑暗裡所有的崎嶇。」

蘇邈邈的目光落向商彥，而班上同學早有所感，目光跟著看過去。

蘇邈邈轉頭面對男生：「我終於學會正視自己，我不再害怕別人的目光，我不再渴望被喜歡，我擁有了唯一、但已經足夠的溫暖。我想告訴那個人……我一定要說出口的話。」

她輕吸一口氣，慢慢吐出來：「商彥，我——」

「咳。」一聲輕咳，打斷了女孩鼓足勇氣的告白。

班上屏息的學生一噎，差點翻白眼。他們四下怒視，看是誰這麼白目打斷告白，最後卻驚訝地聚焦在商彥身上。

「……小孩，下來。」

男生的聲音在安靜的教室裡格外清朗，帶著微微低沉的磁性。那雙黑眸一瞬不瞬，烏沉沉地盯著一個方向。

被打斷的蘇邈邈愣住了，其餘學生也震驚不解地望著商彥。女孩烏黑的瞳仁裡泛起水光，帶著倔強而茫然的情緒。

「我想說完。」她聲音輕軟，讓人不忍拒絕。

但在眾人的視線下，商彥眉尾一挑，毫無轉圜餘地地搖頭。

「不行。」他伸出手，「聽師父的話，下來。」

學生們終於壓抑不住，紛紛低聲議論起來。

「這算什麼……」

「好慘啊，高三那個女生至少把話說完了，這個是連話都不讓她說完嗎？」

「我還以為商彥喜歡蘇邈邈呢，難道是我搞錯？」

「啊？你真的這麼想？我覺得不是吧。商彥也就是多關照她一點，帶個牛奶什麼的，應該只是師徒關係。」

「可你什麼時候見商彥對哪個女生這麼好過？」

「徒弟嘛……看起來又漂亮可憐，作為師父想照顧一下也正常？」

「難道是——因為蘇邈邈的病？」

「臥槽，有可能。」

「我們怎麼把這個忘了。」

「那確實有點難接受。不過之前看商彥不當一回事，我還以為他不在意⋯⋯」

「先天性心臟病吆，死亡率⋯⋯咳，怎麼可能不在意。」

「⋯⋯」

在那些議論聲裡，女孩執著又茫然地站在講臺上，目光一動不動地盯著商彥。如今她已不會再被流言蜚語所傷，但她不懂，為什麼此時卻是商彥把刀尖抵到她的心口。

女孩眼裡水霧漫開，她輕咬住下唇，一步步從講臺上走下來。她低頭走過商彥身旁，回到座位，看都沒看那隻朝她伸出來的手。

教室裡氣氛沉默而尷尬，有學生連忙救場，玩鬧地上講臺去發表私人愛恨，活絡氣氛。

女孩視野模糊起來，委屈的情緒把她的理智和勇氣都淹沒了。

直到耳邊傳來一聲低嘆，有點無奈，更多的卻是繾綣縱容。

「為什麼不能忍一下？」

「⋯⋯」這句話，終於把女孩從那有點窒息的氣悶裡拯救出來。

蘇邈邈咬緊唇瓣，她不想說話，也不想流眼淚，更不想讓對方看見自己此時壓抑不住的狼狽情緒。

可是那人卻像是無所不知似的，他伸手過來，輕捏住她的鼻尖，嘆氣道：「小孩，妳這不是要跟我告白，而是要我的命吧。」

「⋯⋯」聽他戳破，蘇邈邈終於有些忍不住了，她拍開面前的手，用力有些過猛，「啪」的一聲，那冷白的皮膚上很快起了印紅。

蘇邈邈一僵，有點心痛又惱然，她仰頭看向面前的男生：「我沒有要你保證什麼，我只是……只是有話想對你說。」

「我知道。」那人低垂著眉眼，瞳裡溫柔溺人。

「我沒有想要綁住你，你不需要擔心。」

「我知道。」

「我只是需要說出來，不需要一個結果或者答案。」

「我知道。」

「……你不知道！」女孩終於爆發，她驀地握緊雙手，指尖緊緊刺進掌心，委屈的眼淚終於漫進眼底，「你不知道我鼓起多大的勇氣，才敢站上臺！」

講臺上，正在開玩笑的人被這突如其來的聲音嚇了一跳。教室裡再次沉寂，同學們尷尬地看向這個角落。

負責主持晚會的臨時班長看不下去，打圓場道：「那個……沒有人要說了吧，沒有就差不多結束吧，幾點了？我看可以準備──」

「……我知道。」低沉溫和的男聲響起，不高不低，卻穩穩壓住臨時班長的話音。

商彥側身，坐到桌上，垂眼望著女孩，眸裡漆黑繾綣：「誰說沒有了。」

「……啊？」班長愣了一下才反應過來商彥是接自己的話。

商彥目光低垂，頭也不抬，只看著女孩，他低聲笑：「我不算人嗎？」

「……！」學生們突然意會過來，一起屏住呼吸。

蘇邈邈也愣住了。她仰頭看向商彥，剛要起身，就見面前的人跳下桌面，傾身向前，線條修長有力的手臂懶散地往她身體兩側一壓，把女孩困在課桌與自己的胸膛之間。

薄薄的唇角輕扯，勾起一點很淡的弧度：「我都知道，可是這種事，會決定以後的家庭地位。誰先告白，誰就慘了，怎麼能讓妳先？」

「家庭……家庭地位？」女孩懵了，她顯然還沒想到那麼遠。

「嗯。」清雋的面孔上，薄淡的笑意褪去，他垂眼，從未有過地認真，「我喜歡妳，蘇邈邈。我只會為妳一個人溫牛奶、只會為妳一個人輔導功課、只會替妳一個人擋烤肉架，只會維護妳一個人、只會吻妳一個人、也只為妳一個人發瘋拚命。」

在所有人呆滯的目光下，男生唯獨抵擋不住面前女孩那雙烏黑澄澈的眸子。他忍不住低下頭，啞然失笑，「啊……妳剛剛是不是說，不要我保證？」他輕嘖一聲，抬眼，「那怎麼辦，都已經保證這麼多了？」

女孩回過神，漂亮的瞳孔被水霧濡溼：「商彥……」

「既然都已經保證了這麼多，不如做到底。我們做個交易吧，小孩？」男生向前俯身，幾乎要吻到的距離，他停住，低聲笑，「妳親我一下，就算扯平。」

「……」

「親兩下。」他緊盯著她的瞳，允諾似的低聲道，「不管妳在或不在……我今後，生命和一切，只歸妳。」

「……！」

蘇邈邈一震，她的瞳孔慢慢縮緊，耳邊那些突然揚起的尖叫聲彷彿來自另外一個世界。她的視野模糊，心被某種情緒充斥，漲得發痛。她握緊指尖，小心翼翼地直起身，向前，輕吻那人凌厲的下巴。

「我……等我回來，再履行第二……」

話音未落，她的下巴被溫涼的指腹托住，輕輕一抬，吻上他的唇。耳邊那人聲線低沉，微啞，染一點笑色，更多的是繾綣深情。

「落契，蓋章，約定生效。」他一頓，再次垂眼吻下去，「死都不改。」

第十八章　選我

兩年後。

九月初，盛夏。

A大開學，新生入校。

今年遇到酷暑，連著幾天都是高溫，燥熱的天氣把天空下的地面變成一個蒸籠。昨天雖然下了場暴雨，但今天上午烈日一出，就把大地炙烤得焦熱。

入校的新生們有氣無力，怨聲載道，新入大學的興奮感，被這天氣消去大半。為了防止新生迷路，A大各學院的新生報到處就設在學校北門的廣場，各學院拉著紅色的條幅，「爭奇鬥豔」地歡迎新生。

A大最強勢的學院之一，電子計算機學院也在其列。寫著「計院新生報到處」幾個大字的落地三角立牌旁，兩個大二女生躲在後面的棚子下遮蔭，用手搧風。

「什麼鬼天氣啊，人都快融化了。」

「我現在只想鑽進冰箱。」

「好想念宿舍的空調，早知道當班委這麼辛苦，我打死都不幹。」

「沒辦法，我為人人。」

兩人沉默片刻，其中一個女生搧了搧風，湊過去笑著問：「哎，最重要的是，今年有沒有看見什麼優質學弟？」

「沒。妳呢？」

「……我也沒。」

「……」

「我們真是時運不濟，聽說這屆大一三班有個還不錯的，可惜人來的時候我們都出去帶新生了，沒看見。」

「怎麼個不錯法？」那女生一頓，眼睛瞬間亮了，「有你們班那位『紅牌』一半的水準嗎？」

「……」最先開口的女生噎了一下，好半晌才翻了個白眼，「妳的標準未免太高，哪能隨隨便便遇上他那樣的……『計院紅牌』可不是白叫的？」

「唉，我覺得院學生會那邊真是沒用，搞這麼花俏的立牌條幅，也比不過旁邊的化院和財院，何必這麼麻煩呢？叫計院紅牌出來，什麼都不用做，光站在這裡，就能輾壓全場啊。」

「哈哈……妳以為學生會不想啊？妳也不想想，誰請得動那尊大佛？」

「也是。」

「兩位『學姐』，湊在那裡碎念什麼啊？」

坐在長桌後面的大一年級輔導員裡，距離最近的一個男輔導員笑瞇瞇地拍了拍手裡的登記本，示意她們不遠處站著的人。

「人家小學妹都等妳們半天了。」

「啊?……哦哦。」兩個女生不好意思地朝這個輔導員點了點頭，才轉過身去，果然，在三角立牌的另一側，刺眼的陽光下，站著一個女孩。

女孩上身是一件緊身白T恤，外面套了一件淺藍色的丹寧夾克，下身是同色同款的淺藍色丹寧褲，腳上踩著一雙小白鞋，手裡拎著一個小型行李箱。

她身材不高，只有一百六多一點，但乾淨俐落的打扮恰到好處地勾勒出她纖細而不過分消瘦的身材，顯得修長漂亮，讓人情不自禁往她臉上看。

然而，女孩直順的長髮披在身後，頭上戴著一頂白色的棒球帽，令兩個大二女生詫異的是，在這樣燥熱的天氣裡，女孩竟然還戴著一個非常大的黑色口罩，幾乎把整張巴掌大的小臉包住，只露出線條漂亮微尖的下巴線條。而口罩上方，隱約露出的那雙眼睛也藏在棒球帽帽簷的陰影裡。

兩個大二女生愣了一下，其中一個先反應過來，笑著上前：「妳好，請問妳是電子計算機學院的大一新生嗎?」

「是。」女孩點頭，聲音出乎意料地乾淨而動聽，連盛夏的燥意都彷彿消解不少。

「啊，學妹妳好，我是計院……呃，咳……電子計算機學院的大二學姐，妳先去找自己班級的輔導員，完成新生報到手續，之後我們會帶妳簡單參觀一下校園。」

「謝謝學姐。」女孩回道，帽簷陰影下，那雙漂亮的眼睛似乎微微彎了彎。

直到女孩擦肩而過，那個大二學姐還愣在原地。之前與她小聲交談的另一個學姐好奇地上前，撞了撞她的肩：「黎晴，中暑啦？跟小學妹說話都能恍神。」

「不是。」叫黎晴的女生回過神，勾了勾手指，等對方靠近，小聲問，「妳有沒有覺得，剛剛那個小學妹，好像非常、非常漂亮？」

「……」

「妳這樣看我幹麼？」

「我看妳是晒昏了，剛剛那個學妹從頭到腳包緊緊，只露出脖子……雖然脖子線條確實很漂亮，皮膚也白得發亮，但長什麼樣子，真是一點都看不出來，妳怎麼知道人家好看？」

「直覺。」

「呿，妳是靈媒嗎？」

「……」黎晴表情古怪，皺眉想了想，也不懂自己這迷之第六感是怎麼來的，只好作罷。

她拉著身旁的女生準備繼續摸魚，就聽見剛剛喊她們的男輔導員再次說道：「黎晴。」

「是。」黎晴連忙回頭，跑到桌旁，「怎麼了，林導？」

那輔導員敲了敲報到簿，說：「她剛好是妳負責的宿舍學妹，妳帶著她拿新生資料，到學校裡熟悉一下環境吧？」

「好。」黎晴一口答應，然後先揮揮手跟剛剛的難姐難妹告別，才轉向蘇邈邈，「學妹妳好，我叫黎晴，妳叫什麼名字？」

女孩頓了一下，儘管戴著口罩，但黎晴總覺得女孩似乎彎下眼角，笑聲輕盈動聽：「學姐好，我叫蘇邈邈。」

黎晴盡責地帶著新來的學妹在校園裡轉了大半圈，才回到宿舍：「妳們真是好運，今年學校剛擴建，新生的宿舍都是新大樓，而且四人一間。」

黎晴把寢室鑰匙和號碼告訴女孩：「要我幫妳把行李箱搬進去嗎？」

「不麻煩學姐，我自己可以。」蘇邈邈輕聲笑道。

黎晴點點頭：「也好，反正妳的寢室就在一樓。我先回……哦，對，差點忘了。」

「？」剛準備道別的蘇邈邈一頓。

黎晴笑瞇瞇地說：「我是負責照應你們寢室的學姐，這個妳聽林導說過了吧？」

女孩顯然不是很懂。

「嗯，」黎晴笑著解釋，「這是學院的新規定，每個新生宿舍都對應一個大二的學生宿舍，主要是幫新生解決一些初來乍到的適應問題，然後每個大二生寢室都有一個負責人，我剛好就是你們寢室的負責人。」她一頓，笑了笑，「這樣明白嗎？」

「嗯。」

「那就好。」黎晴拿出手機，看了一眼時間，抬頭說道，「我還得回報到處看看有沒有需要幫忙，等那邊工作結束，我應該會挑個時間去你們寢室，到時候不管有什麼問題或者情況，都可以跟我說。」

「好。」蘇邈邈點頭，「謝謝學姐。」

「不客氣，小學妹。」

黎晴擺了擺手，轉身前遲疑地看了一眼蘇邈邈在陰涼處也沒有摘下的口罩，她似乎想說什麼，但最終沒有開口，她笑瞇瞇地做了個打電話的手勢：「蘇學妹，手機號碼留給妳了，有什麼問題打電話給我。」

「嗯。」

黎晴離開後，蘇邈邈走到宿舍一三九寢室門外，房門大敞，她想了想，抬手敲門。門內三個女生一起望了過來，她們大概就是她未來四年的室友了。

邈邈一邊這樣想著，一邊拖著小行李箱進門：「你們好，我是……」

「妳就是蘇邈邈吧！」站在離門最近的位置，一個圓臉的女孩笑著開口，看起來十分活潑開朗。

在蘇邈邈驚訝的目光裡，她伸手指了指自己對面的空床：「每個人的床位都分配好了，姓名電話就記在上面，我們房間裡只差妳還沒到！」

蘇邈邈了然，輕輕點頭，眼角微彎：「我是蘇邈邈，妳們好。」

「我是羅藝！」那個圓臉女孩笑嘻嘻地說，同時用手示意房間裡另外兩人，「這位戴著眼鏡、看起來十分資優的女生是最早到的，來自學霸省，她叫陳佳彤。」接著指向另一位，「這是簡玥，非常非常容易害羞！」

「羅藝……」果然，羅藝話一出口，那個叫簡玥的女生已經臉紅，有些不好意思地小聲念了一句，羅藝笑著躲到一旁。

介紹完了，她好奇地問蘇邈邈：「妳的家長是不是提前來過，我看妳的床單被子之類的東西全都提前換好了。」

蘇邈邈「嗯」了一聲。

羅藝目光閃了閃，更加好奇：「妳為什麼戴著口罩啊，不熱嗎？」

蘇邈邈動作微不可察地頓了一下，片刻後，才淡淡笑著說：「我臉上有點過敏。」

「哦哦，這樣啊。」羅藝回到自己的床位。

之後，四人各自整理行李，偶爾聽羅藝和簡玥交談幾句。收拾到一半，兩人各自拿起鑰匙，似乎出門去買東西了，房間裡只剩下蘇邈邈和那位來自學霸省的陳佳彤。

初見面時，蘇邈邈判斷對方不是喜歡說話的人，也就沒有主動攀談。靜靜整理好自己的東西，她正準備坐下，突然聽見安靜的房間裡響起一個聲音。

「如果是臉部大面積過敏，大多會在頸部出現紅腫或是疹子，但妳卻沒有。」

「……」蘇邈邈微愣，抬眸看向聲音的來源。

站在那裡一本正經分析的女生似乎是收到她的目光，抬手推了推眼鏡，下最後判斷：「所以妳應該不是過敏，而是有別的原因。」

「……」對視幾秒，蘇邈邈不由莞爾。這些年的經歷讓她很擅長分辨人的心思，所以她能判斷出，陳佳彤說這些話並無惡意，反而有點……跟她求證的意思。

蘇邈邈輕聲笑道：「嗯，很抱歉隱瞞了真實原因。」

在她承認的這一秒，蘇邈邈幾乎能看見對方的眼鏡下閃過光芒，學霸省女孩的臉上掠過

「成功驗證答案」的喜悅。

緊隨其後的，是求知欲。

「所以，妳為什麼要在這樣的天氣戴著口罩和帽子呢？」

「……」蘇邈邈沒有說話，只是俏皮地眨了眨眼睛。

陳佳彤遲疑了大約三秒，一本正經地道：「如果妳不方便說，那就當我沒問。」

蘇邈邈想了想：「其實也沒什麼……只是想接近一個人，知道一件事。」

陳佳彤再次被勾起求知欲：「什麼事？必須要遮住長相才能知道嗎？」

「……」蘇邈邈坐到身後的椅子上，手肘撐在光滑的桌面上。沉默兩秒，她趴下去，藏在帽簷陰影裡的眼睛笑成了漂亮的月牙，「我來這裡之前，有人告訴我，這種情況下，只有先把自己藏起來，才更容易看到真心。」

與此同時，計院新生報到處。

「放這邊——對對對，這裡就可以了！」

幾個男生抬著幾箱礦泉水，擺到棚子下面。

「好嘞，謝謝『學長』們啦！」

黎晴和其他幾個大二女生笑著開男生們的玩笑。

「哎，黎班長，今年的小學妹裡，有沒有特別漂亮的啊！」

黎晴睨他：「問這個幹麼？」

「那當然是趁名花無主，我們先去追啊！」

「哈哈哈，對——說得有道理！」

「算了吧！」黎晴毫不留情地笑罵，「我又不是媒婆，等下午迎新活動，你們自己去看吧……先說好，被學妹甩巴掌，可別回來找我哭。」

「……」

「哎，吳泓博，你看什麼呢？」其中一個男生拍了拍站在長桌前的人的肩膀。

吳泓博回過神，拿著手裡的報到簿，神情有點呆滯：「你幫我看看，這三個字怎麼念？」

「……？」那男生低下頭，順著吳泓博的手指看去，「蘇邈邈啊？」他抬頭，一副看智障的眼神，「你是怎麼了，見鬼了？」

「差不多。」吳泓博靈魂出竅似的，喃喃道，「我好像見到彥爹心上人的名字了。」

「……你說誰的心上人？」那男生驚得差點跳上樹，連後面棚子下吵吵鬧鬧的大二學長姐們都被驚到，紛紛看過來。

「……」吳泓博臉色一黑，連忙勾著對方的脖子把人壓下去，同時回頭朝大家招手致歉，「不好意思不好意思，我家狗沒拴好，嚇到各位了。」

說完，他連忙放下報到簿，把人拖到人少的地方。

「吳泓博去你的！」被鎖喉的男生終於掙脫，臉色通紅，滿頭大汗，「你幹麼啊？」

「你叫那麼大聲幹麼？」吳泓博沒好氣地罵。

那男生揉了揉脖子：「我太驚訝了好嗎！你剛剛說是彥神的心上人？彥神怎麼可能有心上人？全A大誰不知道，彥神、計院、紅牌！追求者前仆後繼，他但凡有一點凡心早被女人吃了。他眼裡沒女人，只有電腦！」

「……」吳泓博白了他一眼，神色隱晦地僵了一下，低聲道，「那是因為她沒來。」

「真的假的，這麼厲害？」

「去年彥爹唯一參加的一次電腦協會社團聚餐，你記得吧？」

「當然忘不了。」男生想起什麼似的，本能地皺起眉，「那天晚上鬧得多凶啊……我還是第一次見彥神那個樣子。大家議論了好幾天，不知那天彥神是怎麼了，鬼上身似的。」

吳泓博嘆了一口氣：「不是鬼上身，是他撞見一個女孩，以為是蘇邈邈，後來就鬧成那樣，你也看見了。」

「……」那男生噎了好半天，將信將疑地打量吳泓博，「我知道你和彥神同一個高中，有沒有什麼小道消息？」他摸了摸後腦杓，「大一的時候班上女生還猜測，說彥神是不是以前受過什麼情傷，所以才這麼鐵石心腸。」

「情傷個屁。」吳泓博沒好氣地罵，「你們什麼都不懂，別跟著瞎起鬨……」

「哎，等等，你剛剛不是說看見彥神的心上人了嗎？這是好事啊，你幹麼嚇成這樣？」

吳泓博頓了一下，搖搖頭，「她情況不一樣。如果真的是她，那確實是好事，天大的好事。我保證你們這學期能看見一個顛覆所有人認知的彥爹……可如果不是她，還傳到彥爹耳裡……」吳泓博作勢切了一下自己的脖子，惱怒地瞪對方一眼，「我可不想陪你一起死。」

那男生嚇得脖子一縮：「真有這麼恐怖嗎？」

「你沒聽過彥爹的傳聞？」

「呃……聽是聽過。不過相處了一學期，除了那次喝醉以外，平常即使不好相處，卻也不覺得那麼恐怖。」那男生說著說著笑了，「我記得還有傳聞說，彥神高中參加 LanF 大賽後，再沒參加任何電腦比賽，是因為預賽那天，他當著所有評委、裁判和各國選手的面，差點打死一個人。哪那麼誇張，就是一些喜歡自己嚇自己的——」

「真的。」

「……？」

「我就在現場。」

「——！」

看著對方鐵青的臉色，吳泓博心情大好，算是回敬對方剛才叫那麼大聲差點害死他。

他抬手，幸災樂禍地拍了拍那男生的肩膀：「不妨告訴你，當初彥爹就是為了這個女孩，才會動手打人。」

「……」

「現在你知道，我剛剛救了你一命吧？」

「……」男生吞了口口水，抱拳，「謝謝了，兄弟！」

「不用謝。」吳泓博目光複雜地看了一眼報到處，「在我確定那人是不是本尊之前，一個字都別往外傳。」

「我懂，八卦哪有命重要。」

「聰明。」吳泓博拍了拍他的肩，轉身走了。

「……」

中午，黎晴果然來到蘇邈邈等人的宿舍寢室。門一開，她就朝開門的羅藝笑，「不好意思，班上有點事情，來晚了。」她探頭往裡面看看，「妳們是不是等很久了？」

「沒有沒有，學姐快進來。」羅藝關上門，帶黎晴往裡面走。

蘇邈邈等人紛紛停下手上的事，羅藝拉了一張高腳椅給黎晴：「學姐請坐。」

其他人坐在自己書桌的椅子上，安安靜靜地看著黎晴。

黎晴忍不住想笑：「妳們不用緊張，我跟妳們年齡差不多。」

簡玥紅著臉不好意思地看了黎晴一眼，學霸省的陳佳彤則扶了扶眼鏡，面向椅背跨坐在椅子上，兩手抱著椅背。

羅藝大剌剌地擺手：「學姐，我們不緊張，進了A大門，就是一家人嘛。」

黎晴被逗得咯咯笑，「果然，每個寢室都有這麼一位。」她坐到高腳椅上，「我先確認一下，妳們中午沒什麼事情吧？」

幾人紛紛說沒有，黎晴才放心，「那就不怕占用你們的時間啦。這個大二宿舍學姐的安排，是學院近年定下的新規矩，按照流程……」她笑了笑，「其實也沒什麼流程，主要就是跟妳們聊聊妳們想知道的事情，不管是學校、學院、還是科系，或者即將迎來的軍訓和大一……總之，不管你們有什麼想知道的，儘管問我。」

有羅藝和黎晴兩人在，一三九寢室裡的氣氛很快活絡起來，就連最容易害羞的簡玥，也鼓起勇氣問了幾個問題，基本上都是些瑣碎的生活細節。而陳佳彤則問了學業方面的問題，少數幾個跟專業課程有關，問得羅藝瞠目結舌。

一輪下來，只有戴著帽子口罩的蘇邈邈沒有說話。黎晴目光好奇地看向蘇邈邈，羅藝怕她誤會，連忙開口解釋：「蘇邈邈臉上有點過敏，大概是起疹子了，所以才戴著口罩，學姐妳別誤會。」

「原來是這樣啊。」黎晴笑容不減，「沒關係，我不介意。蘇邈邈學妹剛好是我帶她參觀校園，我們也算有緣分。」

羅藝羨慕道：「哇，我怎麼沒這麼幸運！」

黎晴又轉過頭去問：「不過，蘇學妹，妳沒有什麼想問的嗎？不用不好意思。」

「謝謝學姐。」蘇邈邈搖了搖頭，輕聲笑，「其實我對A大，還有電子計算機學院以及本科系都算了解，所以沒什麼問題想問。」

「哎？」不止黎晴，其餘三人聽了也驚訝地看向蘇邈邈。

蘇邈邈平靜解釋：「我……差不多一年前來過A大。在學校附近待了一週，也有進來參觀，校園每個角落我都去過……尤其是電子計算機學院。」說完，她垂眼笑笑，但不知道想起什麼，情緒似乎有些低落。

羅藝未察，大為驚嘆：「剛剛聽陳佳彤問那些問題，我就已經覺得很神奇了，沒想到妳更厲害。所以妳是一年前，就立志要考A大計院了嗎？」

「……」蘇邈邈目光晃了晃，幾秒後，她輕笑著抬頭，「嗯，算是吧。」

羅藝拍手讚嘆：「厲害厲害，佩服佩服。」

簡玥顯然也一樣驚嘆，唯獨陳佳彤若有所思地看了蘇邈邈一眼。

所幸幾人沒有再對這個問題糾纏下去，因為羅藝很快拋出了新問題：「學姐，真的什麼都可以問嗎？」

羅藝搓著手，朝黎晴瘋狂眨眼，故意做出羞答答的模樣。

「……」黎晴被她逗笑，「問吧問吧，什麼都能問。」

羅藝立刻嗨了，她拉著自己的椅子挪到黎晴身旁，壓低聲音神祕兮兮地問：「我聽說，你們班上有一位非常非常非常傳奇的人物，學姐。」

話一出口，簡玥和陳佳彤好奇地看向黎晴，唯獨蘇邈邈動作一頓，微垂下眼。

黎晴笑：「好啊，原來妳是在這裡挖坑給我跳？」

羅藝抱著她手臂搖晃：「哎喲學姐，妳就告訴我們嘛！我們可是妳的親學妹啊！」

「好好好。」黎晴拗不過，只能投降，「對，妳說得沒錯，我們班很榮幸有這麼一個學生，因為長相、成績和專業能力都很突出，名滿A大……甚至不止A大。」黎晴一頓，語氣有些複雜而感慨，「他叫商彥。不過無論是學院內外，基本上都喊他彥神。」

「我聽說過他。」本來沒什麼興致的陳佳彤突然開口，眼睛裡熠熠生輝，「他在中學生IT圈很有名。」

羅藝好奇地湊過去：「這個我還真不知道，我進計院純屬誤打誤撞。大學霸，妳快告訴我們，他在圈裡為什麼有名？」

「封神啊！」陳佳彤說，「他中學期間參加的所有IT比賽，個人賽未嘗敗績，國內外各種金獎拿到手軟，一直到高二那場 LanF 大賽。」

簡玥小心翼翼地問：「滑鐵盧了？」

「算是吧，」陳佳彤點頭，「至少圈裡開玩笑說他跌落神壇。到最後連保送機會都沒有，而是參加大學考試。」

「哎？這麼可惜……」

陳佳彤聳了聳肩：「就算這樣，他在IT圈也是傳奇，去年同好聚餐，還有人說他是無冕王呢。」

羅藝好奇：「哎？不是跌落神壇了嗎？」

陳佳彤嘆氣：「具體我不清楚，不過大家都說，別人是跌落神壇，唯獨彥神不一樣。他是個瘋子，站在雲端上眼也不眨，一躍而下。」

幾個女生被這說法嚇得一靜，幾秒後，羅藝擺了擺手：「哈哈哈，你們IT圈可真會誇人啊！」

陳佳彤沒說話，黎晴接口道：「商彥現在還是這個圈子的神，我聽說他打算組個團隊，妳們感興趣的話，可以等正式開課之後了解一下。」

羅藝好奇：「學姐，他就一點瑕疵都沒有嗎？」

黎晴想了想：「也不是。商彥給我的感覺，是個團體榮譽感比較淡漠的人……不過這樣說也不準確，嗯，應該說，他很少把人真正看在眼裡，他可能有團體榮譽感，但沒幾個人能被他劃進自己的圈子裡，絕大多數人對他來說都是圈子外的空氣……妳懂我的意思？」

「我懂。」陳佳彤嚴肅接話，「跟我的男神一樣，覺得世界上大多數人都是金魚，金魚想什麼他不在乎。」

黎晴失笑：「有點像，但也沒那麼冷血啦，就是比較……恃才傲物吧。」

「……媽啊，」羅藝突然跳起來激動地轉了一圈，「可是這樣的男生聽起來也太有感了吧？想追他。」

「妳想都別想。」黎晴笑道，「全A大都知道，彥神應該屬於感情缺失吧。他被稱為彥神，除了因為長相、學業和能力之外，也有很大一部分，是因為神不動凡心。」黎晴一頓，又笑，「不過妳們班歸我們班照顧，所以以後妳們見到他，可以名正言順地喊一聲『學長』，這可是多少學生求之不得的機會呢。」

羅藝興奮道：「我不想喊學長，我聽說他有別的外號！」

「外號？」連簡玥都有些好奇。

「嗯！」羅藝重重點頭，喜笑顏開，「A大，計院，紅牌！」

「咳咳……」從頭到尾一直安安靜靜的女孩似乎被自己的口水嗆了一下，突然咳嗽起來。她轉頭扶著桌面，過了好一陣子才平復下來。

羅藝被她的反應嚇到，連忙上前：「蘇邈邈，妳沒事吧？」

「……沒事，」終於穩住呼吸，蘇邈邈心情複雜又無奈地莞爾一笑，「只是被妳的『妓院紅牌』嚇到。」

「哈哈哈，別誤會別誤會……」羅藝笑著坐回去，「他這外號是有來由的。」說著朝黎晴擠眉弄眼，「學姐，妳也知道吧？」

黎晴白了她一眼，笑：「我才不知道。」

「這有什麼不好意思說的。」話雖如此，但羅藝自己都忍不住扭捏了一下，然後才坦言，「A大女生私下流傳一句話：四年不能睡商彥，考進A大也枉然。」

「噗——咳咳咳——」這次，被嗆到的不止蘇邈邈一個人。

黎晴也聽不下去，笑得捣起眼，過了一下才站起來，努力端出學姐的架子，清了清喉嚨，「好了，今天這些話，千萬別外傳！而且我告訴妳們，彥神最最最忌諱的，就是有人喊他『計院紅牌』。」她警告地看了羅藝一眼，「如果有幸遇見，千萬別當面喊。」

羅藝一聽，愣了一下：「怎麼還得有幸遇見？等一下不是我們大一大二兩個班的迎新活動嗎，彥神不去？」

「他怎麼可能參加，」黎晴失笑，「大一一整年，這類活動他從來不露臉。」

「……」羅藝失望。

「不然妳以為，我為什麼要說他團體榮譽感淡薄？」

「……」

「好了，去操場集合了！」

與此同時，A大實驗大樓，一樓大廳。一道修長瘦削的身影站在樓梯下，旁邊一個圓滾滾的胖子拖著他。

「彥爹，你就聽我這一次！不就是個迎新活動嗎？你就去站兩分鐘！兩分鐘就好！」

「……」沉默兩秒，低沉聲線壓抑著濃濃的不耐，「吳泓博。」

「……」從這三個字聽出明顯的死亡威脅，胖子心裡一顫，差點就要鬆手，但轉念一想，他咬了咬牙，「彥爹，這次真的是黎班長交給我的任務，你要是不去，她肯定以後再也不幫我們處理請假的事了！」

「……」

「二十秒！你就去站二十秒！人一到齊，你立刻走人！」

「……」空氣鈍如生鐵，吳泓博心跳瘋狂加速。

「下不為例。」

「……！」長長吐出一口氣，吳泓博就差沒當場發誓，「絕對，就這一次！」

五分鐘後，A大操場上，電子計算機科學與技術學系的大二一班與大一一班在東南角集合。

某道從一出現就吸引全操場目光的身影，極為不耐地杵在操場正門外。一旁的吳泓博急得像熱鍋上的螞蟻，額頭冒汗，眼睛四處亂轉。

「我可以走了？」

「不——彥爹！再等等！人還沒到齊呢！」

隱約從某個角落傳來「計院紅牌」之類的竊竊私語，男生一張冷白清雋的側顏幾乎瞬間變黑。

「……你怎麼知道還沒到齊？」

吳泓博支吾了兩聲，急中生智：「班長！黎班長不是還沒來嗎？你至少等到她來，露個臉算是來過了！」

一邊應付商彥，吳泓博一邊飛快地把大一一班的新生掃視一遍。

他心裡不免有些忐忑，難道真的只是同名？其實這群他不認識的學生裡，那個叫蘇邈邈的新生已經來了，只是不是他以為的那個人？

不等吳泓博想完，耳邊低沉發冷的男聲開口：「好，我給你十秒。」

「不彥爹——再等一下！」

男生不為所動：「五、四——」

「彥爹！求求你，再等一下！」

「三、二——」

絕望的吳泓博放棄掙扎，卻突然發現身旁沒了聲音。他愣了愣，抬頭看去。

倒數計時只差一點。

商彥站在那裡，一動不動，呆呆望著前方。

黎晴和蘇邈邈五人一起離開宿舍。

羅藝拖著不好意思說話的簡玥，跟在黎晴身邊嘰嘰喳喳地問問題，蘇邈邈和陳佳彤則稍稍落後幾步，跟在三個人身後。

兩人之間沉默得有點尷尬，蘇邈邈正在思考該怎麼開口，突然聽見耳邊響起一個十分平板的聲音：「妳好像不是很高興。」

「……」蘇邈邈轉頭，對上陳佳彤十分平靜且洞察一切的眼神。不知道是不是她多心，總覺得那眼鏡下閃過一道光。

蘇邈邈和她對視幾秒，突然彎下眼睛，輕笑起來。

陳佳彤皺眉，似乎十分不解：「妳笑什麼？」

「……沒什麼。」蘇邈邈側開視線，藏在帽簷陰影裡的眼神帶了一點柔軟的情緒，「妳讓我想起以前的一個朋友。」

陳佳彤好奇：「我跟她長得很像嗎？」

「……」蘇邈邈認真地想了想，搖頭，「長相不像，但是妳們的性格有一點點像……」她側過頭，善意地笑，「她說話沒有妳這麼直接就是了。」

陳佳彤似乎愣了一下，隨即不以為意地聳了聳肩：「很多人說我說話太直，但我個性如此，改不了。而且，我也不喜歡簡單的事情搞得太複雜。」

蘇邈邈點頭：「我也不是很喜歡。」

陳佳彤不以為然：「但妳臉上的口罩好像不是這樣說的。」

「……？」蘇邈邈愣了一下，轉頭對上陳佳彤的目光。大約過了幾秒，她才反應過來，陳佳彤似乎跟她開了一個玩笑……雖然有點冷。

蘇邈邈不由莞爾，她看了一眼走在前面聊得熱絡的三人，輕聲說：「我確實不喜歡試探，但又不知道該怎麼做……可能因為，這個人和這件事，對我來說與眾不同吧。」

陳佳彤毫不留情地戳破：「妳沒有說真話。」

「……」蘇邈邈失笑，「算我輸給妳了。」

陳佳彤表情不變：「我忍不住，所以我就直說了。在宿舍裡，妳提到一年前來過A大，卻完全不是想來這裡就讀的樣子。再加上妳之前說的，我想一年前妳來學校，應該是因為妳現在想要試探的那個人和那件事吧？」

「……」蘇邈邈有些錯愕地看向陳佳彤，看了幾秒後，她搖頭笑起來，「妳跟我那個朋友確實有點像，妳們這些特別嚴謹認真的理科學霸，是不是都是這樣？」

陳佳彤不予置評。

蘇邈邈沉默地和她並肩走了一段路之後，才開口：「我一年前來這裡，確實是為了那個人。但我想要求證的事情，是在我來這裡之後才發生的。」

陳佳彤眼睛一亮。

蘇邈邈粗略判斷，那大概是一種「我就知道我說對了」的興奮。

女孩無奈地笑了，這件事她在心裡悶得夠久了，或許跟這個意外有些合拍的新室友說一說也是不錯的選擇。

「我高中的時候喜歡一個人，後來分開了。」蘇邈邈說，「我為了治病出國，他考大學……因為不知道還能不能回國、也不知道手術結果如何，所以我出國後就與他斷了聯繫。」

陳佳彤一噎：「妳別告訴我，妳回來後，看見他和別人在一起了……」

蘇邈邈眼神一滯，莞爾：「現在我不確定了……不過一年前，我確實是這樣以為的。」

想起自己一年前看到的那一幕，蘇邈邈像是被陽光刺痛了一下，下意識地閉了閉眼，片刻後才重新開口，聲音恢復淡然：「其實就算是那樣，我也沒什麼立場責怪他，因為他從來不欠我什麼，或者應該說，正好相反，是我欠他的。」

「那妳現在……」

「一年前我被嚇跑了，後來想想，這對他有點不公平。」蘇邈邈對陳佳彤笑了笑，眉眼微彎，「所以我回來，看看事情是不是真的跟我想的一樣。」

「……」陳佳彤比畫了一個戴口罩的動作，「所以妳才藏著臉，不想被他發現？」

蘇邈邈點頭。

陳佳彤沉默兩秒，突然湊近，嚇得蘇邈邈本能地往後一縮。

面前一直沒什麼表情的女生卻笑了：「妳是不是長得很漂亮？只要摘下口罩，全學院甚至全學校都會在最短時間內注意到妳的那種漂亮？」

「……」蘇邈邈無辜地眨了眨眼。

「羅藝上午說簡玥是我們宿舍的『舍花』，但我看到妳的眼睛，就覺得妳應該比她漂亮得多。」陳佳彤笑著後退，得意地往前走，「我又猜對了。」

「……」蘇邈邈十分無奈又不由莞爾，跟了上去。

大一新生的女生宿舍距離操場頗遠，五人抵達之前，大二一班已經有人忍不住催促。

「兩個班都差不多到齊了，可能只剩我們。」黎晴頭痛地應付班上那些吵著要看小學妹的無良學長，一邊帶著蘇邈邈四人加快腳步，同時還不忘「指導」的責任，「操場門在前面，以後室外體育課，基本上就是在這個操場……」

黎晴的話音和步伐戛然而止，四個學妹一起好奇地順著黎晴的目光看向正前方。

不遠處，被金屬網圍住的操場門外，一道修長身影站在那裡。那人身材頎長挺拔，普通白襯衫加白T恤也藏不住的寬肩窄腰，黑色碎髮被盛夏燥熱的微風吹得有點凌亂，不羈地搭在冷白的額頭上。

商彥眉頭微皺，在陽光下慵懶微瞇的眼眸漆黑，鼻梁英挺，淡色的薄唇半抿。他左手橫抬，挽到手肘處的襯衫下露出漂亮凌厲的手臂線條，非常不耐地看著腕錶。

黎晴回過神，驚道：「他怎麼來了？」

其他幾人也反應過來，羅藝最為強烈：「臥槽臥槽！學姐！他是不是就是商彥學長？」

黎晴來不及回答，因為男生似乎聽見動靜，懶散地一抬眼，視線冷淡地掃過來，然後驀地頓住。

這還是第一次，黎晴在這個男生臉上看到呆愣的表情。

黎晴覺得古怪，腳下卻已被亢奮的羅藝拉著走了過去。

蘇邈邈反應過來的瞬間，本能地伸手，心虛地壓低帽簷，口罩下的嘴唇緊抿，和旁邊的陳佳彤一起上前。

黎晴和羅藝先停下，在羅藝的瘋狂眼神暗示下，黎晴無奈地笑著開口：「嗯，為妳們介紹，這就是我們班的傳奇學長，商彥。」

「商彥學長好！」

羅藝帶頭激動地問好，簡玥也紅著臉附和，陳佳彤則慢了半拍，唯獨蘇邈邈戴著口罩藏在四人之間，一言不發。

商彥像是沒聽見，他神情微繃，眸子漆黑深沉，凌厲的側顏線條下，顴骨微不可察地顫抖，像是極力克制什麼非常恐怖的情緒。

黎晴被掃了一眼，渾身僵硬，儘管心下十分不解，但她也不敢多說，伸手拉了拉羅藝。

「咳，那什麼，迎新活動要開始了，你們趕快集合準備吧。」

羅藝幾個人不是傻子，雖然是第一次見到商彥，卻看得出男生此時情緒陰沉，自然乖乖聽話。

羅藝最先走過黎晴身旁，偷偷吐了吐舌頭。簡玥微微縮著肩膀，遺憾地偷瞄了一眼男生的側顏，跟著離開。蘇邈邈落在簡玥身後，壓低帽簷，加快腳步想走過去。

然而身旁手插在褲子口袋的男生低沉出聲：「等等。」

「……」蘇邈邈背脊微僵，站在她肩側的男生慢慢低下目光，那眼神裡像是藏了刀，一分一寸從女孩身上刮過去，最後落到那礙眼的黑色口罩上。

男生插在褲子口袋裡的手輕輕抽動，半晌，他才按捺住抬手將那口罩扯掉的衝動，無聲地深吸了口氣。

商彥抬眼，落向黎晴：「……大一一班的學妹？」

男生的嗓音不知為何，竟然有些低沉發啞。黎晴心裡冒出詭異和不安的情緒，點點頭：「對，剛好也是我負責的宿舍的小學妹。」

商彥又垂下眼，盯著那個始終壓著帽簷的女孩一眼，輕嗤一聲，黑眸深沉：「見到學長招呼都不打，妳這學妹很了不起嘛。」

黎晴之前也注意到了，以為是女孩見到商彥不好意思開口，此時被商彥刻意點出，她不禁有點頭痛，「這個學妹臉上有點過敏，大概身體不太舒服。」她一頓，半是玩笑半是疑惑，「彥神，你也不是愛計較的人，怎麼就為難我這個學妹呢？」

她伸手安撫地拍了拍女孩的肩，以為她被商彥嚇壞了：「好了，妳們趕快去集合吧。」

「……嗯。」女孩低聲應了一句，抬腳就要去集合。

就這一聲，讓男生忍無可忍，抽出插在褲子口袋裡的手，一把握住女孩的手腕，把人往回一拉。

蘇邈邈猝不及防，被扯得踉蹌兩步，她本能抬手，扶在男生的胸膛上穩住身體。

「……！」宿舍裡其他幾人，以及旁邊的黎晴都嚇了一跳，但更令他們奇怪的是，這樣的情形下，女孩竟然從頭到尾一點聲音都沒出。

此刻她仍低壓帽簷，試圖從男生的箝制下掙脫。

無聲得像一部默劇，直到越來越多目光看向這裡，隱隱約約的議論聲也隨風湧入耳朵。

最後還是商彥先開口：「妳叫什麼名字？」他聲線繃得沉冷。

「……」女孩不說話。

商彥目光掃向黎晴，黎晴懷疑自己在做夢，但還是不得不屈服在這目光下。她硬著頭皮說：「這是蘇邈邈學妹。」

「——！」握著女孩手腕的五指，驀地收緊。

這一次力道實在過重，痛得蘇邈邈本能地哼了一聲，痛楚讓眼淚瞬間湧進眼眶，與此一起湧上心頭的，還有一年前她看到的那一幕。

思念、酸澀、委屈、惱怒……諸多情緒紛至沓來，洶湧地漲滿心房，像是蓄滿了水氣的雲，只要稍一用力，就能擠下連綿的雨。

蘇邈邈聲音喑啞：「放手。」

「……」箝制住她手腕的男生毫無所動。

蘇邈邈被逼急了，想都沒想，抬腳輕踢男生小腿。

「——！」黎晴幾人眼睛瞪大，倒抽口氣，驚恐地看向商彥。

然而令她們更驚恐的是，被踢了一腳的男生全無反應，甚至連一點惱怒和意外的情緒都沒有。他沉默片刻後，慢慢鬆開五指。

等那人手一鬆，女孩便頭也不回地跑進操場。

黎晴感覺自己對商彥的認知被剛剛女孩那一腳踢出了裂縫，她大腦空白地看了看女孩的背影，再回頭看一眼商彥。

是夢，一定是夢，而且是個非常恐怖的噩夢。

黎晴的手機震動起來，她下意識接起電話，另一頭傳來班上文書焦急的聲音：『黎班長，妳還站在門外幹麼？大家都在等。』

「……哦哦哦，對不起對不起，我這就過去。」

黎晴也無心再多想了，連忙示意還愣著的羅藝三人，快步跑進操場。

之前顯然有大二一班的學生注意到操場門外發生的事情，所以黎晴一過來，就被班上女生拉住：「什麼情況，彥神也來迎新？」

黎晴一言難盡，擺了擺手：「不是，回去再說。」

她掛上笑容，轉頭去招呼大一一班的新生們：「好了好了，大家安靜點，集合。大一站右邊，大二站左邊，我簡單說一下這次迎新活動的規則。」

今年的新生們還算乖巧，聽了黎晴的話，快速分邊站好，也不再吵鬧，安靜下來聽黎晴說話。

黎晴提高音量：「迎新活動分為上下半場。上半場，大家都不太認識，為了活絡氣氛，我們來『動』一點的；下半場主要讓大家休息交流，就來『靜』一些的。」

「全聽班長安排！」大二一班有男生在後排起鬨，其餘人跟著笑了起來，連帶原本有點拘謹的大一一班的新生，也興奮起來。

黎晴沒好氣地白了那個男生一眼，隨即笑道：「上半場的活動叫做『運氣球』，我相信大家在中學應該都玩過或者見過。規則很簡單，首先分組，兩兩一組，兩位組員須將一隻腳綁在一起，也就是兩人三腳，然後背靠背，運送氣球。一分鐘內，完成指定距離的運送，且氣球不落地的隊伍勝出。氣球落地或者一分鐘內沒有完成指定距離運送的隊伍則算失敗，要受到懲罰哦。」

黎晴促狹一笑，從旁邊拿起兩本簽到簿，「我這裡有兩個班的名單，我看一下……大一一班應到三十人，實到三十人。大二一班應到三十人，實到二十八人。」黎晴抬頭，「所以，大一新生三十人，在大二學生中，自由選擇合作對象，不過有兩個新生會落單喔。」黎晴笑起來，「名額有限，先搶先贏！」

黎晴說完，兩班之間一靜。對於這個情形她並不意外，新舊生需要磨合，這再正常不過，迎新活動正是為了促進磨合而舉辦的。

新生裡似乎有勇士要英勇地邁出第一步，黎晴臉上露出笑容，卻驀地頓住。她的面前，多出一道身影。

商彥。

「……」黎晴擠出了個笑容，「彥神，剛好路過？」

男生拿起她手裡的簽到簿，隨意地在自己名字旁的空白處打了個勾。他抬眼，眉眼清雋冷淡：「參加迎新。」

「……」黎晴嚇得不輕。

這四個字顯然被後面兩班的學生聽見了。在大二學生不可置信的目光下，商彥轉身，俐落地走向大一新生，幾秒後，他停在戴著棒球帽和口罩的女孩面前，細密的眼睫垂下，眸子漆黑深邃。

男生的聲音被燥熱的空氣蒸出慵懶微啞的溫度：「選我。」

大一一班除了蘇邈邈和幾個室友外，其餘新生還不清楚商彥的個性，因而不明所以，但相處整整一年、對商彥的脾氣深有體會的大二學生們，此時的心情完全無法用言語表達。

幾乎在聽見商彥話音的第一時間，他們的目光就整齊劃一地落向男生身前的女孩。棒球帽，黑色口罩，小白T，淺色丹寧小夾克和丹寧長褲。

有大二男生之前便注意到這個氣質亮眼的學妹，此時忍不住壓低聲音問黎晴：「班長，這個戴口罩的學妹是誰？」

黎晴遲疑了一下，沒有開口，目光落過去。

之前她對過敏的說法就抱持懷疑，現在看到商彥對這個小學妹的古怪反應，她幾乎可以確定蘇學妹是為了躲避某人才這樣裝扮，至於某人是誰……答案顯而易見。

而另一邊，蘇邈邈心裡有些無力沮喪。別說觀察和試探，才第一天就被發現……早知道他會參加迎新，她怎麼也會想辦法請假，然而此時再後悔也無濟於事。

蘇邈邈垂下眼睫，一隻手抬起，纖細的指尖挽起耳邊垂落的長髮，食指輕勾住黑色口罩的細帶，一撥，便將口罩摘下。線條修長優美的頸項之上，豔麗精緻的五官露了出來。

看清女孩的長相，四周空氣有那麼幾秒安靜得近乎停滯。站在不遠處的吳泓博也懵了幾秒，兩年前，女孩的美還只是剛露雛形、含苞待放，兩年後的現在，那最嬌嫩的花瓣已從花苞裡綻放開來，在陽光下恣肆搖曳。

美得驚豔而張揚，讓人移不開視線。

大二一班的男生們看呆了，好一陣子才回過神，壓抑不住地低聲議論。

「臥槽好漂亮……」

「這是怎麼回事？之前怎麼沒聽說大一一班有這麼美的小學妹？」

「報到處那票人太廢了！一點消息都沒傳回來！」

「這保證是新校花了吧……臥槽，早知道我出門前該洗洗頭！」

「幹，老子今天看起來怎麼樣，帥不帥？」

「你覺得你能跟彥神比？」

不知道是誰說了最後一句，登時一盆冷水，把蠢蠢欲動的大二學長們潑了個透心涼。

他們依依不捨地看向女孩，而摘下口罩的蘇邈邈正抬眸仰望面前的男生。

「什麼？」蘇邈邈問。

商彥低著眉眼看她，眸子深處壓抑著漆黑的情緒，他輕瞇起眼，重複一遍：「選我。」

女孩會意，聲音輕軟：「不要。」

所有人驚訝得目瞪口呆。

「學妹剛剛是拒絕了彥神嗎？」

「好像……是的。」

「……」

「現在的新生都這麼了不起？」

「佩服佩服。」

「我不想迎新了，我只想看戲。」

「所以，我們是不是又有機會了？」

「假如不怕未來三年每門課交作業前都被彥神黑了系統，你就試試。」

「……」

做下創舉的蘇邈邈眼神淡定，她側眸看向旁邊空地：「吳泓博，我們一組可以嗎？」

商彥面無表情地看過去。

吳泓博張口結舌，這他媽的哪裡飛來一口巨鍋，怎麼這麼快狠準地砸到他腦袋上？

吳泓博被商彥盯著，即使頂著酷暑的烈陽，也忍不住背後冒冷汗。所幸他急中生智，抱住肚子就地一蹲：「對不起啊小蘇，我今天肚子不舒服，沒辦法參加活動！」

說完，像是生怕遭池魚之殃，吳泓博以超出體型局限的靈敏度，音速消失在眾人的視野。

商彥嘴角輕勾，轉回身：「選我。」

「……」蘇邈邈不甘心地從吳泓博消失的背影收回目光，仰起漂亮的臉孔，烏黑的瞳仁安安靜靜地望著男生，「有這麼多人，我為什麼要選你？」

「……」商彥輕瞇起眼，對視幾秒後，他恢復放鬆神態，回眸掃了一眼身後大二一班的全體學生，「他們都不會跟妳一組……這個理由怎麼樣？」

蘇邈邈皺眉：「你怎麼知道他們不會？」

商彥低聲哼笑：「除非，他們今後所有的作業和論文都不想交了。」

大二一班集體垂淚，幹，他們招誰惹誰了。

蘇邈邈氣極：「商彥，你別威脅人。」

商彥壞笑：「我實話實說。」

蘇邈邈氣得說不出話。

商彥重複：「選我。」

在男生的「淫威」之下，蘇邈邈別無選擇地和商彥一組，並且分配到第一梯次。

黎晴和大二幾個班委負責幫各組綁腿，到了蘇邈邈和商彥這組，黎晴蹲下身，忍不住好奇地問了一句：「彥神，我這位學妹，跟你是……？」

「師徒。」在商彥開口前，女孩輕軟的聲音搶先回答。

男生眼神有點危險地低下頭，被盯著的女孩卻似乎全無所覺，捲翹的眼睫輕輕眨了一下，臉不紅氣不喘地說：「高中電腦組，他是我師父。」

「……」看著商彥想「吃」人的眼神，黎晴心裡對這個答案持保留態度。

黎晴幫兩人綁好腿，再讓兩人背靠背夾住一顆氣球，同時交代：「等一下哨聲一響，一分鐘內，你們要把氣球送到對面那個大桶裡，氣球不能落地，ＯＫ？」

「麻煩學姐了。」女孩輕彎眼角道謝，黎晴笑笑回應。

等黎晴轉身離開，商彥側過視線，低聲道：「『師徒關係』？」

蘇邈邈和男生背對背，低著頭，輕飄飄地應了一聲：「嗯。」

商彥氣笑了，「……好，到底是什麼關係，我不急著確定。」男生擰起眉，「妳只需要告訴我，一年前妳就已經回國，為什麼不跟我聯繫，甚至想方設法讓我找不到妳？」

女孩的眸子一顫。

幾秒後，哨聲響起，喚回了她的意識，蘇邈邈輕皺起眉，試圖挪動被綁住的腳踝。

「比賽開始了，我們——」

「回答我，蘇邈邈。」

「……」

眼看旁邊幾組已經艱難地挪步，而圍觀的學生們又好奇地盯著他們，蘇邈邈低聲說：

「先比賽，等結束……」

話音未落，她背後的壓力一輕，氣球落地。旁邊圍觀的學生目瞪口呆，而商彥像是嫌不夠澈底，他低頭，抬腳，眼也不眨地一腳踩爆氣球。

「砰」一聲炸響，同梯次的其他幾組學生都嚇得回過頭。

炸響之後是無比的安靜，男生的聲音聽起來格外冷寂：「比賽結束，妳可以說了。」

「……」蘇邈邈氣極，「商彥，你是不是……」

「我有病，而且病得不輕。」商彥淡淡，「兩年前妳不是就知道了？」

蘇邈邈還來不及開口，黎晴已經哭笑不得地走到兩人旁邊：「恭喜啊，你們可是今天第一個輸在起跑線上的隊伍，準備接受懲罰吧。」

黎晴說著，將手裡的氣球遞到兩人面前：「懲罰規則也很簡單，正好請你們示範，用身體的任意部位，除了手和腳，兩人一起擠爆氣球，一顆即可。」

蘇邈邈下意識地皺了皺鼻尖，表情苦哈哈的：「學姐，隊友惡意犯規，可以換隊友嗎？」

「我考慮以後的迎新加入這一條規定，但是現在——」黎晴遞出氣球，笑，「來吧。」

「……」蘇邈邈無言地抗拒。

黎晴笑了笑：「背靠背擠爆氣球其實不難，要不要我幫你們放到中間？」

她話沒說完，左側的男生已經蹲下身，解開兩人腿上的繩子，然後起身接過黎晴手裡的氣球。

「……？」蘇邈邈聽見動靜，正準備轉身，卻被按住肩膀。

「別動。」

感覺到肩上微微施力的手，蘇邈邈身體微僵，心裡隱約浮現不好的預感：「不是背靠背擠爆氣球嗎？」

「那樣太慢。」商彥說著，將氣球抵在女孩微微凹陷的腰間，「摀住耳朵。」

低沉微啞的男聲彷彿貼在耳尖，蘇邈邈心裡一抖，下意識地聽話，抬手捂住耳朵。下一秒，她腰間一緊，被一雙手臂從後面抱住。

「砰」的一聲悶響，以一個親密無比的背擁，商彥壓爆女孩腰後的氣球——呼吸貼覆。

大一的新生懵了，大二的舊生們快要瘋了。

「有生之年，我竟然能看見彥神和女生這麼親密？」

「我錯了，我一直以為彥神是無性戀。」

「我也以為他只愛電腦！結果現在我有了人形的情敵嗎？？」

「……」

沸沸揚揚的議論聲很快把懵住的蘇邈邈驚醒，她臉頰後知後覺地發燙，慌忙從那人懷裡掙脫。她顧不得旁邊黎晴的表情，惱然地仰起臉看向男生。

不等她開口，那人坦然自若：「我有病。」

「……」蘇邈邈噎住。

「……」黎晴覺得今天真是大開眼界。

蘇邈邈拗不過這人，轉頭朝黎晴低聲說：「學姐，我想先離開一下，下半場活動前一定趕回來。」

「哦，好，去吧。」黎晴點頭。

蘇邈邈抱歉地收回視線，她遲疑了一下，最終還是伸手扣住男生的手腕：「你跟我來。」

商彥目光始終黏在女孩身上，聞言，半點掙扎的意思都沒有，反而嘴角一勾，似乎心情大好。他懶散地抬眼，朝黎晴示意：「我被迫請假。」說著邁開長腿，垂眼笑著跟上。

「……」黎晴覺得自己瞎了，不然怎麼看不出這人有半點「被迫」的樣子？

蘇邈邈拉著商彥一直向前走，操場內外人太多，兩人又是自帶鎂光燈的長相，一路上收穫不少學生們的注目禮。

好不容易，蘇邈邈找到一個人少的地方，她拉著商彥進到一片樹木掩映的小長廊。長廊被紫藤花藤繞著，不過早已過了花期，石欄杆上只剩盤繞的枝節和葉子。

廊內無人，微風裊裊，正是個說話的好去處。

蘇邈邈停下腳步，鬆開手，轉身面向商彥，卻沒抬頭，而是安靜地垂著漂亮的眉眼。

「……我不說清楚，你就不會讓我安寧了吧？」女孩的眼睫抖了抖，慢慢撩起來，烏黑的瞳仁定定地望著男生，「那你問吧。」

商彥微俯下身，扶著女孩耳後長廊的石柱，壓近她，輕瞇起眼。專注地盯了幾秒後，男生側開眼，喉間逸出低笑，帶著點情緒化的沙啞，更多的是低沉隱晦的愉悅。

「你笑什麼？」女孩心裡微惱，皺眉看向他。

「——因為高興。」

「？」

商彥漆黑的眸子裡情緒蕩漾，「剛才顧著跟妳嘔氣，都沒注意到……我家小孩終於長大了……」他眼神溫柔地掠過女孩的髮頂，眼底藏不住溺人的笑，「好像還長高了點。」

「……」蘇邈邈臉頰一熱，緊接著，莫名的酸澀湧進眼眶。所有委屈和埋怨，甚至在過久的思念裡氤氳出來的恨意，竟那麼輕易地，在這一句話和一聲笑裡散去大半。

兩年的點點滴滴、她以為無比漫長的時間，在這一刻像是彈指一瞬。那些藏在回憶裡的一幕幕，裹夾在這一聲耳語裡，鋪天蓋地地覆了下來。

蘇邈邈覺得這下慘了，或許江如詩說得對，她只有戴著口罩把自己藏起來，才能分辨那段往事的真假。而現在，毫無遮掩地和這人面對面，只要對方一句話，她就立刻丟盔棄甲，潰不成軍。

蘇邈邈委屈得想哭，眼眶也聽話地紅了起來。

前一秒還在笑的商彥慌了，連忙收回手臂站直，又彎下腰去低聲哄：「我錯了，我不該跟妳開玩笑，小孩——」

女孩噙著淚抬頭，聲音輕軟帶惱：「我十九了，而且已經一六一，不是小孩了！」

看女孩瞳仁溼漉、唇色粉潤的模樣，商彥克制不住地滾了一下喉結，他低嘆：「好，那不叫了。」

蘇邈邈自覺失態，沮喪地垂下眉眼，她揉了揉眼角：「我不是跟你鬧脾氣，商彥。」

「我知道。」商彥垂手輕揉了揉女孩的長髮，「我知道妳不任性，妳一定有自己的原因。但我氣妳不告訴我，把我當陌生人。」

「……對不起。」女孩悶悶地軟聲道歉，不等商彥反應，她又抬眼，「其實一年前，我來A大找過你。」

剛要開口的商彥僵在原地，呼吸都不由得一滯：「妳來找過我？我怎麼沒見到妳？」

「我見到你了。」蘇邈邈握緊拳頭，咬著牙低聲說，「我費力找了很多地方，找人問你在哪裡，後來終於找到一個知道的人，他說你去參加電腦協會的聚餐……按照他給的地址，我好不容易找到那裡。」

商彥目光一頓，擰眉，似乎是想到什麼非常不好的記憶，他眼神暗下來，眉尾輕抽，表情有一瞬間便得陰戾。

蘇邈邈抬眸看他：「現在回想起來，當時你可能喝醉了，但我沒發現，我等了很久，只看到你們從餐廳裡出來，一個女生扶著你上了計程車……然後你們一起去了飯店……」

「……」商彥垂眼，眼簾遮住的瞳仁裡情緒猙獰駭人，他早該想到是那天。

空氣死寂，他想張口解釋，然而下一秒又想起更重要的問題。

商彥嗓音沉啞地開口，「妳怎麼知道？」他聲線抖了一下，「……妳是不是跟去了？」

蘇邈邈低下頭：「我坐車跟在後面。」

「……！」商彥眼神驀地一震，他下意識地握緊女孩的手，「妳沒有過去找我？妳一直在車裡？妳……妳那天是不是哭了？」

商彥顧不得其他，一想到女孩那時的絕望，他心裡像是被撕裂一樣痛，痛得意識都快不清了。

女孩聲音微哽：「商彥……我討厭你。」

她胸口窒悶，跟那天一樣痛。

女孩垂在身側、緊緊握成拳頭的手被男生托起，男生一根一根把女孩握得泛白的手指拉開，露出掐出月牙印的掌心。

商彥心痛地垂下眼：「……原來不是錯覺。」

「什麼？」蘇邈邈抬頭看他。

「那天我覺得我看到妳了。學校門口人潮很多，只看見一眼，我瘋了一樣找妳，卻怎麼也找不到。」商彥的聲音慢慢下沉，略帶凶狠，「如果不是因為看見妳，我那天怎麼會醉得不省人事，被人帶進飯店都不知道？」

蘇邈邈茫然地睜大眼，幾秒後，回過神，她更委屈了：「你——你那樣……」

「我哪樣？」商彥聲音近乎嘶啞，他的心像被撕開，血汩汩地往外流，他火大得想嘶吼，卻偏偏連個發火的對象都沒有，他只能把那些情緒壓成墨一樣的沉色，掩進眼底。

商彥俯下身，把女孩壓到身後的石柱上：「妳既然都追到那裡了，怎麼不再往裡面走一步？妳進去看看，我到底怎樣了？」

「……」蘇邈邈頓住。

商彥半晌後啞聲苦笑：「我那晚不但什麼都沒做，還砸了飯店大廳，差點動手打了那個想設計我的女人，鬧得差點再一次進看守所。妳信不信？」

「……」看著男生漫上猩紅的眸子，蘇邈邈安靜很久，然後她慢慢低下頭，「既然你說你什麼都沒做……我會試著相信。」

女孩眼睫眨了眨，把快要湧出的酸澀壓下，她輕聲呢喃：「那天以後我非常討厭你，商彥……可是比起討厭，我好像還是喜歡和想念更多一點……那天離開以後我也很後悔，我應該跟你當面談清楚的。我不能那樣獨斷獨行，我也想或許只是一場誤會，不然，我就不會來A大了。」

女孩說完所有想說的話，慢慢放鬆身體，靠到身後的石柱上。她仰起臉看著男生，眼神澄澈而乾淨，只有眼眶帶著一點淡淡的紅。

「所以，商彥，只要你說你什麼都沒做，我會相信你。」想了想，她頓了一下，小聲補充，「但我可能還是會在想起來的時候，忍不住跟你鬧一點彆扭……因為那天我真的很難受，現在想起來，還是很難受……」

商彥眼裡的情緒慢慢沉澱，他湊到女孩低著的下顎前，「我什麼都沒做，妳聽到了嗎？」他眸色黑沉，焦點微散，灼熱的呼吸追尋著她的，「除了妳，我誰都不想要。」

他輕咬住女孩柔軟的唇，竭力克制心底洶湧的情緒。

「……我只想要妳。」

第十九章　我的女朋友

午後，校園裡的陽光微燥，被灼得乾熱的微風吹拂過白色長廊上纏繞的紫藤花枝葉，發出細微的聲響。

長廊盡頭的白色石柱上，穿著淺色夾克的女孩被身前的男生托著後頸，身體撐在石柱前，俯身吻得忘情而熾烈。直到女孩終於忍不住，伸手抵著男生的胸膛和鎖骨，竭力把人推了一下。

趁身前眼神深沉的人稍稍退讓，她慌忙地側過染著緋色的面頰。

「……怎麼了？」那人仍不饜足，聲線微啞，順勢俯到女孩的白皙耳朵旁輕吻，伴著低低的笑，「不喜歡……這樣嗎？」

「……」蘇邈邈往後躲了躲，白皙的面頰赧成欲滴的嫣色。她趁隙偷偷換了口氣，才瀝著瞳仁無辜地看向男生，「腿……腿軟，站不住。」

商彥一愣，片刻後，他垂下眼，啞然失笑：「妳體力太差了。」

這種時候還要被嘲笑，女孩氣不過，小聲碎念：「……就你好。」

「我確實好。」商彥湊在女孩耳邊低低地笑，忍不住又親了親女孩的耳垂，才側身坐到旁邊的廊柱下，擺在女孩身側的手輕輕勾住她的腰，「小孩，過來。」

蘇邈邈臉一紅，躲開：「不要，會癢。」

商彥眸色一深，頓了兩秒才笑：「妳不是腿軟嗎？過來坐一下。」

「……」女孩第一次經歷這樣熾烈的吻，像是要被吃掉一般，而今連那人漆黑的眸子都不敢對視，憋著氣撇開視線，遲疑一下，坐到男生身旁。

然而還沒坐穩，她的手腕突然一緊，一股力量拉得她重心失衡，驚慌往旁邊扶。而早有預謀的那隻手準確地握住她的，另一隻手則在她後腰一托，輕輕鬆鬆將她抱進懷裡。

等蘇邈邈反應過來，自己已經坐在商彥腿上。她慢半拍地眨眨眼，臉色泛紅：「你……」

話音未落，那人垂眼貼覆過來，再一次吻上女孩的唇。這一次的吻輕柔、溫和，像是安撫，也像是道歉。

「我對妳發誓，蘇邈邈。差點被人趁虛而入的錯誤我只會犯一次，哪怕是因為妳，我也不會再碰一滴酒了，好嗎？」

「……」女孩喃喃一聲，不待她說什麼，唇瓣再一次被那人攫住。

商彥纏著她親吻，趁隙低聲私語，「妳所有的不滿都對我發洩，那是我的疏忽和錯誤，只要妳不再為這件事傷心，我任妳處置。」他在她唇間輕嘆，像是饜足又像是不捨，輕狂而深沉，著迷一般，「蘇邈邈，我可以為妳做任何事。」

「……」

「妳是不是忘了，我說過我的命和一切都給妳，妳可以對我做任何事情，什麼我都接受，但別再用我的錯為難妳自己。」

「……」

在那人的輕語和親吻裡，蘇邈邈找不到任何空隙回應。他看著她的眼神像是沉溺太久而有些入魔的迷戀，讓蘇邈邈從骨子裡顫慄起來，但她又同樣想念和眷戀著眼前這個人，她說服自己小心地接納他，在他胸膛前推拒的手指慢慢攀上男生的後頸。

女孩的接納讓男生的吻變得狂熱而熾烈，直到——

長廊斜對角，吳泓博鑽出修剪整齊的灌木叢間的小路，他按照手機上的定位搜尋過來，左右看了看，赫然停下腳步。在他目光的盡頭，長廊對角處，穿著白襯衫的男生背對著他，單手扶在旁邊的廊柱上，壓著坐在自己懷裡的女孩親吻。

「……咳咳。」吳泓博尷尬地側開視線，清了清喉嚨。

女孩身體一僵，慌亂地睜開眼，還未反應過來便被身前的男生攏到懷裡擋住。

商彥側回頭，眼神裡有些被打擾的不快。

吳泓博立刻舉起雙手，「彥爹，我先聲明，我看到你傳的訊息之後第一時間趕過來——我也不想打擾你們……嗯，小別勝新婚？」吳泓博試探地邁出腳，「不然，我先走？」

商彥扶著懷裡的女孩起身，斂下眸裡晦暗的情緒：「回來。」

「……」吳泓博只得無奈轉身，走到長廊下。

蘇邈邈不解地望著商彥，似乎在問為什麼要叫吳泓博來這裡。

商彥低聲，「我不想妳一直心存芥蒂。那天晚上事情鬧得很大，電腦協會的人都很清楚，吳泓博可以告訴妳。」商彥一頓，「我到前面去等。」說完，他腳步不停，徑直向前走去。

蘇邈邈一愣，下意識地看向吳泓博，吳泓博也一頭霧水，茫然地問蘇邈邈，「小蘇，妳要問我什麼？什麼那天晚上，還有電腦協──」他話音一頓，眼睛突然睜大，「是說去年電腦協會聚餐那件事？小蘇，妳知道了啊？」

蘇邈邈遲疑一下，點頭又搖頭：「知道一點。」

「……」吳泓博抓了抓頭，無奈地說，「原來是要說這件事啊，彥爹居然還主動要我來跟妳解釋，換作其他人，別說解釋了……這件事沒人敢當著彥爹的面提起。」

蘇邈邈輕皺起眉。

「這件事情說起來也巧……那天剛好有個十三校聯合電腦賽，我們A大的電腦協會拿到第一名，打算出去慶祝。我們所有人都可以為彥爹作證，這種聚餐聚會什麼的，他從來不參加，但是那天……」

吳泓博猶豫地看向蘇邈邈，不好意思地低聲說：「那天回到校門口，彥爹不知道看見哪個女生，以為是妳，當下就瘋了一樣到處找妳，差點沒把東門翻過來，最後才確定是錯覺……他當時的模樣，小蘇妳沒看見……」

吳泓博嘆了一聲：「從頭到腳，一點生氣都沒有……當時我看不下去，拖著他一起去聚餐，我以為灌他一點酒，讓他睡一覺就沒事了，誰曉得有人膽子那麼大！」

吳泓博臉色一沉，低啐了一聲：「那天晚上除了彥爹以外，協會裡的人都高興得不得了，男生幾乎全部喝茫，只剩我和協會兩個女生清醒。散會前會長吐得一塌糊塗，倒在洗手間，我只好去幫忙，結果一回來，彥爹已經被帶走了！」

吳泓博說著火氣也上來了：「我真他媽的服了，平常打打嘴砲也就算了……居然還真的有人敢對彥爹下手？我當下沒辦法，只能打電話到彥爹家裡，商家效率超高，十分鐘後就到了那家飯店。」

吳泓博聳了聳肩：「不過還是晚了。那間飯店不大，大廳門口四面玻璃已經被彥爹砸碎三面。協會裡那個大四的女生，就是帶彥爹去飯店的那個，嚇傻了，哭超慘，我去的時候還抱著腦袋縮在牆角呢。」

「……」蘇邈邈皺著眉，擔心地問，「沒傷到人吧？」

「身體上沒有，精神上不一定。」吳泓博說。

蘇邈邈不解。

「那個大四的學姐，聽說驚嚇過度，直接辦休學了。」

蘇邈邈不禁咋舌。

「我還好，妳也知道，LanF 大賽那次彥爹瘋多了。不過協會其他人……就不好說了。反正從那以後，彥爹還是跟之前一樣，非比賽的活動不露面，其實也沒人敢再叫他去。」

蘇邈邈眼神晃了晃，兩人之間沉默下來，四周安靜得只剩下風吹葉子，發出輕而柔軟的聲音。

蘇邈邈慢慢點頭：「我知道了，謝謝你。」

「不客氣。」吳泓博擺了擺手，「那我先回去了？」

「嗯。」

吳泓博轉身，走出兩步，又突然停住，不過他沒回頭，站在原地沉默幾秒，輕聲道：「小蘇，相信他吧，真的。」

蘇邈邈愣住。

吳泓博似乎嘆了一口氣，「彥爹是什麼樣的人、多引人注目，妳跟我們相處那麼久，妳應該再清楚不過。」他側了一下頭，沒有完全轉過來，「這兩年來，他要是有一絲想要放棄的念頭，那他早就跟妳分道揚鑣了。妳露面之前，沒人告訴他，他是要等一年、兩年，還是五年、十年……但他就連〇．一秒的動搖都沒有，一直等到現在。」

蘇邈邈愣住，瞳仁輕顫一下。

吳泓博無奈地笑了笑，「我這個人很庸俗，最不相信情啊愛啊這一套，而且男人這種生物，不管多醜，絕大多數都是用下半身思考，只要給他們機會『犯錯』，隨便玩玩的人多得是……」他一頓，「可彥爹不一樣，他非常非常在意妳，一點錯誤都不犯……以前我沒看出來，但妳不在這兩年……我，老欒，可是看得一清二楚。」

他回頭，在燦爛陽光下笑得像個傻子：「我要是女的，都會愛上他。所以啊，小蘇，別不相信他，他從來沒有對不起妳。」

「……」

等吳泓博離開，蘇邈邈慢吞吞地走到商彥身旁。

看見女孩似乎有些神色複雜，商彥微皺起眉：「他沒跟妳說什麼多餘的話吧？」

蘇邈邈眼角微彎，抬起頭：「怎麼，你做了什麼虧心事，怕他跟我告狀？」

見女孩露出笑容，商彥也放鬆眉眼。他嘴角輕勾，俯身過去，勾住女孩的指尖，托在掌心裡把玩：「不是。」

「我以為他會埋怨妳。」

「那你緊張什麼？」

「……」

見女孩突然沉默，商彥動作一停，皺眉抬頭：「他真的說了妳什麼？」

「……沒有。」蘇邈邈莞爾，「而且就算說了什麼，也是替你打抱不平，你這副要找人算帳的表情是什麼意思？」

商彥低哼一聲，他捏著女孩的指尖，拿到唇邊有一下沒一下地輕啄：「我家小孩，我都捨不得罵……他敢。」

「……」蘇邈邈眨了眨眼，壓下心底湧上來的情緒，側開視線，「不過他有說一句。」

「嗯？」

蘇邈邈開玩笑地輕聲說：「他說如果他是女人，一定嫁給你。」

「……」商彥臉一黑，「叫他滾蛋。」

蘇邈邈最後還是錯過了迎新活動的下半場，但卻不是她沒回去，而是學院臨時通知，要求各科系召開第一次年級會，盡早引導大一新生步上軌道。

於是剛結束新生報到工作的大一輔導員們，只能又緊急將相關事宜通知各班級，召集學生到多媒體教學大樓內的階梯教室開會。

收到通知的當下，蘇邈邈和商彥正走在校內主要廊道上。

「階梯……教室一〇一？」蘇邈邈看著手機上收到的簡訊通知，一邊按照要求回覆「已收到」，一邊茫然地看向商彥，「階梯教室一〇一在哪裡？」

「階梯教室就是科技教學大樓，因為教室裡的坐椅都是階梯狀排列，所以校內師生習慣這樣稱呼。」他一頓，又問，「班上有事？」

蘇邈邈低頭看了一眼簡訊：「好像是全系新生都要去。」

商彥點頭：「應該是新生動員之類的，聽說很無聊。」

蘇邈邈疑惑：「聽說？……你新生那一年沒有嗎？」

商彥坦然自若：「去年那場我蹺掉了，沒去。」

蘇邈邈驚訝：「可以不去？」

商彥不以為意：「如果妳不介意像我一樣，在開學第一天被系主任在全系學生面前點名教訓。」

蘇邈邈滿臉黑線。

商彥淡然：「反正我無所謂。」

「……」蘇邈邈嘆氣，「我去。」

商彥想了想，莞爾：「那我今年補上好了。」

蘇邈邈愣了愣，商彥嘴角微勾，牽著女孩轉了個方向：「走吧，我送妳過去。」

階梯教室離操場很遠，離白石柱長廊卻很近，所以蘇邈邈和商彥到達階梯教室一〇一時，電子計算機科學與技術學系的大一新生還沒有班級到場，系上幾位輔導員卻已經到了。

計科系是計院的王牌，院內最為重視，所以此時院裡幾位行政兼教學的教授主任都站在一〇一教室外。看見商彥出現，幾位老師愣了一下，顯然對院裡這個風頭正盛的學生略有耳聞，甚至有些稱得上熟識。

「商彥？」站在最旁邊，一個年約四十的男老師驚訝地看向兩人。

商彥側過身，跟蘇邈邈介紹：「這是劉青梁，計院的系主任。」

介紹過後，商彥笑意懶散地跟劉青梁問好。

劉青梁跟幾位老師說了句話，便抬腳走過來：「你怎麼來這裡？你們組裡那個軟體發展不順利？」

「沒有。」商彥示意身旁的女孩，嘴角輕勾，似笑非笑，「陪我女朋友。」

蘇邈邈一噎，眼睛微微睜圓，瞪向身旁的男生。只見那人笑得坦然自若，一點都不心虛。

劉青梁則是吃了一驚，轉頭看向商彥身側：「你交女朋友了？」

乍見女孩長相，劉青梁眼裡掠過驚豔的神色，隨即他警惕起來，不放心地告誡：「談戀愛是好事，但不要影響研究進度啊，我對你們組一直寄予厚望。」

商彥漫不經心地開玩笑：「建議您不要寄予厚望，我們只是個大學生小組，擔當不起，您把我們當白老鼠就好了。」

劉青梁聞言哼了一聲，沒好氣地說：「我想把你調進研究生小組，是誰堅持拒絕的？」

「您那些研究生小組的課題我不感興趣，而且都已經進行到一半，我中途加入，跟他們的步調也未必合得上。」

劉青梁勸道：「你演算法的思考脈絡一向新穎，加入對他們有益無害，尤其那些卡關的小組，正需要你這樣的新血……」

「劉老師，您不要一見我就嘮叨了。」商彥難得露出無奈的神情，「再這樣，下次我見到您就跑，您可別怪我失禮。」

「……」劉青梁說不過他，只能惋惜地嘆了一口氣，「算了，有點才氣的年輕人都是你這副德行，不過眼光再高，也要腳踏實地。你想做的領域我也研究過，這方面國內只能算是初觸皮毛，你要是真的打算深耕，有很多艱難險阻必須跨越。」

商彥莞爾，眉眼凌厲漂亮：「那才有意思，不是嗎？」

劉青梁瞪了他一眼，氣笑了，搖頭：「年輕氣盛。」

年紀輕輕坐到系主任的位置，劉青梁自然不是死板的人，確定商彥不想再談研發小組的事，他就暫且作罷，轉而聊幾句閒話，於是話題又帶到旁邊安安靜靜的蘇邈邈身上。

「你剛剛說，陪你女朋友？」劉青梁目光落到女孩身上，「她應該不是我們學校的吧？如果是，我不會沒印象。」

這麼驚豔的長相，即便是其他學院的學生，劉青梁應該也會有所耳聞。

商彥笑笑：「她不但是我們學校的，還是我們院計科的學生。」

劉青梁一愣，隨即恍然，「大一新生？」他笑起來，「難道是跟你同一個高中？」

蘇邈邈意外地看向劉青梁，不知對方怎麼猜到的。不過很快她就懂了，劉青梁不是有意要猜，而是希望她是。

「是不是也跟你同一個電腦培訓組？你帶進團隊的那三個學生我就不要了，這個留給院裡……」

商彥一點面子也不給，他莞爾低笑，「劉教授，您可真會開玩笑，吳泓博和欒文澤我都不給，您覺得我會把自己女朋友送出去？」他一抬眉，似笑非笑，「哦對，去年年底，我不是告訴您我有一位小徒弟嗎？就是她。」

話一出口，蘇邈邈頓時感覺劉青梁望在自己身上的目光熾熱許多，緊隨其後的是一種被挖了心肝的可惜和懊惱：「你們那個大學生小組的新課題，塞這麼多人才真是可惜了，你就留下一兩個給院裡……實在不行，讓他們兩頭跑也可以啊！」

商彥不為所動：「研究生那麼多，大學生就更多了，您何必搶我的人？」

「問題是，現在的大學生裡，有幾個真的有科研和做課題的想法？有想法的人裡，又有幾個是真的能堅持撐過枯燥的過程？」

似乎想起什麼，劉青梁表情有點不快，陰晴不定一陣子後，他嘆了口氣：「尤其是我們科系，人才還得從中學開始培養……一個學校能招到幾個高中競賽培訓經驗豐富且優秀的？你倒是厲害，一個人捲走一大半。」

眼看話題又要繞回原點，商彥無奈笑了一聲，轉移話題，把這件事帶過。

沒多久，成群結隊的大一新生們鬧哄哄地來了。計科系一共八個班，再加上各班輔導員和院內其他教授與行政老師，一個三百人的階梯大教室幾乎座無虛席。不過教室門口寬度有限，最多容兩個學生並肩而行，一時間門口擠滿學生，排隊等著進場。

蘇邈邈見狀非常後悔自己剛剛沒有先進去找個角落坐下，現在被兩三百學生低聲議論兼注目，即便她心理比過去堅強，仍忍不住臉頰微紅。

商彥正在跟系上一個主要研究方向相近的教授，聊最新期刊上的一篇關於新演算法的文章，眼角餘光瞥見蘇邈邈不自在的模樣，他淡定地往前挪了一點，再自然不過地伸手把女孩拉到自己身後。

同時趁隙眉眼微冷地掃向旁側，目光一落，幾個嘰嘰喳喳、距離門和他們最近的大一新生，突然像是被按下消音鍵，集體靜默。

突如其來的安靜，引起教室外劉青梁幾位老師的好奇。有人靠過去低聲解釋了原因，劉青梁朝商彥開玩笑：「商彥，你畢業後可以留校接個行政的職位，專門幫院裡管管秩序，你看怎麼樣？」

「……」商彥難得語塞。

男生身旁的蘇邈邈忍不住，撇開臉輕聲笑起來。商彥聽見，側壓下視線，微瞇起眼：「我這是為了誰？妳還笑？」

女孩努力抿住脣角，嚴肅地仰起臉：「我沒笑，真的。」烏黑溼漉的瞳仁一瞬不瞬地盯著他，無辜又無害，還輕眨了眨。

商彥垂眸看了兩秒，眼神深了些：「小孩，妳最好別這樣看我。」

蘇邈邈不解。

商彥低聲說：「妳沒聽吳泓博說，小別勝新婚？再有下次，我可不管旁邊有多少雙眼睛盯著……」話音未竟，但那沒出口的威脅已昭然若揭。

蘇邈邈臉頰驀地紅了，她微惱地用力瞪男生一眼，低下頭輕聲道：「……你敢。」

商彥輕咬著薄脣內側，笑了：「我最喜歡這個遊戲了。來，妳快試試，看我敢不敢。」

「……」論撩人的段數，她這輩子都望塵莫及。

等新生們都進了教室，商彥也陪著蘇邈邈走進去。

學生們十分「謙遜聰慧」，從第一節課就掌握了上這類課程或者會議的精髓——教室後排無一空位，而最前排三塊大區域都恭恭敬敬地留了兩排。

只有幾個實在找不到位置的學生，迫不得已又小心翼翼地收起手機，坐到教室的前兩排。而蘇邈邈和商彥進去時，顯然沒有別的位置了。

商彥懶洋洋地掃過一眼，毫不在意，拉著女孩坐到離門最近的第二排角落。坐下以後，他看了一眼手錶，又數了數門口進來的教授和老師人數。

商彥微側過臉，俯到女孩耳邊低語：「按照這個人數，這場年級會至少要四十分鐘，妳可以靠在我肩膀上睡一下。」

「……」蘇邈邈表情微滯，尷尬地抬眼。

隔著一張課桌，坐在第一排的劉青梁面無表情地轉頭，瞥了商彥一眼。商彥微微一笑，劉青梁氣呼呼地轉了回去。

蘇邈邈無奈，壓低聲音：「你別鬧了。」

「……」商彥眼神微深，趁著女孩不注意，他飛快地探身，在女孩嘴角輕吻一下。

教室後方一陣譁然，講臺上還在討論流程的老師們茫然抬頭，不解地看著學生。始作俑者悶哼一聲，長排課桌下，女孩慢吞吞收回踩人的腳，耳朵羞得通紅。

講臺上的老師不悅地拍了拍多媒體設備，壓下教室裡的喧譁聲。

蘇邈邈用力低下頭，雪白的頸子赧得染上嫣粉的顏色。

所幸老師迅速開始播放ＰＰＴ，介紹學院和計科學系的創建、發展史，學生們的注意力也慢慢轉移。

看完ＰＰＴ後，接著是院內老師的發言。前面幾位比較含蓄簡略，輪到壓軸的劉青梁，作為系主任，他十分完美地發揮了他在商彥面前頻頻碰壁的口才，把涉世未深的大一新生鼓舞得抬頭挺胸、鬥志昂揚，就連蘇邈邈也有些動容。

唯獨歷經一年大學洗禮的商彥不為所動，神態慵懶，到了後半節更是儼然一副睡眼矇矓的模樣。

劉青梁瞥見幾次，氣得半死，於是把事先準備的講稿重點說完以後，他臨場發揮，又加了一條：「值得一提的是，我們學院同樣重視大學生隊伍科研和實作的培養，更為優秀大學生提供了良好的團隊環境和設備、場地支援；我們鼓勵大學生對本科知識活學活用、深耕和發展，更支持大家向優秀學長學姐學習，創立或者加入認真做課題、做專案的優良團隊！」

劉青梁清了清喉嚨，露出一個意味深長的微笑：「接下來，就請一位高年級的優秀學長代表發言。」

階梯教室裡一片靜默，學生們愣了兩秒，不約而同地將目光落向前排，而劉青梁同樣面帶微笑地看過去。

「商彥，來，跟學弟學妹講幾句話。」

蘇邈邈驚訝地轉頭，看向身旁的男生。劉青梁甩鍋甩得那麼自然，如果不是看到商彥眼裡睡意全消後的詫異，她還以為劉青梁事先知會過商彥了。

愣了兩秒，她反應過來，無奈苦笑——系主任也會「公報私仇」啊。

商彥無奈起身，他心裡很清楚，平常與劉青梁私下開些無傷大雅的玩笑無所謂，但在這樣的公開場合，他絕對不能不給劉青梁面子，對方也是看準這一點，才會毫無顧忌地甩鍋過來，絲毫不擔心他直接砸鍋。

安撫地看一眼身旁的蘇邈邈，商彥起身離開座位，走到講臺上。

他和劉青梁對視一眼，接過備用的迷你麥克風，確認一眼麥克風是關著的，他無奈抬眼，低聲對劉青梁說：「劉教授，這未免太突然？」

劉青梁笑笑：「我是怕你在臺下聽到睡著，特地給你機會上來清醒一下？」

說完，劉青梁打開自己的麥克風，說道：「先請你們學長自我介紹，大家鼓掌歡迎。」

學生們立刻配合地賣力鼓掌。

商彥沒上講臺，而是站在多媒體設備旁邊，打開麥克風，單手撐著多媒體設備，眼神語氣依然是平時那副似笑非笑的慵懶。

「自我介紹能跳過嗎，劉教授？」

學生們哄笑起來，劉青梁也不意外，淡定地駁回：「不能。」

「……」商彥微低下眼，嘆了一口氣，「好吧，那就自我介紹。我是商彥，大二。」他一頓，「沒了。」

學生們一愣，又笑起來。

劉青梁氣惱又無奈地瞪了商彥一眼，拿起麥克風：「你們商彥學長今天難得比較謙遜，那我來替他說。商彥去年是以理科榜首、理綜滿分的成績進入本校，中學期間獲得的國家級與國際級電腦相關比賽的金獎多達數十項，而過去一年中，他既是全系第一名的國家獎學金得主，也帶領學校電腦隊伍參加比賽十餘場，個人賽至今尚無敗績。」

聽新生們發出陣陣驚嘆，劉青梁十分滿意，稍作停頓後又開口：「最值得一提的是，我之前說過的院內大學生科研與實作團隊中，商彥帶領的以『大數據分析』為核心課題的團隊，是院內大學生科研實作最為優秀的成果。」

劉青梁轉頭看向旁邊的男生：「商彥，為學弟學妹介紹一下你團隊的課題和目前的進度及基本方向吧？」

聽出沒有拒絕的餘地，商彥只好轉身站上講臺，關掉多媒體，布幕在他身後緩緩上升。在學生們不解的目光下，商彥淡然開口：「臨危受命，沒有PPT輔助，我勉強說，你們勉強聽。」

商彥拿起一根粉筆，在身後的黑板上寫下龍飛鳳舞的「大數據分析」五個字。寫完後，他順勢畫一個圈，圈住「大數據」。

粉筆在黑板上點了點，商彥淡定回眸，掃了一眼臺下學生：「不知道這個詞是什麼意思的，我真誠建議你現在就戴上耳機，放一首催眠曲，準備入睡，因為我接下來要說的，對你來說跟催眠曲沒什麼區別。」

新生們紛紛笑起來。

儘管醜話說在前頭，商彥還是簡略介紹了一下大數據的概念。

「大數據可以概括為四個特徵，Volume，Velocity，Variety，Value。」看著臺下學生們一臉茫然，商彥一頓，似乎有點無奈，「也就是，數量大、速度快、種類多、價值密度低。針對具有這四種特徵的大數據，必要的處理與分析應運而生。而追溯根源目的，大數據分析最基本也最核心的要求，即是資料視覺化……」

教室裡起初還有笑聲，但之後越來越安靜。就如同商彥在演講開頭所說，聽不懂「大數據」這個詞的學生，到後來已經進入半昏迷狀態。而極少數幾個對這方面有所了解或者涉獵的學生，望著講臺上的人的眼神，在短短十分鐘內萌生出臣服和馴化的光彩。

等講演終於告一段落，看著臺下部分人炙熱的目光，商彥想了想，難得主動發問：「誰能告訴我，在人工智慧不斷完善和發展的現在，什麼樣的理念是大數據分析需要具備的？」

臺下起初一片靜默，幾秒種後，有學生按捺不住激動地開口，聲音或大或小地提出自己的答案。

商彥一一搖頭否決，聽到最後竟沒有一個合意的，他微皺起眉，手裡粉筆往盒中一扔，半挽起襯衫袖子的手臂扶上講臺。

他垂眼，「蘇邈邈。」眼簾一掀，漆黑的眸子瞥過去，不夾雜私人情感，「妳來說。」

被點名的女孩驀地一愣，片刻後，她輕聲回答：「人機共生。」

兩年前，在C城三中的科技大樓電腦培訓組裡，某個下午，男生曾坐在桌邊，眼睛帶著光芒地講述自己的藍圖和理念，她一直記得。

講臺上，商彥眼底墨色化開，情緒柔軟：「對，人機共生。」

「大數據，不只是資料獲取、資料分析和資料管理。」商彥目光掃過教室，「更重要的是領域業務、知識模型和本體抽象融合，也是把人的理解和決策，與機器智慧的融合、計算、推理、即時反覆運算等能力結合。唯有在這個理念下，才能夠真正實現掌握數據，真正解決動態、增量、回饋、決策這幾個關鍵問題。」他一頓，沉眸，「駕馭數據，而非被數據駕馭。」

臺下一片靜寂，而男生已經關上麥克風：「我的講演結束。」

他摘下迷你麥克風，走下講臺，停在劉青粱旁邊。抹掉提起專業領域時的一絲不苟，男生清雋面龐上恢復散漫慵懶的神色。

「劉教授，我為您撐住場子了吧？」

劉青粱早在旁邊笑得合不攏嘴，立刻毫不吝嗇地豎起拇指：「之前沒聽你有系統地講過，這次聽你一席話，你這個團隊的課題我還真有點感興趣了。」

商彥無奈：「只要學院技術支援跟得上，這樣的講演我可以再講三年。」

劉青粱一愣，回過神，笑道：「好小子，原來你在這裡挖坑等我呢？」

遞出麥克風，商彥神色疏懶，似笑非笑：「沒有，您別多想，我只是順口一提。」

劉青粱眼珠轉了轉，點頭：「好，你的團隊上次被駁回的幾件事，我可以再考慮，酌情滿足一些。不過……」

商彥挑眉：「挖人？別想。」

劉青粱好氣又好笑：「誰要挖人了？我是想讓你的團隊空出一週的課餘時間，帶新生參觀介紹你們的研發環境，更接近、更詳實地了解，畢竟你今天說得比較籠統，他們需要更進一步的誘因。」

商彥淡笑：「劉教授，您這是把我們當動物園？組員幾個都是猴子？」

劉青粱被他氣笑：「不然就算了，你們那些資料庫開放的要求也算了？」

「……」商彥無奈，「好，但第一批名額由我選。」

劉青粱眼睛一亮，點頭：「沒問題。」

兩人說話間，院內老師也正好做了總結。

劉青梁拿到發言權：「這場年級會到此結束。商彥學長會留在這裡，選出幾個名額的學生參觀實驗室，有什麼問題你們可以儘管問他。」

說完，系上幾個老師陸續退場，現場全扔給商彥一人掌控。離開前，劉青梁還笑瞇瞇地看了商彥一眼。

商彥無奈，只能站上講臺，重新打開麥克風：「兩分鐘時間提問，之後選出十個人去科技大樓我們組的實驗室『看猴子』，你們好好想想。」

大一新生意會過來，笑倒一片，有些迫不及待的在下面叫著「身高」、「體重」、「三圍」。

「三圍」的呼聲最高，商彥懶散地挑了挑眉：「私人問題，不予回答。」

臺下一片失望的嘆息，但仍有人不放棄，商彥也不搭理。直到不知哪個角落冒出一聲：「學長你和蘇邈邈是什麼關係？」

講臺上，男生慵懶的神色一頓，驀地低笑一聲，漆黑的眸子微微抬起，似笑非笑：「私人問題不予回答——但這個例外。」

臺下眾人愕然。

商彥清了清喉嚨，笑道：「重新自我介紹，我是商彥，大二，蘇邈邈的男朋友。」

此話一出，最先躁動起來的是大一新生，緊隨其後的是A大論壇、A大校友群組、A大各省同鄉群組……紛紛列隊。

『身為「計院紅牌」的彥神親口承認自己有女朋友了』的消息，在短短數十分鐘內，透過網路傳遍整座A大校園——甚至可能不止。

一時間，女生宿舍內宣稱自己「失戀」的哭嚎聲無數，學校裡的夏蟬都差點嚇得倒嗓。

階梯教室一〇一內，計科大一新生們還沉浸在「我剛有了男神下一秒他就有了女朋友」的悲痛中。站在講臺上，扔完「炸彈」的商彥卻不以為意，他抬手看了看腕錶，又望向臺下。

「好了，兩分鐘自由提問時間結束。接下來我會選出十個名額去實驗室參觀，有意願的舉手。」

臺下嘈雜聲一頓，很快有人舉起手，緊接著大半個教室的學生都抬起手臂，有的甚至努力揮動起來。

商彥微皺一下眉：「是真的實驗室，不是金絲猴展覽館。抱著看熱鬧心態的人，建議節省彼此的時間。」

儘管臺上商彥說得一本正經，臺下聽了仍不免哄笑。

舉手的人不減反增，商彥頭痛地走下講臺，順著階梯教室的臺階，一排排走過去，手在空中隨意指點：「我點到的人站起來，跟我走。你，你，還有你，你們兩個……」

一圈繞下來，商彥身後跟了十個人。他的腳步停在前門旁邊，目光落向第二排唯一坐著的女孩。

蘇邈邈沒舉手，安安靜靜、乖乖巧巧地看著他，烏黑的瞳仁裡似乎還藏著點微惱的情緒，大概是氣他方才「自作主張」的爆料。

商彥嘴角輕勾：「再加一個，蘇邈邈。」
跟在後面的人裡，有一個小聲揶揄：「彥神，不是說十個名額嗎？已經滿了。」
商彥頭都沒回，抬起的手臂落下，插進褲子口袋，懶洋洋地笑著：「這個不算名額。」
「……啊？」
商彥老神在在地笑：「這是眷屬。」
蘇邈邈氣結。呸！
儘管用力瞪了那人一眼，女孩還是忍不住微微臉紅。
「眷屬」最終沒能反抗，在無數羨慕又嫉妒的目光裡，被商彥握著指尖拉起身，兩人並肩走出教室。
商彥選的十個人是他講演時聽得格外認真、眼睛發亮的那幾個，於是一路上，他們抓到機會問了他許多問題，一直到走進計院的實驗大樓，他們的詢問才稍稍停歇，將注意力轉到參觀實驗室上。
室內陰涼，商彥一邊帶著新生走進電梯間，一邊淡淡開口介紹：「這棟大樓是計院的專用研究大樓，共有六層。我們團隊所在的研發場地——我們稱之為工作室——位在五樓，而一到四層全部是學院內的研究生實驗室。」
他回頭掃了眾人一眼：「參觀之後如果真的對我們團隊的課題和專案有興趣，我會安排你們接受考核，考核通過即能進入工作室，但是否讓你們接觸核心演算法，就看你們之後的表現。」

十個新生聽了為之一振，顯然他們之中大多數是抱著這個目的來的。然而最初的喜悅退去，再看看周圍的人，新生們的表情又慢慢嚴肅起來。既然是考核，勢必會篩選淘汰，他們身邊站著的，未來可能是搶走自己名額的對手。

商彥說完，電梯門正好打開，他牽著蘇邈邈進入電梯，神情疏懶淡然，似乎絲毫沒有注意到，自己簡單幾句話對新生造成多大的心理壓力和競爭意識。

一行人乘電梯到五樓，商彥和蘇邈邈走在最前面，出了電梯間，迎面差點撞上一個人。

雙方四目相對，不由得一愣。

「……小蘇？」

「欒文澤？」

蘇邈邈和欒文澤幾乎同時開口。

欒文澤接著驚喜地露出笑容，「我聽吳泓博說妳來了A大，還想去見妳一面，沒想到在這裡遇見……」他邊說目光邊落向商彥，語氣轉為無奈，「彥爹，你帶小蘇來，也不提前告訴我們。」

商彥一挑眉，似笑非笑，帶著點欠揍的輕蔑：「我的女朋友，為什麼要跟你報備？」

欒文澤瞠目結舌，蘇邈邈無言以對。這人動不動把「女朋友」掛在嘴邊，恨不得拿個大聲公對每個路過的人宣告。蘇邈邈忍無可忍決定不忍，被那人握在掌心的指尖動了動。

「你能不能……」女孩偏過頭，壓低聲音警告，「別再提了？」

商彥心情很好地勾著嘴角笑：「提什麼？」

「提我是你女朋……」蘇邈邈話音驀地一頓，再仰起臉，果然對上那雙滿含戲謔的黑眸。

商彥壞笑：「妳不是我女朋友嗎？」

「……」

「這個消息會在最短時間內傳遍A大，我不會在校園內留下任何盲點和死角。」

「……」

「這樣就不會有不識相的人覬覦妳了。」

「……」好好好，你開心就好。

等面前這對秀完恩愛，欒文澤趁隙朝商彥指了指他身後的十個大一新生，不解地問：「這些人是……？」

商彥回身：「哦，他們是給你們的驚喜。」

欒文澤一頭霧水。

「這是為你們準備的替補隊員和新血，如果以後被他們超越，或是落後太多……你應該不用擔心，但告訴吳泓博，皮要繃緊點，小心他和他那一箱洋芋片被我踢出工作室。」

「……」欒文澤聽懂了，啞然失笑，「好，我一定轉告。」

說完，他也不進電梯了，趁著新生還在慢慢走，欒文澤轉身小跑步，鑽進長廊盡頭的第二道門。

商彥似乎不意外，跟身後新生示意一下，魚貫走進長廊。

蘇邈邈神情複雜：「你們工作室……很亂嗎？」

「？」商彥不解地看著她。

「不然欒文澤怎麼慌慌忙忙地趕回去？」蘇邈邈皺了皺鼻尖，「他在我印象裡一直很淡定。」

「……」商彥笑笑，側過身，「等一下你就知道了。」

進到工作室，蘇邈邈第一眼便看到了「答案」。望著那個坐在電腦桌前，朝自己明媚笑著的女生，蘇邈邈愣在原地。

「葉……淑晨？」

「是我，意外嗎？」葉淑晨笑著起身，「好久不見了，小蘇美人。」

蘇邈邈愣了幾秒才反應過來：「妳竟然也考到A大來了？」

「嗯。」葉淑晨轉身，看了欒文澤一眼，眼裡含笑，「我和他都是計院軟體工程系的，算是妳半個學長姐吧？」

「……」想到這兩人在LanF大賽的那些糾葛，蘇邈邈心裡漸漸了然。她誠心地笑起來，「恭喜妳呀。」

葉淑晨眨眨眼，有些俏皮地笑道：「妳說什麼，我聽不懂。」

蘇邈邈也不拆穿，跟著笑起來。

跟葉淑晨打完招呼，蘇邈邈不意外看到另一張電腦桌前的欒文澤，以及努力往桌子下面的箱子藏零食的吳泓博，還有……

蘇邈邈看著工作室最裡面，唯一的一張陌生面孔。她愣了愣，下意識地看向商彥：「這位是……？」

不等商彥開口，一直站在角落打量蘇邈邈的女生走上前，臉上露出溫婉和善的笑容：「妳好，我是任思恬，計科系大四一班。」說著向蘇邈邈伸出手。

蘇邈邈有些意外，但還是禮貌地握手：「妳好，我是蘇邈邈。」

那隻手白淨有力，與蘇邈邈交握時，似乎下意識地稍稍用力，然後驀地放開。

蘇邈邈一愣，抬眼，對方和善的笑容映入眼簾：「對妳，我可是久仰大名了。」

對方似乎只是開玩笑，但向來對他人情緒敏感的蘇邈邈還是第一時間察覺到一點異樣。她不由微微皺眉，但仍保持微笑：「過獎了，您是學姐，我不敢當。」

「……啊，妳別誤會。」任思恬淡淡一笑，側眸看向蘇邈邈身後的商彥。

那人正跟十個新生簡單介紹工作室，被窗外光線描摹的側顏線條仍舊清雋俊美。

任思恬頓了一下，笑著收回目光：「我只是聽欒文澤與吳泓博提過，說商彥對妳……很不同。」

蘇邈邈微微一笑，垂下眼，沒有說什麼。

「看來似乎真的是這樣呢。從去年進入這個團隊至今，我還是第一次見到商彥這樣『不務正業』，荒廢大半天在一些無聊的事情上。而且妳才剛來A大，他就迫不及待地公開你們的關係。」

任思恬晃了晃手裡的手機，亮著的螢幕上顯示學校論壇和校內社群的頁面：「所以大家現在都在討論妳和他的事，我對妳確實是久仰大名。」

蘇邈邈安靜兩秒，抬眸，烏黑的瞳仁看起來無辜又無害：「原來是這樣啊。雖然我是第一次聽說學姐的名字，但我相信以後會有更多接觸和了解的機會。很高興認識妳。」

女孩笑容柔軟漂亮，像是什麼都沒察覺。任思恬眸光一冷，正想開口再說些什麼，蘇邈邈身後突然傳來男生低沉放鬆的聲音。

「欒文澤，吳泓博，葉淑晨，任思恬，你們過來一下。」

任思恬眸光一閃，壓下眼底些許不甘。她瞥向蘇邈邈，看女孩那無辜的神色，她嘴唇動了動，最終還是沒說什麼，只露出一個淡淡的笑。

「來了。」任思恬抬腳，朝蘇邈邈點頭，擦肩而過。

蘇邈邈臉上的笑色逐漸暗淡，趁著商彥分配新生，她轉身打量四周。

這個新「電腦組」在A大的工作室，比以前在C城三中大了幾倍。雖然只多了兩人，電腦桌也只多了兩張，但工作室內剩餘的空間，足夠塞進十個新生也不嫌擁擠。

工作室裡的六張電腦桌都擺在遠離窗戶的一側，而入口正對的位置，豎立著一塊白板。白板上還有黑色麥克筆的痕跡，似乎是幾人討論演算法後沒有擦乾淨。

蘇邈邈又側過身，看向離門最遠的地方。她不意外地看到一扇小門，和當初在C城三中電腦培訓組的那個小房間一樣，這裡也多了一個房間。

蘇邈邈想了想，實在忍不住好奇，不知道小房間裡的布置，會不會跟她記憶裡，自己和商彥最常自習的那個小房間一樣。

蘇邈邈抬腳走過去。和高中的小房間最大的不同，就是這個房間沒有對外的窗戶，只有一扇看起來隔音效果極佳的門。

蘇邈邈抬手，壓下門把，輕輕推門，剛推開一條縫——

「別動！」

工作室裡突然響起聲音，包括蘇邈邈在內，工作室裡的團隊成員和十個新生都愣了一下，一起看向聲音的來源。

任思恬臉色難看，似乎是自覺失態，她快速調整情緒，微微皺眉，「抱歉，嚇到大家了。」接著她又看向另一邊的蘇邈邈，「不好意思啊，蘇邈邈，那裡是商彥的私人房間，他不讓別人進去，所以看見妳開門，我有點急了。」她抱歉地朝蘇邈邈笑了笑，「妳別介意。」

蘇邈邈目光一閃，收回手：「沒關係，是我太冒失。」

站在白板前的商彥開口：「就按照剛剛的分配，你們先為他們講解。」說完，商彥直接大步走向站在小房間門外的女孩。

蘇邈邈正準備離開，還來不及走出兩步，便被商彥擋在小房間門前。蘇邈邈往左，對面的人跟著往右；她往右，對面的人又跟著往左。

蘇邈邈無奈地抬眼，被這人弄得脾氣都發不出來，聲音輕軟：「商彥，你好無聊。」

「不是要看嗎？怎麼不進去？」商彥垂眼，似笑非笑地望著她。

蘇邈邈眼神晃了晃，抬眸：「任思恬說是你的私人房間，我不好隨便進去吧？」

商彥不作聲地盯了她兩秒，驀地莞爾一笑。他撐著膝蓋俯下身，與女孩的視線平齊，甚至更低一點。男生臉上染著清雋好看的薄笑：「生氣了？」

蘇邈邈頓了頓：「你桃花真多。」

「？」商彥難得愣了一下，微皺起眉，「任思恬？」他瞥了一眼忙碌的團隊成員，「她以前沒有這樣過，今天可能是因為……」商彥回眸，啞聲低笑，「我家小孩太漂亮了。」

蘇邈邈臉頰一熱，偷瞪了他一眼，繞開商彥往回走。

「去哪裡？」商彥伸手，把人拉回來，「真的不進去看？」

蘇邈邈淡淡：「私人房間，不看。」

商彥莞爾：「妳是我最親密的人，我有什麼是妳不能看的？」

「……」蘇邈邈不得不承認，自己很沒志氣地被這句話撩到。

商彥拉著她推開小房間的門，把她帶進去，蘇邈邈沒有抗拒。在兩人身後，小房間門關上的瞬間，一直死死盯著電腦的任思恬終於忍不住了。

她握緊手裡的滑鼠，用力咬住唇瓣，不甘心地看向那扇緊閉的房門。半年前，她正式加入這個工作室，忍不住好奇去推門，從來寡淡疏懶的男生第一次厲聲喝止她。

任思恬永遠忘不了那一刻商彥的神情，不過欒文澤和吳泓博、葉淑晨，也不能進入那個房間，所以那些委屈她早就遺忘了……直到今天。

蘇邈邈的出現。

這個女孩無比清晰地提醒她，她對商彥隱忍的那些感情都是虛幻。她以為自己只要一直默默陪在商彥身邊，不像那些花痴女一樣貿然告白，時間久了，商彥遲早會習慣她的存在。

直到今天她才發現自己錯得多離譜，商彥的心裡就跟那個小房間一樣，早已被某個人填滿。她等再久，只要那個占據的人不離開，她就永無希望……

「——學姐？學姐？」旁邊兩個新生的聲音喚回任思恬的思緒。她回過神，朝兩人抱歉地笑了笑，繼續操作面前的平臺，為兩人示範資料分析的視覺化。

在兩個新生的驚呼和感慨聲中，任思恬心不在焉地瞥向小房門。她捏緊了指尖。就這樣放棄嗎？她付出了那麼多——她不甘心。

進到房間之後，蘇邈邈步伐驀地一停。如同她的預感，這個小房間幾乎是完美複製了C城三中科技大樓的那個小房間。

就連靠近門的書桌、書桌上的電腦、書桌對面的單人床、床旁邊的衣櫃……全部一模一樣。以至於進入房間的那一瞬間，她有一種跨越時間和空間的錯覺，好似回到兩年前，某個夏天的晚上。

蘇邈邈心裡微微抽動，說不清是痛，還是更為複雜的情緒，順著泵出心房的血液，帶著五味陳雜的感受流淌到四肢百骸。眼眶裡微微湧上酸澀。

「我每天晚上都會來這裡待一陣子。」

商彥走過女孩身旁，坐到書桌對面兩張椅子的其中一張上。他再嫻熟不過地拿起桌上擺著的一本書，修長指節壓著書背，翻過一遍。

沉默幾秒，他微微抬眼，笑意慵懶溫柔，「小孩，〈長恨歌〉我已經背兩年了。」他輕聲道，「妳怎麼才來。」

蘇邈邈瞳仁輕顫，她幾乎是克制不住、也不想克制地衝上前，單膝跪在椅子上，雙手環住男生的肩，用力地吻了下去。

眼淚先濡溼了兩人的唇。

「對不起……對不起……」

女孩含糊的嗚咽聲，帶著內疚的力道，唇瓣間很快多了一點血腥的鐵鏽味，分辨不出是誰的，可他們不在意，只有呼吸逐漸加快，彼此心跳聲在安靜的房間裡清晰可聞，灼熱的氣息糾纏繾綣。

商彥垂在椅側的手慢慢收緊，他幾次抬起，最後克制地停在女孩後腰旁，沒有抱上去。他不確定，被這個房間勾起的無數個漫漫長夜的孤獨和痛苦，會不會讓他太過用力。他不想弄傷他的女孩，所以他拚盡力氣克制自己……

在商彥不確定那根名為「理智」的弦還能撐多久的時候，房門突然叩響。旋轉椅上交疊的兩道身影幾乎同時頓住，蘇邈邈最先回神，睜開的烏黑眼瞳裡掠過慌亂的情緒，她手忙腳亂地從被她完全壓在椅背上的男生身上退開，白皙的臉蛋羞得通紅，更添了兩分嬌俏的神采。

商彥眼眸漆黑，他停頓兩秒，慢慢從女孩身上抽離視線。望著房門，他開口，聲音低沉沙啞：「……進來。」

蘇邈邈一懵，門外的人似乎也愣了一下。片刻之後，不等蘇邈邈開口阻止，房門打開。

蘇邈邈慌忙背過身，坐到商彥面前的椅子上。

「……」任思恬站在門外，目光一掃，聲音微僵，「彥神，一個子平臺的防詐欺示範似乎出了點bug，你來看一下。」

「……嗯。」商彥聲音沉啞地從椅子上起身。

任思恬目光晦暗地看了一眼背對著房門坐在男生面前的女孩，她剛要轉身，就聽蘇邈邈輕聲開口：「商彥，你的嘴唇被我咬破了。」

已經起身的商彥動作一停，過了兩秒，對上任思恬難以置信的目光，他驀地垂眼，了然地低笑一聲。

話才說完，女孩似乎已經羞赧得無地自容，頭低到不能再低，柔軟的黑色長髮從肩頭披下，垂到嬌俏得吹彈可破的臉頰，卻仍掩不住那順著纖弱的白皙頸子慢慢染上來的嫣色。

商彥忍不住退回兩步，俯下身，伸手戲謔地勾起女孩的下巴，對上那雙烏黑眼瞳裡微惱又赧然的情緒，笑得更加愉悅。

「……嘖，」他的視線慢慢落到女孩嫣紅瑩潤的脣瓣上，烏黑的眸子裡眼神微深，「好像真的破了……這是我的血嗎？」

「……」

儘管這個話頭是她挑起的，但……就沒有什麼話，是這個人說不出口的吧？蘇邈邈更懊惱地瞪了男生一眼，下巴輕抬，避開他的手，跳下椅子。

站在門旁的任思恬盯著兩人，臉色早已發青，她終於忍不住皺眉：「彥神，新生還在等子平臺示範。」

「……知道了。」男生懶洋洋地噙著笑，單手插進褲子口袋，從已經轉身的女孩後方跨出，順手輕揉了揉她的長髮，擦肩而過，「下次妳可以咬得更用力點，我求之不得。」

「……！」蘇邈邈臉都要燒起來了。

解決了防詐欺資料分析子平臺的 bug 又為新生們示範，全部結束後窗外天色已黑。目送最後一個戀戀不捨的新生離開工作室，商彥抬起腕錶瞥了一眼，微微挑眉：「已經六點多了？」

「彥爹，你竟然才注意到？」吳泓博抱著空掉的洋芋片袋子，盤腿坐在他那張特大號的椅子上，一臉哀怨，「我肚子快餓癟了，所以今天可以『下班』了嗎，老闆？」

商彥視線看過去，在吳泓博那寬大T恤也遮掩不住的肚子上掃了一眼，最後落在吳泓博手裡空空的洋芋片袋子。他嘴角一勾，似笑非笑：「我怎麼沒看你的嘴閒過？」

「……」吳泓博慢慢把洋芋片袋子往身後塞，心虛地移開眼，「一定是彥爹你的錯覺。」

商彥懶得跟他廢話，反身往小房間走，同時開口：「掉一點洋芋片渣到地上，你今晚就別吃火鍋了，留在工作室給我拖地板。」

吳泓博一愣，十分靈活地嗖一下從椅子上跳下來，喜出望外：「彥爹，今晚你要請全組吃火鍋嗎？」

商彥靠在小房間門邊，他側回眼：「下午才出 bug，晚上還想要我請客吃火鍋？」

吳泓博一臉沮喪地準備縮回去，就聽商彥低笑一聲：「我請女朋友，你們只是沾光。」

吳泓博眼睛亮了：「……彥爹，我愛你！」

「滾。」商彥笑著罵完，回身去敲房門。

門內輕應了一聲，商彥按下門把，推門進去。房間裡昏暗，單人床上鼓起小小一團，女孩聽見動靜，從被子邊緣慢慢探出一顆毛茸茸的腦袋，眼神帶著初醒的懵懂和茫然。

「晚餐時間到了，」商彥戲謔，「我的『公主殿下』。」

「……」蘇邈邈的意識慢慢回籠，聞言揉著眼睛輕聲笑了，「商彥，這麼土氣的情話，我雞皮疙瘩都要起來了。」

「妳得慢慢習慣。」商彥笑著走向床邊，「畢竟我是第一次談戀愛。」

女孩掀開薄被下床穿鞋，他微皺起眉：「也不怕著涼？」

「……」彎腰準備繫鞋帶的女孩噎了一下，慢慢仰起頭看他，眼神十分無奈，「現在可是盛夏，外面氣溫有攝氏三十五度以上，你不怕我中暑，卻怕我著涼？」

商彥啞然，他似乎也察覺自己有些關心過度，不由莞爾。

蘇邈邈輕哼一聲。

「……怎麼了？」商彥問。

「房間太暗了，看不清楚鞋帶，你幫我開一下燈。」

「燈在床頭。」

「哪裡？」

蘇邈邈直起身，商彥微微傾身，打開床頭的落地燈。之後他沒有讓開，而是屈起膝蓋蹲下身，幫女孩繫鞋帶。

蘇邈邈一愣，無奈地笑：「我自己可以。」

「換腳。」商彥幫女孩繫上另一隻鞋帶，仰起頭，「等我不在的時候，妳再自己繫。」

女孩嘆氣的聲音很輕很軟：「……你是準備把我養成二級殘廢嗎？」

「也不是。」商彥壞笑，「總有一些運動，比如……下午那種，我沒辦法代勞。」

反應過來這人話中所指，蘇邈邈有點想抬腳踹他。

「彥爹，我們準備好了！隨時可以出——」跑到房門口的吳泓博，撞見兩人的姿態，話音一頓。他尷尬萬分，在商彥危險的目光裡，慢慢捣住眼睛，「我是不是打擾到你們了？」

蘇邈邈趕緊回道：「沒有。」

商彥冷冷：「很高興你有這種覺悟。」

「……」

六人最終一起離開工作室，慢慢走向校內停車場。吳泓博問道：「六個人，好像一臺車載不下啊？」

一路沉默的任思恬不動聲色地望向蘇邈邈。

商彥隨手從褲子口袋裡摸出一串車鑰匙，拋給欒文澤：「文澤，你載兩個，沒問題吧？」

欒文澤接過，笑笑：「雖然有一陣子沒開了，但沒問題。」

「……等等，這是彥爹你那輛超酷跑車的鑰匙嗎？嗚嗚嗚，老欒，我要坐你那輛！」吳泓博還未付諸實行，就被商彥一個眼神釘在原地。

「你坐我的車，路上跟我好好反省，今天下午那個bug是怎麼回事。」

吳泓博欲哭無淚。

商彥目光一掃，淡淡地說：「走吧，小孩。」

蘇邈邈輕聲回應，和商彥並肩走向空曠的停車場裡，距離他們最近的那輛黑色轎車。

吳泓博一步三回頭，垂頭喪氣地跟上去。

站在原地的三人沉默幾秒，葉淑晨眼神微閃，笑著轉向沉默盯著另外三人背影的任思恬：「任學姐，我們也走吧？」

「……嗯。」任思恬表情不動，半晌後轉身和他們並肩離開。

路上，車內。

聽到導航報出商彥定位的目的地，坐在後排的吳泓博眼睛都亮了：「彥爹，我們今天去kingdom？」

打著方向盤的男生懶洋洋地「嗯」了一聲，吳泓博興奮歡呼。

副駕駛座上的蘇邈邈微愣：「kingdom？」

商彥尚未開口，吳泓博已經忍不住興奮地開口說明：「A城的一個品牌，幾乎所有吃喝玩樂的產業都有投資，而且沒有分店、不做行銷，只接待朋友或者朋友的朋友。我上次跟著彥爹去吃了一次火鍋，畢生難忘！」

「這麼厲害？」蘇邈邈驚訝地看向商彥。

商彥側眸，淡淡一笑，「朋友的店。」他一頓，似乎想起什麼，嘴角微勾，「而且這位朋友，正好和妳……有點淵源。」

「？」蘇邈邈更茫然了，「kingdom？和我有淵源？我怎麼……一點印象都沒有？」

「哎？小蘇認識？」吳泓博湊上去，「我之前就想認識這位老闆了！小蘇妳介紹一下？」

商彥瞥他：「你為什麼想認識？」

「彥爹，你聽這品牌名稱，kingdom，王之領域，多霸氣！」

商彥笑了一聲，瞥向窗外夜色：「被你矇對了。」

「……啊？」興奮得手舞足蹈的吳泓博一愣，「我矇對什麼？」

「那個人在業界代號就是King。」商彥輕打方向盤，車窗上映著的側影淡定，「至於國內的kingdom品牌，大概是他為了方便追他那個姓蘇的女朋友而建立的副業。」

「副業隨便做做都能這麼厲害嗎？」吳泓博一臉震驚，「那他正職是什麼？」

商彥笑笑，黑眸一閃：「這個不能說。」

「？」吳泓博慘叫一聲，「彥爹，你不要賣關子啊！」

商彥不再理會吳泓博，副駕駛座的蘇邈邈思考幾秒後，有些驚訝地轉過頭，看向商彥：

「你說的那個人，是我蘇桐表姐的男朋友嗎？」

跟蘇邈邈有淵源且同齡的女孩，不外乎蘇家的堂姐蘇荷以及姑姑家的表姐蘇桐。蘇荷以蘇家這一代長女的身分，已經與人聯姻，所以順理成章地猜測是蘇桐。

商彥不意外，微微點頭：「嗯。」

提起蘇家，蘇邈邈心情有些異樣，她沉默下來，沒再開口。

後座被自己的好奇心折磨得牙癢癢的吳泓博終於放棄，哀怨地趴在真皮座椅上：「彥爹，我今晚要狠狠削你一頓，不然不能平復我的心情。」

商彥輕嗤：「有點志氣。之前不是給你名片了嗎？以後不必我帶，也能進門。」

吳泓博更哀怨了：「作為在你手底下打工的薪水族，半個鍋底就要一千的火鍋，我還是等你請客吧。」

商彥從後照鏡裡瞥他，似笑非笑：「我在薪水上沒虧待你們吧？」

「我那點薪水還要留著娶老婆呢。」吳泓博碎念，「哦對，說到薪水，我想起來了，彥爹，我看李深傑還是對我們這個專案不死心啊？」

李深傑？蘇邈邈一愣，這個名字她有印象，兩年多前，LanF 大賽預賽場上，IT 新貴李深傑曾當眾遞名片給商彥，那個人對他的團隊有意嗎？

蘇邈邈不安地看向駕駛座上的商彥，側顏上情緒淡定，毫不意外。

「他怎麼了？」

吳泓博嚴肅道：「深傑科技今天又聯絡我了，想挖我去他們公司的新專案組『拓荒』。」

商彥嘴角輕撇，笑意嘲弄：「價位多少？」

吳泓博也笑了，「兩個價位，包括帶原始程式碼和不帶原始程式碼的。」他一頓，輕瞇起眼，「差距還滿大，前面那個的價格，我光數零就數了半天，夠我娶好幾個老婆。」

商彥淡笑：「所以，我現在欠你和欒文澤一人好幾個老婆是吧？」

吳泓博眼神一閃，過了幾秒，褪去意味深長的表情，轉而像傻子一樣嘿嘿笑起來，腦袋都快揚到天上去了。

「差不多吧。」

「我一個都不想賠，你們不如捲鋪蓋走人吧。」商彥開玩笑道。

「得了吧，彥爹，我們又不傻。李深傑如今混成了老狐狸，他肯這麼費盡心思挖角我們，說到底還不是因為彥爹你的這個專案和核心演算法讓他看見巨大潛力嗎？勒緊腰帶往前衝，最多再過三五年，就能取代那老小子成為ＩＴ業界的黑馬新貴。我們想不開才會放棄那一片藍海，就為了那麼點錢，跑去深傑科技打工？」

吳泓博說完一大段話，喘了口氣，重新昂首挺胸：「再說了，最重要的是，有彥爹你的專案和演算法，我們才有今天，誰會做那種為了老婆扔下兄弟的畜生！」

轎車右拐，商彥淡定接話：「我會。」

「……？」吳泓博愣住。

到了kingdom，門外的侍者為副駕駛座的蘇邈邈打開車門，躬身迎客。

駕駛座上，解開安全帶的商彥卻沒急著下車。他從後照鏡看了吳泓博一眼：「今天下午的bug，你有什麼想法？」

「……」剛要下車的吳泓博一愣，抬頭。商彥神情淡淡，似乎漫不經心，但是不是開玩笑吳泓博還能夠分辨。

他稍微正色，皺起眉：「這個情況，在演算法推導之初，彥爹你不是已經預料到了？既然選了這個演算法，就無可避免，只能在後期推廣盡量避開這個缺點……除此之外，我想不出別的解決方法。」

商彥頓了頓：「另一種方法，我跟你提過。」

吳泓博似乎噎了一下，「彥爹，你是玩笑的吧？你真的覺得你說的那個演算法可實現？……對，按照邏輯，它更新穎，也更獨到且精準高速，但前提是能夠完成和實現。這個難度太大，而且幾乎要全部放棄現在已經差不多研發完成的整個系統平臺……」吳泓博臉色發白，搖了搖頭，「這也太大膽了。」

商彥垂眼，聲音平靜而沉穩：「你是想做能占據市場十年甚至更久的王牌，還是一時風光、轉瞬就被人模仿輾壓的易碎品？」

「不至於那麼慘吧……」

「核心演算法上有缺點的東西，就像一個朽木雕出來的裝飾品，虛有其表，只能暫時領先。不管怎麼修補，最終還是會垮掉。」商彥沉眸，「甚至，推廣開來之後，每年的維護和升級只會加速它毀滅。你想看到努力這麼多年的東西，將來輕易被其他山寨品踩在腳底？」

「……」吳泓博咬緊牙關，額角青筋微微凸起。半晌後，他聲音微嘶，「可是，彥爹，我們已經走到這一步了。假使從頭來過，你能保證我們做出來的新產品，能達到現在的水準嗎？」

商彥驀地嗤笑了一聲，吳泓博不解地抬頭看他，卻見男生轉過身，黑眸睥睨下來，帶著點嘲弄：「一開始，你擔心過走不到今天這一步嗎？」

「……」吳泓博一愣，幾秒後，他眼底那些遲疑、糾結和猶豫，像是初逢春天的冰一樣慢慢化開。他咧嘴笑了，像個傻子似的摸了摸後腦杓，「也對，初心都忘了。一定是彥爹你太優秀，我們追在你身後太久，還沒上位呢，就已經背起業界新貴的包袱。」

「沒志氣。」商彥輕嗤，推門下車，「做什麼新貴？要做，就做規則的制定者。以後這個業界誰是貴族誰是平民，我們說了算。」

吳泓博被他的話激得熱血沸騰，推開車門下去，正準備往前衝，突然又聽身前的男人淡淡說：「不必急，還是像最初一樣，只有我們三個來做。」

「……」似乎想到了什麼，吳泓博咧嘴一笑，眼睛裡掠過和他憨厚外表完全不符的奸詐，「我知道，彥爹。」

他剛往前走兩步，突然一愣，開口：「不過彥爹，小蘇也不說嗎？」

「……」商彥愣了一下，抬眸，對上吳泓博，看穿他的想法後啞然失笑，「想什麼呢，我的命都是她的，會不信任她嗎？」

「那你……」

「我只是不想用這種事煩她。」

商彥抬頭，望向高高臺階上，安靜又乖巧地站在那裡等了他們好一陣子的女孩。他垂下眼，眼底溫柔繾綣。

「我家小孩，無憂無慮的就夠了。」

kingdom內乾淨精緻得不像是火鍋店，反而像是高級西餐廳。商彥之前打過電話，一進門便有侍者領他們六人進入專屬包廂。

幾人之間，除了蘇邈邈，唯有葉淑晨上次有事錯過了，所以也是第一次來。看見侍者放到面前的皮革菜單，葉淑晨略掃一眼便愣在原地。

她伸手拉拉旁邊的欒文澤：「這什麼鬼地方，湯底居然要一千多？」

葉淑晨並未刻意壓低聲音，旁邊的侍者聽見，禮貌溫和地笑了笑——他很清楚能訂到這間包廂，其中一定有至少一位身分遠遠不是錢能衡量的。

「這位小姐，我們的湯底是從全球各地空運過來的珍貴食材熬製，種類與成分比例每日都有更新。」

葉淑晨翻了兩頁，嘆氣：「欺負窮人啊。」

欒文澤在旁邊無聲地笑，跟著放下菜單。

吳泓博倒是毫不介意，大剌剌地跟侍者點菜：「這個龍蝦，看起來鮮嫩多汁；還有這個牛肉，哇，兩千一份的牛肉我一定得嚐嚐是什麼味道；還有這個鬆茸，別點小份，我們彥爹買單，特大份特大份……」

葉淑晨聽不下去，斜眼睨他：「吳胖子，你就不怕吃太補流鼻血啊？」

吳泓博對於葉淑晨的精神攻擊已經免疫，聞言優哉游哉地翹起二郎腿，還得意地晃了晃：「怕什麼，吃完之後，再來幾壺那個哪裡哪裡山尖上摘的雪蓮皇菊，消火氣！」

葉淑晨隨手翻到菜單最後一頁，瞥見那茶品的價格，翻了個白眼：「三四千一壺，你喝得下去？」

「彥爹付錢，彥爹寵我，我樂意！」吳泓博隔著半張桌子跟葉淑晨做鬼臉。

這兩人鬥嘴已是團隊日常，商彥幾人充耳不聞，唯獨蘇邈邈有些無奈地笑笑。她坐在商彥旁邊，手還被男生握在掌心，蘇邈邈抽了抽手指，傾身靠過去：「他們一直都這樣嗎？」

商彥抓回那試圖逃跑的指尖，然後才懶洋洋地瞥向兩人，「幼稚兒童歡樂多。」男生笑容輕蔑，兩位「幼稚兒童」一僵，他伸手把蘇邈邈的臉勾向自己，「別看他們，會傳染。」

「……」葉淑晨惡狠狠地磨了磨牙，扯過菜單，「點，用力點！吃垮他！」

一頓火鍋吃了將近兩個小時，餐後又上了吳泓博心心念念的消火茶。

商彥接到團隊平臺合作廠商的電話，到包廂外談公事。剛掛斷電話，隔壁包廂的門突然打開，幾道身影走出來。

被眾人簇擁在中央的是個年紀四五十歲的中年男人，他和商彥四目相對，兩人不約而同地一愣。

「商彥？」中年男人停下腳步。

圍在他身旁的人也隨著他的話音靜默，有人看了商彥一眼，小心地詢問：「蘇董？」

蘇毅清回過神，淡淡地說：「你們先回去吧，留個司機送我就行了。」

「蘇董，這不——」

「去吧。」中年男人神色淡漠，不怒自威，幾人不敢再開口，訕訕地對視幾眼後，紛紛離開。

長廊內重歸寂靜。

蘇毅清望著面前比自己高出一截的年輕人，眼底露出欣賞的笑色：「去年我聽你大哥說你回A城了，卻沒機會見到你……這一轉眼幾年過去，你長這麼大了啊。」

商彥微垂下眼，掩住眸裡起伏不定的情緒，好一陣子默不作聲，久到面前的蘇毅清都覺得詫異不解，商彥才緩緩開口：「蘇叔叔。」似乎這樣一句，就當是打過招呼了。

蘇毅清愣了幾秒，不知道自己哪裡惹到商彥，按照前幾年兩家的交情，商家這個小兒子雖然向來桀驁不馴，卻也不曾對長輩這樣失禮。

蘇毅清心裡微微不快，但沒有表現出來，仍是淡然的語氣：「老太太的壽宴快到了。她一向對你讚賞有加，近兩年沒看到你，她很遺憾呢……再過七八天，如果你有空，不妨到蘇宅參加壽宴，讓老太太看看你。」

商彥眼神微動，仍未開口。蘇毅清說的話不假，也不是客套，蘇家老太太最喜歡男孩，而這些世交的孩子裡，又以商彥不阿不諛，最得她喜歡。當初商蘇兩家聯姻，若不是商彥比蘇荷小了七歲，實在差太遠，說不定蘇家的女婿就要換人了。

蘇毅清提起蘇老太太，商彥臉色越發冷淡，不禁心裡覺得奇怪，感嘆這年輕人的心性越走越偏，他也無意跟晚輩計較，轉身準備走人。

然而他剛抬腳，就聽見始終沉默的商彥驀地一笑，開口問：「蘇叔叔，不知道您家那位蘇宴弟弟，如今安好？」

商彥問得突兀，又隱隱帶刺，蘇毅清涵養再好，也忍不住微微皺眉，側身看去，年輕人清雋的面孔上，看不出半點情緒，最多……好像有些嘲諷？

蘇毅清張口：「他很好，不勞——」

話音未落，兩人身旁的包廂門突然打開，身材嬌小的女孩走了出來，「商彥，今晚……」

長廊再次陷入寂靜，蘇邈邈望著那張熟悉又陌生的臉，呆滯半晌，輕聲說，「爸爸？」

蘇毅清臉上震驚猶在：「妳……」

商彥眸色一冷，驀地伸手把女孩拉進懷裡：「喝多了是不是，怎麼隨便認人？」

他聲音動作溫柔溺人，唯獨瞥向蘇毅清的眸裡，帶著不再掩飾的嘲諷。

蘇毅清震驚不已，許久才慢慢回神。他有些艱澀地張了張口，眼神複雜地望著被商彥攬在懷裡的女孩。

「……邈邈？」

蘇邈邈瞳仁微顫，她實在沒想到會在這裡見到蘇毅清，以致心理毫無準備，情緒也來不及調整，大腦一片空白。

她知道蘇老太太不喜歡自己，毫無理由地不喜歡，而蘇毅清……作為蘇老太太的么子，對老太太的決定似乎也沒有異議，所以她的父親，對她也沒有什麼感情吧……

涼意慢慢冷卻她心裡翻湧沸騰的情緒，蘇邈邈鎮定下來，輕輕握了握商彥的衣角，仰起臉，和把她護在身前的男生對視一眼，輕聲說：「我沒事。」

商彥這才放鬆眼神。他退後半步，把女孩牽到身旁，眼神微戾地看向蘇毅清，薄唇微挑，似笑非笑：「蘇叔叔，您可能認錯人了。這是我女朋友，跟您沒什麼關係。」

蘇毅清慢慢回過神，總算明白商彥對他和蘇家的敵意從何而來。他有心解釋，然而張開口，又無從說起，最後只化作無聲的嘆息。

「邈邈，妳也回來A城讀書了？」

蘇邈邈沒有回答，她微垂下眼。

商彥側過身：「邈邈，我為妳介紹。這是我大嫂的二伯，A城蘇家了不起的一位叔叔。以後見面，要記得問好。」

他懶懶地笑，瞥向蘇毅清，故意朝對方稍稍點頭：「作為晚輩，無論長輩行為如何，我們總要顧到禮節。」

蘇毅清被這話刺得臉色微變，隱隱有些發燙。他怎會聽不出商彥的話中有話？嘴上說要對長輩「顧到禮節」，但此時此刻，商彥真是半點面子也不留給他。

蘇毅清偏又無法解釋，只能嘆氣：「商彥，我們家裡的事情，你不清楚……等以後有機會，我們——」

「沒有什麼清不清楚。」商彥笑意一涼，「我只知道，我女朋友雖然也姓蘇，但跟您，哦，還有蘇老太太，只是恰巧同姓罷了。認識她三年，我還沒見過她幾個親屬呢。」

「……」說一句被堵十句，蘇毅清再開不了口，他只能嘆氣，靜靜望著那個再不肯抬頭看他的女孩，「邈邈，既然回A城讀書了，如果有空，不妨回……蘇家看看。」

蘇邈邈身體微僵，旁邊的商彥眼神一冷，正要開口，蘇邈邈輕輕扯了扯他的衣袖。

「你別這樣，一點都不像你。」女孩輕聲說著，望向他的眼瞳烏黑漂亮，其中情緒也柔軟的像是雲絮，「沒必要為我這樣生氣。」

商彥慢慢放鬆神色，伸手揉了揉女孩的長髮：「忍不住怎麼辦？妳再給我一點火星，我現在大概能沖上天了。」

女孩莞爾，眼角微彎。

蘇毅清感覺有些莫名而微妙，自己似乎被兩人排除在某個無形的圈子之外。他心情複雜地看向商彥，正巧女孩轉過頭。

那張精緻豔麗的面孔上，柔軟的笑意淡去，女孩的聲音依舊輕泠，也依舊不肯與蘇毅清對視：「有空我會去拜訪您和蘇老太太。商彥說得對，你們畢竟是我的長輩，無論你們如何對我，我不會有樣學樣，該顧的禮節不會不顧。」

這席話，殺傷力遠遠超過身為外人的商彥所說，蘇毅清終於臉色一僵：「邈邈……」

包廂的門再次打開，吳泓博等人走了出來，見到門外三人不禁一愣，吳泓博猶豫道：「彥爹，你和小蘇是不是有事？不然，我們先走？」

商彥看向蘇邈邈。

蘇邈邈輕輕搖了搖頭，她朝蘇毅清微微點頭：「那我們先走了，祝您身體健康。」說完，女孩一點留戀也無，伸手拉著商彥，轉身離開。

吳泓博幾人面色古怪地看了看兩人的背影，又看一眼站在原地神色僵硬的蘇毅清，奇怪地搖著頭往外走。

一邊走，吳泓博一邊忍不住低聲問欒文澤：「哎，老欒，你覺不覺得……這個大叔長得和小蘇有點像？」

吳泓博並未注意到，身後站著的中年人聞言身體一僵。半晌，他眼神猶疑而複雜地落向蘇邈邈的背影。

等幾個年輕人離開後，蘇毅清獨自慢慢走出長廊。早已等候在外的司機連忙上前，蘇毅清頓了頓，看向自己的專屬司機：「老于，你看見商家的那個小兒子了嗎？」

司機愣了愣，小心地看了看蘇毅清的臉色才開口：「嗯，看到了，他和小小姐一起出來的。不過，之前聽老太太誇他這兩年多好多好，我卻覺得這商家的小少爺似乎個性完全沒收斂，反而更野了。」

「他是故意給我們臉色看。」蘇毅清苦笑了一聲。

「啊？」老于不解。

蘇毅清擺了擺手：「算了，說了你也不懂。但他對邈邈……確實滿好的。」

「？」老于更覺得莫名，「怎麼說？」

蘇毅清幽幽嘆了一聲：「以前他去蘇家那麼多次，不管跟老太太或者跟我，從沒像今天這樣，說這麼多話呢。」嗆得他無言以對啊。

蘇毅清輕瞇了瞇眼。

從中聽出點莫名的怨氣和涼意，老于脖子一縮，不敢再說話。

A大的新生軍訓課蘇邈邈因為身體緣故不便參加，早早便拿到學校通知，也提前進入商彥的工作室。按照商彥的安排，她和葉淑晨一起歸入系統維護組，負責系統平臺後期維護的事務。

團隊裡除了任思恬沒有表態以外，其餘人都曾和她接觸過或者有同組培訓的經歷，自然非常贊同和歡迎。

而開學後不久，正巧遇上蘇老太太的八十大壽。這天新生軍訓課還未結束，系上也還沒有開始上課，蘇邈邈便來到工作室，在葉淑晨的督促下熟悉她們這組的工作內容。

商彥整天沒有露臉，直到晚餐前，大約下午五點多，他才出現在工作室。此時已是「下班時間」，但實驗室裡除了任思恬以外都在，各個兢兢業業，不敢離桌。

最先看見商彥的吳泓博眼睛亮了：「彥爹，吃火鍋嗎？」

商彥氣得失笑，順手把椅子上的軟墊扔到吳泓博腦袋上：「吃吃吃，你都快吃成火鍋的樣子了。」

吳泓博本來就是開玩笑，嘿嘿一聲便坐回位子：「彥爹，你今天出去是談合作吧？我還以為你準備回來犒勞一下我們這些辛苦的搬磚工人呢。」

商彥想了想：「明天吧，今晚有事。」

「嗯？」吳泓博好奇地問，「什麼事？」

商彥嘴角輕撇，似笑非笑：「私事。」說完，商彥停在蘇邈邈的電腦椅後。

椅子上嬌小的女孩正和旁邊的葉淑晨靠在一起，腦袋貼著腦袋，指著電腦螢幕上一段後臺程式碼討論。

商彥站了十秒。椅子上兩人很忙，沒理他。男生挑了挑眉，輕咳一聲，又過十秒，仍舊連頭都沒回。

「……」商彥側身，看向工作室另一頭，「欒文澤，把你女朋友從我女朋友身上拎走，我看不慣除了我以外的生物這麼親近我家小孩。」

不等欒文澤開口，葉淑晨從電腦前面直起腰，滿眼鄙視地轉頭：「彥神，你這個護妻又護食的樣子要是傳出去，就真的神位不保了。你外面那千千萬萬想睡你的粉絲們，知道你這麼小氣的模樣嗎？」

商彥正色：「別胡說，沒人想睡我。」

吳泓博彎身鑽到自己桌下，開始翻箱倒櫃，一邊翻一邊唯恐天下不亂地念道：「這週，我們工作室總共收到十二封情書……今天才週二，對嗎？」

拿出那一疊情書，吳泓博攤到桌面上，對著商彥的死亡凝視露出一個胖子的從容微笑：「彥爹，我知道你不收。但不是我不扔，是小蘇說要留下的。」

商彥無奈地垂下眼，女孩無辜地抬眼望他，然後輕眨了一下：「學校後街有個做回收的爺爺，我請吳泓博積滿一箱再送過去給他。」

不等商彥說什麼，吳泓博突然發現新大陸似的驚叫一聲：「咦？這裡面有三封是寫給小蘇的，我之前沒發現。」

商彥愣了一下。吳泓博興奮地抬頭：「厲害啊小蘇，才開學幾天，妳已經有愛慕者寄情書了，不比彥爹差呀！」

商彥皺起眉頭，蘇邈邈顯然也十分意外。當初在C城三中，商彥威名遠播，沒人敢送情書給她，如今學院內依舊沒人敢，但學院外有人聽說計院小美人的名號，便蠢蠢欲動了。

商彥眼瞼微垂，清雋冷白的臉上沒什麼情緒。過了兩秒，他開口：「信封上有署名嗎？」

「有有有。」吳泓博正要念出口，突然反應過來，警惕地看向商彥，「彥爹，你要幹麼？」

商彥嘴角一勾：「我要讓他看看教務系統裡的學期成績單可以有多紅。」

吳泓博一抖：「……彥爹冷靜，這個犯法。」

蘇邈邈身旁的葉淑晨窩在椅子上看熱鬧，也跟著笑：「哎，彥神，你是不是忘了上學期，你因為那幾張討論你三園的貼文遷怒整個學校論壇和幾百個校內ＩＰ，結果害得校園網路差點大崩盤的事情？」

蘇邈邈好奇地湊過去：「然後呢？」

葉淑晨樂了，下巴往工作室角落的書櫃抬了抬：「劉主任親自出馬，搬了一大本《網路安全法》過來，放在彥爹電腦桌上，要他每天摸鍵盤滑鼠之前，多翻幾遍。」

蘇邈邈笑彎了眼。

見女孩被逗笑的模樣，商彥壓下醋意，沒再計較。他繞到女孩椅子旁，微彎下身：「晚上跟我出去吃飯？」

吳泓博耳朵尖，聞言差點跳起來：「彥爹我也要吃火鍋！」

商彥面無表情地瞥他一眼：「我帶我家小孩去見家長，你也要跟？」

「……」吳泓博脖子一縮，「你們都到見家長這一步了？」

商彥笑得輕蔑：「兩年前就走到這一步了。」

「……」吳泓博回過神，痛心疾首，「兩年前小蘇還沒成年，彥爹你也下得了手……」

商彥懶得理他，轉頭看向蘇邈邈。女孩沉默兩秒，輕聲問他：「哪個家長？」

商彥一頓，「蘇老太太八十大壽，我想帶妳過去。」漆黑的眼裡掠過點冷意，但很快又壓下，他垂眼望著面前的女孩，聲音低柔，「今晚可能會遇見很多人，也可能會發生很多事情，如果妳不想去，我們就不去。」

「……」蘇邈邈沉默得更久，然後她慢慢抬頭，「他們邀請你了？」

「嗯。」商彥點頭，「因為商驍和蘇荷的關係，每年我父母都會去跟蘇老太太賀壽。前兩年，知道妳和蘇家的事情以後，我就再也沒去。」

蘇邈邈抬眼：「我媽說蘇老太太很喜歡你……她很厲害，你沒必要為了我得罪她。」

「胡說。」商彥笑著往前湊了湊，在女孩嘴角輕吻，眼裡一閃，「明明是她得罪我。」

女孩莞爾：「那你想去嗎？」

商彥想了想，「我家小孩想去，我就想去。我家小孩不想去，那我也不去。」他低聲笑，親暱地摩娑女孩的鼻尖，「我只聽妳一個人的。」

「……那我想去。」女孩輕聲，「想跟你一起去。」

「好。」商彥起身，牽著女孩往外走。

吳泓博一臉被閃光刺得快瞎掉的表情，幽怨地看著兩人。

蘇邈邈突然想到什麼，一停：「什麼都聽我的？」

「嗯。」商彥垂眼，笑得溫柔。

蘇邈邈試探地問：「那我能不能看一下那三封情書？」

「……」幾秒後，男生面無表情地牽著女孩往外走，「能，等我死了之後。」

蘇邈邈已經忘記上一次踏進蘇家主宅是什麼時候。豪車來往，在白玉石階下似水一般流過。那些穿著高級訂製服裝的紳士或者淑女們，言笑晏晏地緩步走上臺階，邁入宴會廳。他們舉止自然，步態從容，看起來遠比她對這裡熟悉。

然而讓她意外的是，自己心裡並沒有太多悵惘。最多……就是有種淡淡的不真實感，畢竟，她從來沒有想過，自己有一天會在這樣的場合光明正大地走到她「家人」面前。更沒想到，她的身邊會是……

蘇邈邈側過臉，抬眼看向身旁的人。商彥穿著一身剪裁得體的商務休閒西裝，深藍色的暗紋，在光線下透著沉穩的質感。宴會廳外的燈光將他五官的輪廓襯得越發立體，冷白的膚色毫無瑕疵。

或許是這張臉十分具有辨識度，蘇邈邈陪著商彥站在臺階下等商嫻的短短幾分鐘裡，已有不少長輩或同輩與商彥打招呼。其中不乏有人將目光落到蘇邈邈身上，畢竟女孩令人驚豔的美，絲毫不遜色於身旁的男生。

譬如此刻。

「二少爺身邊這位，我好像沒見過？」有些油頭粉面的年輕男人臂彎裡挽著笑容嫵媚、小鳥依人的女人，笑瞇瞇地側著頭，目光慢慢從商彥掠到蘇邈邈身上。

商彥一側身，狀似無意地將蘇邈邈攬近，語氣淡淡：「這是我女朋友。她不太喜歡這種場合，所以是第一次來。」

「難怪。」那年輕男人竭力隱藏驚豔和貪婪的眼神，笑瞇瞇地看向商彥，「這樣的小美人，換作是我，一定也是藏在家裡，不讓任何人看見。」

商彥眸色微冷，垂眼睨著那年輕人幾秒，他嘴角一勾：「下個月的新產品發表會正好撞期，代我向你叔叔問好。」

「……！」年輕人臉色一變，眼神晦暗許多，但最終還是沒說什麼，轉頭走了。

等見對方背影淡去，蘇邈邈才轉向商彥：「他和你……？」

商彥臉上的冷漠消退，垂下眼望著女孩，笑裡帶著安撫：「他是李深傑的姪子。」

蘇邈邈點頭：「難怪。」

商彥：「難怪什麼？」

「他還是第一個對你有敵意的人，其他人好像都很……」蘇邈邈猶豫了一下，不確定自己的用詞是否準確，「尊敬你？」

商彥莞爾，漆黑的眼裡掠過淡淡的嘲弄：「他們可不是尊敬我，是尊敬我的姓氏。」

蘇邈邈想了想，輕聲笑。

商彥見女孩笑起來，自己也不由微勾嘴角：「笑什麼？」

蘇邈邈仰臉看他：「我相信你。」

「？」商彥不解。

「用不了多久，他們會因為你而尊敬你的姓氏。」

「……」商彥難得梗了一下，半晌後他回過神，低笑一聲，「這麼信任我？」

蘇邈邈一副理所當然的模樣，點頭：「你是我們的彥神。」

商彥目光閃了閃，搖頭：「不。」

「？」

商彥輕輕貼近，在女孩耳邊低啞地笑：「我是妳一個人的。」

漂亮的嫣粉色，偷偷攀上女孩纖弱細白的頸。

兩人耳語剛落，身後不遠處傳來帶著淡淡奚落的笑聲：「商彥，在蘇家門外都敢這樣肆無忌憚，不怕等一下江阿姨放狗咬你？」

「……」蘇邈邈臉頰一熱，回頭看向來人，「嫻姐。」

商嫻擺擺手，朝蘇邈邈打招呼，坦坦蕩蕩地走上前告誡蘇邈邈：「邈邈，妳得放聰明點，別讓我這人面獸心的弟弟騙了。」

「……」商彥掃一眼商嫻身後，不見來人，不由薄唇微勾，冷笑一聲，「薄屹呢？」

「他沒來。」

「唔，是『嫩草』終於幡然悔悟，不想被妳啃了？」

「……」女人精緻漂亮的臉蛋扭曲了幾秒，慢慢做了一個深呼吸，她微微一笑，殺氣十足，「本來還想，萬一今晚你擅自做的決定惹火了父親母親，我便想辦法替你擋擋……現在看來，你是『死有餘辜』啊，我的弟弟。」

這次，不等商彥接話，蘇邈邈愕然地轉頭看他：「什麼擅自做的決定？」

「……」商彥面無表情地瞥了商嫻一眼。

商嫻一愣：「你不會是……沒跟邈邈說吧？」

蘇邈邈更懵了：「有什麼事情是我不知道的嗎？」

「……」商嫻不贊同地看了商彥好幾秒，「我先進去了。這件事，我覺得你至少要徵求一下邈邈的意見。」

說完，商嫻便徑直沿著臺階走向蘇家的宴會廳。

商彥眼睫一掃，垂下眼：「我們進去吧。」

蘇邈邈遲疑地問：「嫻姐說的……」

商彥步伐未停，他輕攬著懷裡的女孩，順著白玉臺階慢慢向上走，聲音沉穩低平：「妳相信我嗎，邈邈？我不會做傷害妳或是對妳不好的事情。」

「……我知道了。」蘇邈邈眨了眨眼，慢慢垂下目光，伸手輕挽商彥的手臂，「如果你已經決定了，那我不問。」

商彥和蘇邈邈進到宴會廳，商盛輝與駱曉君夫婦已經到場多時。商彥遠遠瞥見，轉身對蘇邈邈輕聲耳語：「過去和我爸媽打聲招呼？」

「嗯。」蘇邈邈點頭。

兩人並肩走近。商盛輝和駱曉君身旁跟著商嫻，與另外兩三家人聚在一起。商彥原本以為只是普通的寒暄，走近一看，才發現微妙的共同點。圍繞在商盛輝與駱曉君身旁的三家人，無一例外，都是一位長輩加一位年輕女孩。

商彥心中警鈴驀地拉響，他抬頭往駱曉君身旁的商嫻一看，對上商嫻幸災樂禍的表情。

連對這方面有些遲鈍的蘇邈邈都有所察覺，她遲疑了一下，轉過臉輕聲問商彥：「他們是不是想把家裡適齡的女孩推銷給你？」

「推銷」這個詞用得十分犀利，商彥愣了兩三秒，無奈地低下眼，苦笑：「走吧，我們過去。」

蘇邈邈淡淡問：「宣誓主權？」

「……」商彥輕笑，「隨妳。」

兩人走到近前，商彥低喚了一聲：「爸，媽。」

見商盛輝和駱曉君兩人望來，蘇邈邈也微微點頭：「阿姨，叔叔，晚安。」

看到蘇邈邈，商盛輝和駱曉君顯然有些意外，但很快兩人便調整好情緒，就連商盛輝都只是略帶警告地看了商彥一眼，沒有說什麼。

駱曉君溫婉地笑：「邈邈也來了？好久不見，快過來，讓阿姨好好看看。」

蘇邈邈臉頰微紅，不同於她逐漸習慣的陌生人目光，駱曉君的親近讓她莫名有些羞怯。

商彥主動鬆開手，在女孩耳邊玩笑：「過去吧，我媽跟我不一樣，她不會吃了妳。」

「……」蘇邈邈心裡微惱地偷瞪了商彥一眼，才走到駱曉君身旁。

駱曉君親暱地拉起她的手，和商嫻一起，三人往旁邊走去，而留在原地，剛才還有說有笑、明槍暗箭的幾家人表情尷尬。

過了許久，才有人乾笑著看向商盛輝：「剛剛這位是……？」

見慣了小兒子的不馴，商盛輝此時也不開口，瞥向商彥。

商彥嘴角微勾：「我女朋友。」

「啊……原來是這樣啊。」問話的中年女人遺憾地看了一眼自己的女兒，才笑著說，「這麼漂亮的女孩，我竟然沒印象，不知道是哪家的閨秀？」

商彥聽出對方有意探聽。在這些人看來，如果不是門當戶對，即便現在是女朋友也無妨，之後結婚總會另選對象。

商彥輕嗤，眼底不掩嘲弄。旁邊的商盛輝投來警告的眼神，他才稍稍收斂憊懶神色：「我正在努力徵求她的同意，希望她能成為我的未婚妻。」

商彥答非所問，卻立刻讓提問的女人變了臉色。她皺眉看向商盛輝，見商盛輝臉上沒有顯露出明顯的不贊同，只能摸摸鼻子認了。

幾家人訕訕離開。

商盛輝皺眉，看向自己的小兒子：「你今晚帶遢遢來，是想做什麼？」

商彥從侍者的托盤上拿了一杯香檳，放在唇邊啜了一口，才懶洋洋地笑：「蘇老太太八十大壽，作為晚輩來問候一下而已。」

商盛輝仍不放心地看著商彥。他這小兒子是什麼脾氣，他再清楚不過，直覺告訴他，今晚商彥的計畫絕對沒有那麼簡單。

「別太過分。」商盛輝沉默幾秒，若有所思，「蘇家的事情畢竟不是我們家門內的事，鬧大了，誰都下不了臺。」

「唔。」商彥不置可否地哼笑一聲，他的目光落向不遠處宴會廳的後門，蘇家老太太和其他長輩將從那裡進場。

盯了兩秒，商彥眼眸一垂，視線掃落，聲線裡染上點冰涼的笑意：「我也不想。不過……蘇邈邈的事，就是我的事。她難過，就誰都別想好過。」

商盛輝面無表情地瞪了商彥一眼。

商彥沒有再開口，因為蘇邈邈似乎與駱曉君結束寒暄，正笑意柔軟地朝他走來。

隔著一段距離，商彥也輕笑著走上前，四目相對，突然一道身影擋在兩人之間，背對商彥的男人完全遮住女孩嬌小的身影。

看清那人背影，商彥臉色一冷——李深傑的姪子，李玉軒。商彥眼神冰涼，大步上前。

李玉軒顯然沒有看到商彥，他只見到自己在宴會廳外驚鴻一瞥的小美人落單，那豔紅無袖長裙勾勒出的曼妙身材讓人移不開目光。他攔到女孩面前，那張精緻豔麗的面孔上閃過驚慌，更激發出他心底那點變態的欲望。

他笑了一聲，伸手去拉女孩垂在身側的白玉手腕：「妳是哪家公司的小明星吧？新人還是素人？跟了商彥多久？」

「……」蘇邈邈退後半步，甩手避開對方，「先生，請你自重。」

李玉軒笑得更噁心了，他俯身向前：「怎麼，怕我出不起價？雖然商家確實了不起，但商彥現在不是一個人自立門戶？他能給妳多少？他出得起的價格，我也出得起，甚至能給妳兩倍。所以，妳不如考慮考慮，跟著我——」

話音未落，李玉軒面前的女孩突然被人單手勾到身後，擋住。

商彥面無表情地繃著一張俊臉，眼神冷得嚇人：「李玉軒，我今晚有別的事情，不想在你身上浪費時間。所以我勸你，最好別找死。」

李玉軒被商彥的眼神駭得臉色一僵，但感覺到四周隱隱投來的目光，他不想落荒而逃。他咬了咬牙，擠出一個笑容，壓低聲音道：「二少爺，別這麼激動，不過就是一個女人。不然這樣，下週的新品發表會，不管產品如何，我可以想辦法讓深傑科技輸你一籌，只要……」他貪婪的眼神落到商彥身旁。

女孩緊張地拉著商彥的衣袖，似乎生怕商彥做出什麼事。李玉軒卻依然不知死活，他此刻只看到那隻細白的手和露出的白皙玉腿。

李玉軒舔了舔唇：「只要你把這個小東西讓給我，我只玩一晚——」

「砰」一聲，香檳杯落地和拳頭到肉的聲音幾乎同時響起。李玉軒甚至來不及反應，便被暴怒的商彥一拳打得嘴角流血，摔倒在地。

他似乎是嚇傻了，半天才爬起來，「哇」一聲，吐出一口血，裡面還夾雜一顆臼齒。

李玉軒驚恐地瞪大眼睛，嚎叫起來，痛得摀著臉頰含混咒罵。

而宴會廳裡，一陣低呼後便再無聲響，與宴賓客震驚地望向這裡。

穿著深藍色西裝的男生眉眼凶得駭人，眼角隱隱發紅。他單手扯開西裝釦子，反手將外套扔到地上，頭也不回地上前，從地上狠狠拎起李玉軒的領帶，揮拳就要再揍。

旁邊的蘇邈邈回神，慌忙上前一把抱住他的手臂：「商彥！」

其餘賓客也紛紛回神。不遠處，保全人員迅速入場，臉色鐵青的商盛輝也與駱曉君一起邁步過來。

「怎麼回事？」匆忙趕來的商嫻和蘇毅清幾乎是同時發問。

商彥皺眉，慢慢起身，他伸手把眼眶發紅的女孩揉進懷裡，啞聲道：「我沒發瘋，妳別怕。LanF大賽那件事情不會再發生第二次。」

「那你還……」

「沒人可以那樣侮辱妳。」

見商彥把其他人完全晾在一旁，商嫻臉色扭曲了一下，她沉眸冷聲：「商彥，你是在蘇家的宴會上，給蘇伯父一個解釋！」

「……」商彥從女孩身上抬起視線，漆黑的眸子裡還藏著點戾意，但很快被他壓下去，「發生了點口角，沒忍住。抱歉，蘇伯父。」

商彥垂眼，挽起懷裡的女孩：「對了，還有一件事想要徵求您的意見。」

蘇毅清此時才注意到商彥身前護著的是蘇邈邈。他突然有個預感，臉色一變，卻已經來不及阻止。

「我想要和您的女兒蘇邈邈訂婚，請您同意。」

偌大的宴會廳裡死寂一瞬，倏而譁然。

第二十章　真相

李玉軒嚎叫著被蘇家的保全用擔架抬去家庭醫生那裡，待商彥等人也隨蘇毅清離開後，蘇家宴會廳裡顯得格外安靜。賓客們仍三五成群地聚在一起寒暄，其中不少關係親近的忍不住湊到一起，談論剛才那石破天驚的事件。

「蘇家那個小小姐竟然沒死？」

「是啊，我嚇壞了。她和商家小少爺一起來的，出落得那麼漂亮，又沒見過面，我還以為是哪個娛樂公司簽下的新人，結果竟然是蘇家的人。」

「這麼說來，蘇邈邈長得和她母親江如詩還真的很像啊。」

「當初不是說心臟病去世了嗎？算算年齡，現在應該已經成年了，怎麼會這麼多年沒動靜，卻突然在這個時候冒出來？」

「不過，商家這位小少爺真是跟傳聞一樣，竟然當著這麼多人的面，在這種場合直接提訂婚。我看蘇毅清的反應，肯定是沒有事先商量過。」

「哈哈哈……是啊，而且這樣一來，就算蘇家不同意，恐怕也不好說出口了。」

「嗯？怎麼說？」

「很簡單啊。商家是多少年的古老豪門了，又是出了名的神祕，他家長子是什麼情況到現在也沒幾人清楚。這些年一直是商嫻在外拋頭露面，大家都猜測是她要撐起商家的門楣。直到去年，這商家的小兒子突然正經八百地前進ＩＴ界。雖然對外是說自立門戶，但很顯然，商家以後的擔子和家業是要交到他手上的，所以就算商彥年紀輕，可他就是商家未來的主人，要是連他的面子都不給……」說話的人咧嘴笑笑，「除非蘇家是想跟商家斷了這百年的世交。」

有人質疑：「那前陣子，說商蘇兩家聯姻，是商家長子和蘇家長房的獨生女，這難道是假的？」

「真假不知道，又沒證據。」

「確實。唯一的共同點是兩人都沒在社交場合露過面，誰知道傳聞是不是空穴來風。」

「不管怎麼說，今晚的事情如果不壓下，明早財經版的標題我都替他們想好了。」

「哈哈哈……」

與此同時，由蘇毅清引路，商盛輝與駱曉君在前，商嫻、商彥和蘇邈邈在後，六人一起進到三樓的副廳。

主位上，蘇家老太太皺著眉坐在真皮椅上，而她身旁不遠處，靠近面向內院的落地窗前，一個看起來十四五歲的少年窩在沙發上，表情有點不耐煩，正在聽蘇老太太說話。

見幾人進來，蘇老太太主動停下話音，微微抬眼看去。

最前面的三位長輩低頭問好，商嫻自然不例外，跟著喊了一聲「蘇奶奶」，然而後面的商彥卻不發一語。商嫻轉頭偷偷瞪了商彥一眼，他像是沒注意到，低頭側身看著旁邊的女孩。

蘇老太太同樣也沒心思注意，她目光複雜地落在蘇邈邈身上。

副廳裡安靜了幾秒，才聽老太太慢悠悠地開口：「毅清，我聽管家說樓下出了點事？」

蘇毅清恭敬道：「晚輩之間的一點小摩擦，不需要驚擾您。」

「小摩擦？我怎麼聽說……」老太太的目光轉落到商彥身上，「李深傑家裡那個晚輩……叫李玉軒的，被商彥打掉兩顆牙？」

廳裡其他人還沒什麼反應，窩在沙發上的少年眼睛卻亮了：「誰啊，這麼帥？」

他嗖地一下抬頭，順著蘇老太太的目光看向商彥。

「蘇宴。」站在旁邊的蘇毅清警告地低喚了一聲。

少年似乎有點畏懼父親，不滿地碎念一句，低下頭。

蘇邈邈卻忍不住看過去，蘇宴……就是那個小她四歲的弟弟嗎？

「商彥，你自己說。」蘇老太太出聲，「我過八十大壽，你是專程為我準備了這麼一份大禮嗎？」

商彥輕嗤一聲：「談不上大禮，只是看不慣。」

蘇老太太眼神一冷：「看不慣什麼？」

商彥輕瞇起眼：「你們蘇家可能心胸寬廣，不在意自己家人被那種人渣侮辱，但蘇邈邈是我的女朋友，我一心想娶的人。今天看您八十大壽的面子，我才只打掉他兩顆牙……」

商彥話還沒說完，沙發上的小子突然抬起頭，懵然地看著幾人，下一秒反應過來，從沙發上跳起，「哪個蘇邈邈？」他看向蘇毅清，「爸，我姐姐還活著嗎？奶奶，妳不是說我姐姐死了嗎？」

被打斷的商彥慢慢冷下臉，就連商盛輝和駱曉君也不由得微皺起眉，對視一眼，紛紛看向主位的蘇老太太。

副廳裡寂然無聲。

就在這落針可聞的時候，房門外突然響起一個聲音：「沒錯，你姐姐還活著。」

眾人目光紛紛看過去，蘇毅清最先反應過來，他臉色微變，還沒轉身便已開口：「如詩，不是要妳在房間裡休息——」

「我女兒回家，我為什麼要待在房間裡？」

站在門口的江如詩突然提高音量，蘇毅清似乎被一貫溫婉的妻子暴怒嚇到，他愣愣地望著江如詩，沒有說話。

江如詩緩緩壓下情緒，面無表情地走進副廳，停在蘇邈邈的身旁。她伸手摸了摸蘇邈邈的頭頂：「對不起，邈邈，媽媽又來晚了。」

蘇邈邈輕輕搖了搖頭：「沒關係。」

江如詩眼神柔軟下來：「A城氣候那麼差，我叫妳別來A大，妳卻非要來……這兩天在學校怎麼樣，還適應嗎？」

「還好。」蘇邈邈低聲說。

江如詩還要開口說些什麼，主位上的蘇老太太不知何時擰起眉，微微沉聲，不悅地說：

「如詩，妳來做什麼？」

「……」江如詩臉色一冷，片刻後，她慢慢抬起視線，「媽，我來做什麼，您不是應該最清楚嗎？」

「……」蘇老太太臉色微變，「妳考慮清楚。」

「我已經考慮了十四年，考慮得再清楚不過了！」江如詩冷聲，「當初是您拿邈邈的病情和治療威脅我，按您的要求，我做到了！十四年……我沒有一次主動聯繫過我的女兒！」

江如詩的眼眶慢慢泛紅，聲音帶著哽咽。她深吸口氣，半晌才平復情緒，一點點說道：「現在，她已經成年了，病情也已經穩定。我自己什麼都可以不在意，但屬於她的東西，我得一一幫她拿回來！」

「江如詩！」蘇老太太也動了怒，伸手一拍桌面。

江如詩不為所動：「您當年說的話，希望您還記得！邈邈平平安安地長到成年，那麼您答應給她的蘇家的股份，也該拿出來了！」

說完，江如詩轉向呆愣在一旁的蘇宴：「蘇宴，你過來。」

少年不明所以，但還是走到近前，「媽……」他遲疑了一下，忍不住望向商彥身旁那個比自己還矮一點的女孩，「她……真的是我姐姐？」

江如詩的眼眶再次紅了，但聲音堅定得發冷：「當然。」

「可是，奶奶她說……」

「她是騙你的！」江如詩呼吸微顫，緊緊盯著自己的兒子，「她就是你的姐姐。在你出世之前，就被你奶奶強行送出蘇家。這麼多年，她從未得到關愛，一點親情的溫暖都沒有！」

江如詩的每一個字都像是從牙縫裡擠出來的，她眼睛通紅地盯著沉默的蘇毅清和氣憤的蘇老太太，眼神透露出毫不掩飾的恨意。

很快，江如詩轉頭，慢慢吐氣，壓下聲音裡的顫慄，「我要你記住，蘇宴，你要永遠站在姐姐的前面，不能再讓她受一點委屈，永遠保護好她，」江如詩咬牙，目光掃過蘇毅清和蘇老太太，「這是你、還有你們蘇家欠她的！」

「姐……」蘇宴聲音乾澀，遲疑地看向女孩，「姐姐？」

蘇邈邈顯然更加不適應這樣的場面，她有些不安地看了江如詩一眼，然後才輕輕點頭：「你好……蘇宴。」

男孩子的臉驀地一紅。他張口想說話，卻支支吾吾了半晌，憋得臉都紅了，卻一個字也說不出來。又僵滯了幾秒，他似乎突然想到什麼，頭也不回地跑出副廳。

蘇邈邈一愣，茫然地抬頭看向江如詩。

江如詩輕聲道：「邈邈，妳弟弟是個好孩子，他會好好照顧妳的。妳別怪他，他從來不知道妳的事。」

江如詩一頓，恨恨地抬頭，冷眼望向蘇毅清：「要怪，就怪這個不配做父親的人……這麼多年，他竟然真的對妳隻字不提！」

「如詩……」蘇毅清神色複雜地抬頭，目光閃爍，最終卻沒有說什麼。

房間裡突然有人笑起來，是主位上氣極起身的蘇老太太。她恨鐵不成鋼地瞪著自己的二兒子：「蘇毅清，到了今天這個地步，你還想護著她，是嗎？」

其餘人不解，蘇毅清卻臉色頓變，像是被人觸到死穴，他突然抬頭，音量稍稍提高：「媽！」

眾人愣住。

蘇毅清在所有人面前，從來是謹守紳士風度，待人接物永遠平和溫順，不曾有半點參差，更遑論在他母親面前。

這麼多年，江如詩沒見過蘇毅清跟誰大聲說過一句話，直到此刻。

蘇老太太卻已氣極，什麼也不顧了。

「你今天說什麼都沒用！你也看到了，不是我不給她面子，是她自己不要臉！」蘇老太太怒極，瞪向江如詩，「江如詩，我蘇家的股份不會偏袒任何一個晚輩，但前提是，她得是蘇家的種！」

「媽！」蘇毅清「砰」的一聲摔碎手邊的杯子，卻仍沒蓋過蘇老太太最後一句話。

副廳裡，所有人都愣住了。半晌後，江如詩回神，聲音顫慄：「媽……妳什麼意思？」

「結婚前，妳就跟宋家那個小子不清不楚，我什麼意思妳心知肚明！」蘇老太太甩手，冷冷出聲，「妳還大著肚子的時候，私家偵探就已經把照片寄到家裡了，妳不知道？」

江如詩只覺眼前發黑，很久以後她才終於找回自己的聲音，轉頭看向蘇毅清：「……你……你也覺得……邈邈不是……你的女兒？？」

「他當然知道！」蘇老太太恨聲道，「當初我要趕妳出家門，為了維護妳的聲譽，這個沒志氣的孽子大雪天跪在院子裡，求我不要做親子鑑定、不要逼妳離開。要不是他，我會放著蘇家百年聲譽不要，硬是忍妳到今天嗎？」

房間裡一片死寂，半晌後，有人突然笑起來。起初很輕，壓抑在喉嚨裡，然後慢慢擴散開來，近乎悲鳴：「蘇毅清啊蘇毅清……同床異夢，整整十四年，真是辛苦你了！」

江如詩氣得渾身都在發抖，字字泣血。她深吸了口氣，手指顫抖地拿出手機，好半晌才撥出一個號碼。

「小宋……」她聲音哽咽且顫抖，「把我車裡那份、那份文件袋……拿上來。」

副廳裡幾人神色各異，蘇老太太微皺起眉：「妳幹什麼？」

江如詩不說話，她竭力平復情緒，直到副廳的門敲響，她的助理送來一個文件袋。

「江總，您沒事吧？」

江如詩不說話，抖著手撕開文件袋，從裡面翻出幾張紙，剩下的塞給助理，聲音嘶啞疲憊：「妳下樓等我。」

助理不敢反駁，低頭離開。

江如詩緊緊握著手裡那薄薄幾張紙，走到痛苦低頭的蘇毅清面前。

「我怕你們蘇家不肯履行當年的約定……怕你們不承認邈邈、不肯按當年的約定給她股份，所以準備了這個。」江如詩顫聲，笑著搖頭，「我沒想到，蘇毅清，這份親子鑑定書，最後竟是用來證明我自己！」

隨著話音落下，她將手裡的東西狠狠甩在長桌上。「啪」的一聲震響，迴紋針脫落，紙張散落一桌。

蘇毅清和蘇老太太早在聽到「親子鑑定書」就已瞳孔猛縮，蘇毅清更是震驚地看向江如詩：「如詩，妳是說——」

江如詩一字一頓：「你這個混蛋，當年是我瞎了眼，才會嫁給你！明天，離婚。」

顫聲說完最後一個字，江如詩調頭就走。她在嚇呆的蘇邈邈和商家幾人面前停住，看著女兒輕聲開口，終於忍不住撲簌落淚。

「原來是媽媽對不起妳，害妳受那麼多委屈……我們走，邈邈，再也不回來了。」

蘇邈邈終於回過神，她紅著眼眶點頭，隨江如詩出門，往樓下走。母女兩人安靜無聲，手緊緊握在一起。剛走到一半，卻見傭人慌慌張張地往樓上跑。

一見到江如詩，傭人連忙開口：「二夫人，您快去看看，小少爺快把李玉軒揍死了！」

李玉軒被蘇宴從蘇家的家庭醫生手裡抓出來揍。蘇家上下都知道，這小少爺蘇宴是蘇家唯一的男丁，全家除了他的親生父母以外，所有人都對他寶貝得要命。就連一貫雷厲風行、說一不二的蘇老太太，也拿這個孫子沒辦法。

因而即便知道床上這位是蘇家的客人，見蘇家小少爺怒氣沖沖地跑進來，把還摀著臉哀嚎的李玉軒拎著領子往走廊外扯，家庭醫生也完全不敢上前阻攔。

商彥、蘇邈邈和江如詩三人趕到時，李玉軒那張油頭粉面，已經被揍得鼻青臉腫，連他媽都不認識了。

「蘇宴！」江如詩雖然剛哭完，但聲音仍不乏氣勢，一吼便讓還在掄拳的蘇宴動作一僵。

蘇家小少爺最怕這個看起來溫婉淑儀的母親，蘇家人盡皆知。

蘇宴臉色陰沉地瞪了一眼地上半死不活的李玉軒，鬆開抓著李玉軒衣領的左手，又甩了甩右拳上黏膩的血。他慢慢起身，低頭看著被自己揍成豬頭的臉上快要腫成一條縫的眼睛：「算你走運，我前幾天剛滿十四歲。」

少年的聲音還帶著變聲期的沙啞。

「你跟我過來。」江如詩神色微冷地走過去。

地上的李玉軒被家庭醫生再次抬走，蘇宴不安地看了一眼母親的背影，跟了上去。拐過長廊轉角前，他回頭偷偷看了一眼站在原地的漂亮女孩，對方彷彿被他的「壯烈事蹟」嚇到，正愣愣盯著他。

蘇宴臉一紅，連忙轉頭跟著江如詩走出長廊。

目送蘇宴與江如詩離開，蘇邈邈目光微滯地轉頭，遲疑地看了一眼被家庭醫生抬進去的李玉軒：「這個人，不會有事吧？」

商彥表情不變：「蘇宴心裡還算有數，應該不會。」

想了想那人的慘狀，蘇邈邈實在不明白「還算有數」這個結論是怎麼得出來的，而商彥似乎看穿了她的心思，淡淡一笑：「妳沒聽到蘇宴最後說了什麼？」

蘇邈邈回想：「什麼十四歲生日……？」

商彥點頭：「這就對了。」

蘇邈邈不解哪裡對了。

「《刑法》第十七條對於未成年人的量刑，十四歲可是一個非常重要的分界線。」商彥說完，似乎有些無奈，「看來妳對《刑法》不太了解啊。」

蘇邈邈咋舌：「……普通人會對《刑法》或者《網路安全法》像你這樣瞭若指掌嗎？」

商彥淡定地轉開目光，不說話。

長廊上重歸平靜。

不知又過了多久，蘇邈邈聽見身旁的人低聲問：「還好嗎？」

儘管沒有明說，但蘇邈邈已經了然，不知道從什麼時候起，她和商彥竟如此有默契。

女孩無聲地彎起嘴角，點了點頭，「還好。」她側過臉，看向身旁的人，「我是不是比你想像的要堅強一些？」

「是堅強得多。」商彥抬手輕揉女孩的長髮，半開玩笑，「我覺得我都做不到。」

蘇邈邈輕聲笑，烏黑的瞳仁神色認真：「如果沒有遇見你，我想我做不到……謝謝你，商彥，你給了我很多，也教會我很多。」

「……」商彥輕輕挑眉，勾住女孩的後腰，微微向前傾身，「那妳準備怎麼報答？」

女孩臉頰微熱，一點嫣粉順著白皙的頸子攀上來，但她的承受能力顯然比以前好得多——至少能回擊了。

「刷卡還是現金，先生？」

蘇邈邈伸手抵著那人壓下來的胸膛，轉開目光，努力繃住表情。

身前的人低笑一聲，「這是個好問題。」商彥貼到女孩耳邊，「支付方式不限，但是要日結……唔，算了算，大概要分期八十年。」

蘇邈邈啞然，臉頰更燙了。

耳邊那人低聲笑：「這次妳把自己賠進來了，小孩。」

說話間，家庭醫生從房間裡探出頭：「檢查過了，都是皮外傷。呃……商少爺，二夫人不在嗎？」

被蘇邈邈慌亂推開的商彥無奈地瞥了醫生一眼，透過他身後的空隙，商彥冷冷地望著房內，床上隱約傳來李玉軒呻吟的聲音。

商彥嘴角輕扯，笑得輕蔑而冷淡：「垃圾分類自然要找主人，打電話給李深傑，叫他自己來領。」

蘇家內部亂成一團，蘇老太太的壽宴也只剩下長子蘇毅民勉強支撐，因此李深傑來回收李玉軒時，臺階下「送行」的只有商彥和蘇邈邈兩人，其他人實在是抽不出時間來管這種晚輩打架的瑣碎小事。

李深傑自然是臉色難看，自己的姪子被打成這副模樣，蘇家卻連個主事的長輩都不見，讓他覺得自己臉上也被摑了兩巴掌。

上車前，李深傑還是忍不住，他轉身，看向商彥：「玉軒這件事，希望你轉告蘇家，至少該有人給我一個交代。」

商彥輕抬眼，似笑非笑：「交代？什麼交代？」

李深傑皺眉：「我姪子被打成這樣，你說什麼交代！」

「很簡單。」商彥回身，隨手在蘇家漫漫燈火裡一指，「蘇家有客人看見，他是從臺階上摔下去的。李先生看哪塊石頭不順眼，可以立刻搬走。」

「……！」李深傑氣得臉色都變了，「商彥，我們如今算是『同場競技』，我不拿年齡輩分壓你，但你也不要太過分。IT界內，你還只是一個晚輩！」

商彥聞言朗聲笑起來：「李深傑，你拿年齡輩分壓我？你是不是忘了，當年你創立深傑科技，到處找人融資，那時你是怎麼稱呼我父親的？怎麼，那時候是孫子，如今搖身一變想做爺爺了？」

「……商彥！」

「更何況，你跟我提IT界？你立足站穩才幾年？做後浪時想壓前浪，做了前浪卻想屹立百年，天下好事全讓你一個人占了？」商彥低聲笑，手插在褲子口袋裡微微俯身，眼帶嘲弄，「我勸你，不如趁早回沙灘上，玩你的沙雕城堡吧。」

李深傑臉色鐵青。他上了車，甩上車門，發動引擎，並將車窗緩緩降下，他表情陰沉地看著商彥：「是你逼我的，商彥。下週新品發表會，你走著瞧。」

待轎車駛離，站在商彥身旁的蘇邈邈不安地看向商彥：「他是什麼意思？」

商彥輕瞇起眼，嗤笑一聲：「還能是什麼意思？明的不行，想來陰的吧。」

蘇邈邈微微皺眉：「那……」

「別擔心。」商彥收斂眼底危險的情緒，轉過身，食指輕輕抵住女孩蹙起的眉心，「鬆開。」

蘇邈邈聽話地放鬆眉頭，但還是神色不安地看向商彥。

商彥啞聲輕笑，低下頭去親女孩的嘴角，退開前輕咬了一下她柔軟的唇瓣：「連師父都不相信，這是懲罰。」

「……商彥，你真幼稚。」話雖如此，夜色卻藏不住女孩微紅的臉。

一週後，A大實驗大樓。

蘇邈邈被蘇家人「纏」得受不了，最近幾天躲到校外「避難」去了。而葉淑晨也還未到，工作室裡安安靜靜，只有商彥、吳泓博、欒文澤、任思恬。四人坐在自己的電腦桌前，一上午沒什麼動靜。

莫名讓人不安的沉默蔓延著，直到臨近中午，工作室的門「砰」的一聲打開，伴隨巨響砸到牆上。離門最近的吳泓博首當其衝，手裡洋芋片的袋子嚇得扔到半空，他表情錯愕而驚恐地看向來人，兩秒後才回神：「葉淑晨，妳是要拆房子嗎！」

「……」葉淑晨臉色難看，沒有理會他的玩笑，徑直走到商彥身旁，把手裡捏著的手機往商彥面前的電腦桌上一拍，「深傑科技今天上午的新品發表會！」

感覺到氣氛不對，吳泓博臉色一緊，連忙扔開洋芋片，和欒文澤對視一眼，面色凝重地起身湊過去。

「怎麼了？」

葉淑晨臉色難看：「你們自己看吧！」

商彥是唯一沉穩得近乎淡定的人，他點開手機上的影片，和組裡圍過來的幾人一起看。等影片結束，工作室裡鴉雀無聲。葉淑晨憋了半天，終於忍不住從牙縫裡擠出：「別告訴我你們看不出來，深傑科技這狗屁的新產品，他媽的根本是用我們的核心演算法，甚至是我們的原始程式碼！」

見葉淑晨臉色漲得通紅，欒文澤忍不住上前：「淑晨，妳別太激動。」

「我怎麼可能不激動！」葉淑晨「砰」一聲把手機砸到地上，瞬間四分五裂的機殼讓不遠處的任思恬渾身一顫。

葉淑晨氣惱：「這是你們從高中就開始研究的演算法，是我們團隊用了一年半時間夜以繼日做出來的，如今被李深傑那不要臉的狗東西叼走，你告訴我，我怎麼能不激動？」

欒文澤也無可奈何，他轉頭看向商彥。

商彥仍舊是那副神情，片刻後，他極輕地嗤笑一聲，微微低頭：「果然，有些人越往上爬，越被金錢和利益蒙蔽眼睛，給再多的機會，他們也看不到，不會珍惜。赤紅著眼、喘著粗氣、流著口水、醜態畢露，只認得錢和利益……葉淑晨，妳的比喻不錯，這樣的人，和狗有什麼區別？」

商彥抬眸，漆黑而沉冷：「我們難道還會輸給一群狗？」

葉淑晨愣了愣，還想說什麼，卻被欒文澤拉住。

商彥輕輕轉過旋轉椅：「你們先回去吧，今天下午放假。」

房間內四人默不作聲地往外走，快到門外，商彥突然想起什麼：「等一下。」

四人同時停步，有人眼瞳一顫。商彥淡淡笑了笑，下巴輕抬，漆黑的眸子裡冰涼一片：「任思恬，妳留下。」

「……！」離門最近的任思恬臉色刷白。

工作室內一片安靜。

商彥側身坐在自己的電腦桌前，手臂疏懶地搭在桌沿，修長的五指以無聲的韻律慢慢叩擊桌面。他低垂著眼，不說話也不動神色。

站在門邊的任思恬無法再忍受：「商彥，你有什麼話要對我說？」

安靜的工作室裡響起一聲低低的笑，坐在電腦桌前的人抬頭，眸子漆黑微熠：「不該是妳有話對我說嗎？」

「……！」對上那目光，任思恬原本沒有血色的臉更加慘白，她慌亂地撇開眼，「我不懂你的意思。」

商彥輕瞇起眼：「我們認識多久了，任學姐？」

「……」任思恬身體微僵，「差一個月滿一年。」

「快一年了啊。」商彥微微垂眼，似笑似嘆，「既然快一年了，我們之間說話還需要遮遮掩掩的嗎？」

「……」任思恬握緊指尖，低下頭，眼底藏著最後一絲不切實際的幻想——幻想這是一場夢，或者商彥並非那個意思。

然而商彥失去了耐心，沒等到任思恬主動開口，他叩在桌沿的五指併攏，不輕不重地敲擊一下桌面。

任思恬驀地一抖，抬起頭，耳邊那清朗帶著些微疏懶淡笑的聲音響起：「李深傑給了妳多少錢，買下過去一年，我們在這個工作室裡的合作與交情？」

「……！」任思恬整個人澈底僵住，商彥話才出口，她的眼眶就紅了。

她下意識地抬頭看向四周。午間的陽光從長窗灑進來，光束裡飛舞著細細的顆粒。她彷彿能看見大家一起為共同目標苦心鑽研的無數個日子裡，吳泓博和葉淑晨又笑又鬧地從她身前跑過，欒文澤站在窗前，背著光，無奈地垂眼笑著，而商彥抱臂坐在椅子上，嫌棄地望著兩人，黑眸深處卻也隱隱帶著笑意……一切恍如昨日。

她曾以為這個情景會永遠永遠持續下去，任思恬的眼裡滾下了淚，她握緊拳頭，指甲深深刺進掌心。

任思恬哭著笑起來：「商彥，你真覺得……我是為了錢才出賣你們、出賣我們這麼久的心血？」

「……」商彥皺眉。

任思恬緩緩道：「你知不知道，我為了你放棄過多少機會？你工作室初創，團隊只有雛形，憑著一腔熱血想闖出一條路。他們都覺得你根本做不到……那些成績、能力尚不如我的人，都選擇了更寬廣的光明大道，只有我堅持在這裡！我多少次拒絕深傑科技挖角，你知道嗎？我等了你那麼久！」

淚水在眼眶裡打轉：「我以為總有一天、總有一天你會回過頭，看看我……我以為只要堅持下去，我終究可以陪你到最後，不管再等多少年！可你……可你為什麼連這樣的機會都不給我？」

任思恬終於忍不住，失聲痛哭：「就因為一個蘇邈邈，你像是完全變了一個人……你一點希望都不留給我……是你逼我的，商彥，是你逼我、讓我堅持不下去！」

工作室裡重歸沉寂，只有任思恬的嗚咽聲。

坐在椅子上的商彥十指交扣，清雋凌厲的側顏絲毫未動，那雙漆黑的眸子也不見動搖，只有一片森然的淡漠。

半晌後，低沉的男聲響起：「是我的錯。」

「——」任思恬一愣，淚眼矇矓地抬頭，對上那雙讓她不寒而慄的眼眸。

商彥字字清晰地開口：「如果知道妳是為了這個理由才加入，那麼一開始，我就不會讓妳踏進這個團隊半步。」

「……！」任思恬嘴唇一抖，有些難以置信地看著商彥。

商彥起身，慢慢往門口走，每踏出一步，神色就冷一分，「妳錯了，任思恬，從一開始，妳就不該抱任何希望。」他停下腳步，與站在門邊的任思恬相隔咫尺，「有一點，我希望妳搞清楚。」

商彥驀地傾身，伸手往敞開的門外一勾，一拉，門外站著的女孩驚呼一聲被拉了進來，直接落入商彥懷裡。

任思恬驚住，唯獨商彥神色淡定，顯然早就發現女孩的存在。

「不要說得好像是她搶了妳的位置，在遇見妳很久以前，我的身邊就只有蘇邈邈一個人。」商彥一頓，垂眼看向女孩，「以後也一樣。」

說完，不等眼眸微顫的任思恬再開口，商彥轉身，拉著茫然的蘇邈邈往回走，同時說道：「犯錯就要付出代價，妳我都一樣。我承受錯信了妳的代價，而妳……我會向妳和深傑科技提出訴訟。深傑科技可能不會受到太大影響，但妳未來除了深傑科技，在業界再無立足之地。」

商彥拉著蘇邈邈進到小房間，步伐微停，說道：「任學姐，別後悔，也別回頭。」

「砰」一聲房門關上，片刻後，門外隱約傳來崩潰的哭聲。

商彥充耳未聞，他低下頭，始終淡漠的俊臉上眉微微皺起：「誰告訴妳的？我記得要他們瞞著妳。」

蘇邈邈低聲道：「……我就這麼不值得信任嗎？」

商彥無奈抬手，揉了揉女孩的長髮：「妳明知道，我是怕妳擔心。」

「……」

「別轉移話題，是誰跟妳告密？」

蘇邈邈安靜了幾秒，遲疑地開口：「吳泓博他們很聽你的話，不是他們跟我說的。」

「那是誰？」

「……老太太。」

「……」商彥皺眉。

蘇邈邈試探地開口：「她還說，她可以幫忙——」

「不用。」商彥想都沒想，張口拒絕。同時他嗤笑一聲，語帶輕蔑，「蘇老太太當我是那種賣女朋友求榮的人？」

「……」蘇邈邈不意外，但還是有些擔憂地看著商彥，「真的沒問題嗎？」

商彥無奈：「妳對我的信任還真是不堪一擊啊，小孩？」

蘇邈邈沉默不語。房間裡安靜片刻，等外面再無動靜，她才小心地問：「你是不是早就知道……任思恬會這樣做？」

「……」商彥臉上玩笑的神情慢慢褪去，他微垂下眼，倚坐到身後的書桌邊緣，懶散地伸展兩條長腿，「算是吧。」

男生抓起女孩的手，放在掌心裡把玩：「其實一個月前，深傑科技已經聯繫過其他人。欒文澤、葉淑晨、吳泓博……他們三個都找我談過深傑科技意圖挖角，以及給他們的報價。」

蘇邈邈了然：「只有任思恬沒說。」

「嗯。」商彥淡淡回應，「任思恬的綜合能力其實比他們三個稍高，所以深傑科技不會略過她，剩下的答案自然只有一個。」

蘇邈邈皺起眉，不自覺收緊指尖：「那你沒有採取什麼補救的措施嗎？」

「……補救？怎麼補救？」商彥眼皮一抬，有點危險地輕瞇起眼，「她想要的可是我。妳要我把自己『補救』出去嗎？」

「……」蘇邈邈一愣，莞爾，漂亮的眼睛微彎，「你會嗎？」

商彥輕嗤，一臉壞笑：「開什麼玩笑？我已經簽了『賣身契』，身心都有所屬。」

蘇邈邈不解：「……賣身契？」

商彥低頭，快速在女孩唇上輕啄一下，眸裡墨色更深，染上淡淡的笑：「兩年前就蓋章了，妳可不能反悔。」

蘇邈邈躲閃不及，被偷襲成功，心裡微惱地瞪他。再過幾秒，她才重新聚焦在這件事上：「我知道你有準備……但還是擔心，畢竟洩露出去的是核心演算法和原始程式碼，你真的有辦法？」

「當然。」商彥點頭，「我的備案在一個月前就著手進行了。」

蘇邈邈一臉驚訝。

商彥坦然：「其實一開始提出課題時，我就構思了兩種不同的核心演算法。比起付諸實現的這種，另一種更為精準周密，卻也更大膽、複雜且難以實現。」

蘇邈邈眼睛一亮，接著又猶豫了：「即使這樣，你們將近一年的心血不還是白費了嗎？」

「當然不是。」商彥莞爾，「雖然兩者差別很大，但很多小的區塊演算法是重疊的。三天前，我們已經解決了這個核心演算法中最為困難的一步，完成和完善是遲早的事。」

蘇邈邈眼神一鬆，終於露出由衷的笑容。她剛想開口說些什麼，突然意識到商彥剛才話中的玄機，女孩笑容一滯，烏黑的眼瞳裡滿是狐疑：「你剛剛說，你們已經解決了？」

商彥一頓。

蘇邈邈瞇起眼：「所以，除了我以外，大家都知道？」

「……」商彥噎了噎，「葉淑晨嫉惡如仇，怕她在任思恬面前露陷，所以她不知道。」

女孩慢慢繃起臉：「我不會露餡，但你還是沒告訴我。」

「……」商彥語塞。

「這個新演算法，你告訴吳泓博和欒文澤，卻一點也沒有跟我透露？」

商彥嘆氣：「他們是朋友。」

蘇邈邈癟嘴：「那我是什麼？」

「……」商彥垂眼，沉默兩秒，他慢慢俯下身，在女孩耳垂上親了一下，聲線染上笑，

「妳是我的奴隸主。」

任思恬悄無聲息地從團隊中消失了，原本擺著她的電腦桌和電腦椅的地方清得乾乾淨淨，彷彿這個人從來沒有存在過，一點痕跡也不留。

而深傑科技這場新品發表會的風波過去後，團隊也恢復常態，似乎絲毫不受影響。如果一定要說有什麼不同，大概是在新演算法的緊迫進度下，聚餐吃火鍋的次數明顯銳減。

吳泓博捏著自己肚子上的「游泳圈」，跑到商彥面前控訴：「彥爹，你看看！我都瘦了！整整一公斤！」

鍵盤上飛速敲擊的十指絲毫未停，男生眼也不抬，嘴角輕撇，嘲弄地笑：「恭喜你了。」

「……」吳泓博看向他的眼神更加哀怨。

「搞定！」兩人不遠處，葉淑晨一推自己面前的電腦桌，屁股下的旋轉椅順勢往後滑了一段距離。

她笑瞇瞇地抬眼，迎上在場所有人的目光：「任務完成，隨時可以發表了。」

吳泓博很快反應過來，眼裡亮起與外表全然不符的狡黠，笑著看向商彥：「彥爹，我們什麼時候反擊？」

商彥十指在半空中一頓，幾秒後，他側過身，正想開口，「叮鈴鈴」的電話聲阻斷了商彥未出口的話。

距離座機最近的是欒文澤，他把手裡的ＩＴ週刊放到一旁，和幾人對視一眼，接起電話。片刻後，他將話筒夾在肩膀處，低聲問：「彥哥，是深傑科技的人。希望我們能挪出一點時間，他們的負責人想和我們見面。時間、地點都由我們決定。」

在場的人一愣，商彥微瞇起眼：「負責人？李深傑？」

「嗯。」欒文澤點頭。

商彥垂眼，沉默幾秒後他低聲一笑：「好，告訴他，我答應了。」

掛斷電話後，皺著眉的葉淑晨看向商彥：「彥神，我們現在根本沒必要跟他們談。這篇文章一刊出，他們為新產品做的造勢都將付之一炬。」

商彥垂眼低笑：「那還不夠。」

葉淑晨不解。

「他們以為，如果同歸於盡，我們一定會直接公布原始程式碼，這也是李深傑想找我們商談的原因。而在兩方沒有達成共識前，只要原始程式碼仍有曝露的風險，李深傑就不會真正將公司業務重心轉移到這個專案上，我們也沒有辦法給他致命一擊。」商彥倚進旋轉椅，笑意薄淡鋒利，「偷吃了我們的東西，可不能只是吐出來那麼簡單。」

欒文澤和葉淑晨有所了悟，默默思索起來，吳泓博卻沒這樣的耐性，他想了幾秒便看向商彥：「彥爹，你直說吧，想怎麼做？」

商彥沒說話。他身後，窩在男生右手邊桌椅前的女孩沒回頭，一邊審視系統維護程式碼一邊輕聲淡定地開口：「假意合作，拖延。」

吳泓博愕然，商彥莞爾。

「沒錯。」他打開加密信箱，查收葉淑晨之前發送過來的那份解密文章，「李深傑以為我們除了合作別無他途，而我們的新平臺想要完全實現，還需要一些時間。」

吳泓博反應過來，彈了個響指：「我懂了，麻痺他們換取時間完善平臺，引誘他們把公司業務和資金投入轉向這個專案，最後再予以痛擊……一箭雙雕啊彥爹！」

吳泓博總結完，忍不住摩拳擦掌：「彥爹，我自告奮勇，我去！」

商彥盯他兩秒，搖頭：「不行。」

吳泓博頓時垂頭喪氣：「那我陪你去？」

商彥仍笑著拒絕：「我也不行。」

吳泓博不解。

商彥淡笑：「作為團隊負責人，如果我非常平和地跟李深傑碰面，李深傑會怎麼想？」

「……」吳泓博沉思兩秒，朝商彥豎起大拇指，「老奸巨猾。」

商彥眼神一掃：「你想死？」

吳泓博嗖地一下躲開，商彥轉身看向另一側：「文澤，這件事交給你，沒問題吧。」

葉淑晨舉手：「彥神，我想和他一起。」

商彥思索兩秒，點頭：「可以。李深傑的條件不難猜測，為了避免我們直接開放原始程式碼，他會提出豐厚條件，甚至挖角整個團隊，但很可能是空頭支票。」

「一旦答應……」欒文澤臉上露出一個很淡的笑，「等平臺真正成熟問世，我們就會被拆散，甚至在後期一一踢掉。」

商彥聳肩，玩笑道：「你們未必，李深傑希求人才這點沒變，但我是一定要出局的。」

葉淑晨點頭：「只能拖了，要是處理不好，說不定還會被李深傑反將一軍，扣上商業間諜的帽子。畢竟他們不是像我們這樣的小團隊，還有專屬的法務部門。」

聽出葉淑晨意有所指，欒文澤無奈地和商彥對視一眼。他走過去，安撫地拍了拍葉淑晨的肩膀：「別擔心，該償還的，都會讓他們加倍奉還，誰也別想逃掉。」

兩個月後，A大校內咖啡館裡，李深傑坐在靠窗的桌子，神態淡定，眼神自然，但有些緊繃的坐姿和時不時瞥向鐘錶的目光，暴露了他心裡的焦急與不安。

幾分鐘後，咖啡館的門被推開，兩道身影前後走了進來。李深傑抬頭望過去，見商彥和蘇邈邈並肩走來，他愣了兩三秒，但很快反應過來，從座位上起身，臉上露出得體的微笑。

「想不到啊，竟然是彥神親自過來談？」

「畢竟是最後一次會談了。」商彥在桌前停步，再自然不過地接話，同樣回以一笑，「我想，李總也迫不及待了？」

李深傑眼神一閃，淡淡笑道：「互惠互利達成雙贏，我們應該都不排斥才對。」

商彥這次沒有開口，他拉開內側的椅子，讓蘇邈邈坐下，自己跟著坐到旁邊。坐定後，他不疾不徐地抬眼：「李總，不坐下談嗎？」

「……」李深傑眼底掠過晦暗情緒，但他沒有說什麼，隻身坐下。他看了一眼腕錶，笑笑，「真是羨慕學生啊，時間自由，工作散漫隨性，幾分鐘或者十幾分鐘，完全不放在眼裡。」

聽出對方話裡的嘲弄，商彥淡淡一笑，不以為意：「要比不擇手段爭分奪秒，我們確實不及李總。」

李深傑瞇起眼，審視商彥，幾秒後，他轉開視線：「算了，今天在這裡見面的目的，我想你也很清楚，合作商談至今，只差簽約，我看就不要再顧左右而言他浪費時間了。」

說著，李深傑望向鄰桌的助理，伸手示意對方拿出早已準備好的合約。

商彥卻莞爾：「誰告訴李總，我是來簽合約的？」

「……！」李深傑的手驀地僵住，過了片刻，他緩緩轉頭，目光和笑容一併冷下來，「商先生，這可是大事，不是小孩子扮家家酒，我勸你不要拿這種事情開玩笑。」

商彥仍是那副神色疏懶的模樣：「我雖然時間自由，但也沒有自由到跟什麼人都有功夫開玩笑。」

李深傑驀地握緊拳頭，片刻後又鬆開，他笑著看向商彥：「過去兩個月，我以為我們已經達成十分完美的合作共識。託貴團隊的幫助，我們也完善了許多小小的瑕疵和不足。如果商先生只是為了私人恩怨，那犧牲未免太大。損人不利己的事，實在不是智者所為吧？」

商彥搖了搖頭：「幫助歸幫助，達成什麼樣的共識卻好像是李總一廂情願。你不妨回想一下，即便是文澤出面，應該也從來沒有答應過簽約的事情。」

「……」李深傑臉色一沉，「商彥，你真的想同歸於盡？」他向前俯身，壓低聲音，「事到如今我也不妨告訴你，ＩＴ界不是你們這些會編點程式的小孩就能輕易踏足的地方，在這裡，手段為王。你信不信，就算你公布原始程式碼或者說出真相，我一樣能讓你們的團隊寸步難行。沒有公司運營背景，沒人會相信你們。」

商彥和他對視幾秒，驀地低聲笑起來：「李總，枉費你也是工程師出身，如今說出『手段為王』這種話，不覺得心虛嗎？」

李深傑冷臉，商彥又笑：「而且，誰告訴你我們會同歸於盡？」

「那你是什麼意思？」李深傑想了想，突然明白了，身體一鬆，臉上露出嘲諷，「難不成，你們想拿同一個平臺跟我們硬碰硬？那你就太天真了，商彥。我承認，你，包括你的團隊，是難得一遇的菁英和人才，但你們的原始程式碼都被我們掌握，其他的瑣碎枝節，我們的工程師一點也不比你們差。而我們之間最大的差距是什麼，你知道嗎？」

李深傑慢慢直起身，冷笑：「深傑科技從一匹闖入業界的黑馬，披荊斬棘至今，早已建立深厚的根基和資歷，我們的專業行銷團隊、客戶和人脈網絡、業界的口碑和公認度……你們小小一個團隊遠遠無法匹敵。拿同一個平臺，在這樣的背景差距下，你真以為你能跟深傑科技對抗？更何況……」

李深傑的目光慢慢落向商彥身旁的蘇邈邈，驚豔的情緒從他眼底掠過，很快消失不見：

「我沒記錯的話，你的女朋友也是你的團隊成員之一……哦，你們的原始程式碼，說到底也是因為這個洩露的。」

李深傑臉上露出嘲諷的笑：「你就算不考慮自己的利益，難道就不為你的團隊成員、你的女朋友考慮一下？」

這句話，讓商彥原本準備出口的話梗了一下，他眼神微妙地看向身旁：「邈邈，他說我該為妳的利益考慮呢。」

「……」蘇邈邈無奈抬眼，瞥向商彥。

商彥嘴角微勾：「嘖……就這麼點情報收集的能力，平臺給了他們，真是暴殄天物。」

「……」李深傑皺眉，「你是什麼意思？」

「沒什麼。」商彥朝李深傑淡淡一笑，「只是為你們深傑科技龐大的『人脈網絡』補充一點新資訊，我身邊這位，她現在握有的蘇家股份，足夠買下你的深傑科技還有剩。」

李深傑臉色頓時僵住，「妳……妳是蘇家的人？」他半晌回神，臉色難看地露出笑容，「所以，這是商家和蘇家準備聯手報復我？」

商彥失笑：「你也配？」

「……！」李深傑臉色一變。

商彥斂去臉上最後一絲笑意，原本凌厲的五官線條被漠然的情緒覆蓋，更顯冷冽。他低聲道：「不需要依靠什麼背景，我照樣可以讓你一潰千里。誰告訴你，我們會用同一個平臺跟你們競爭？」

李深傑愣住，幾秒後，他後背冒出冷汗，臉色更是陡然發青：「你是什麼意思！」

「如你所想。」商彥微笑，起身，「也感謝你們這兩個月來不懈的公關和宣傳造勢。」他彎腰，將一支拋棄式手機放到李深傑面前，「組員的大作，你不妨欣賞完再走。」

李深傑臉色難看地低頭，亮著的螢幕上顯示著一篇十分鐘前發布的新文章。

『《深傑科技最新金融數據分析平臺的核心演算法漏洞解密》』

『——WATNG 團隊傾情奉獻』

李深傑臉上最後一絲血色褪去，而商彥已經拉著蘇邈邈離座。

離開之前，他走過李深傑身側，笑著拍了拍男人的肩：「我們的新平臺會在今晚正式上線。踩在別人的肩膀上，果然能看到更寬廣的風景。」

走出兩步，商彥驀地一停，「哦，還有一件事。」他沒回身，薄脣嘲弄地勾起，輕聲笑笑，「只有被時代淘汰的老古董，才會說『手段為王』，在我這裡，永遠實力為王。」

話音落下，兩人離去。

到了咖啡館外，蘇邈邈低聲說：「李深傑一定氣死了，不知道他會怎麼做。」

「他不會做什麼。」

「嗯？為什麼？」

「深傑科技為這個專案投入太多，如果現在放棄，所有心血都會付諸東流……他信仰手段，大概會安排危機公關，這個平臺他一定會扛下去。」

「……」

「別擔心，拋棄初心去追逐利益的人，終究還是會死在利益手裡，快慢的問題而已。」

「嗯，」蘇邈邈輕笑，「他已經輸了。」

又走出幾步，蘇邈邈忍不住好奇，看向商彥問道：「那個團隊名稱……WATNG，又長又難記，是什麼意思？」

商彥失笑：「很中二，妳確定要知道？」

蘇邈邈眨了眨眼：「當然。」

「其實很簡單。」

「？」

「We Are The New God。」

「……」

那些少年夢想過世界廣闊，天盡頭高山平河，無盡袤野，鳥亢鹿鳴，飛瀑連天，只等先行者開拓。他們踏過無盡長夜，披荊斬棘，終於站在世界「盡頭」。

萬丈紅雲破開，這是屬於他們的黎明。

新的世界，等他們開拓。

第二十一章 發燒

年前，新平臺上線。

公司初創，團隊擴建，面試、篩選、平臺維護、商務洽談……整個團隊忙得焦頭爛額，除了身體不宜勞累的蘇邈邈被商彥每天準時下班送回家，其餘人包括商彥自己，都是夜以繼日地工作了兩個月。

年關將近，年前最後一個大單搞定，面試篩選和團隊擴建也基本上完成，所有人鬆了一口氣。除了基本的平臺維護採輪休制，商彥提前讓眾人放了年假。

他和蘇邈邈也總算空閒下來，原本約好休息一天，第二天出門約會，沒想到，向來身體強健的商彥，也扛不住長期的高壓。約好的那天早上，在家裡等不到商彥來接，蘇邈邈便乘車去商彥的單身別墅，用商彥給她的鑰匙開門進去。

主臥大床上的人竟然發燒燒得燙手，蘇邈邈嚇得不輕。她不敢拖延，第一時間撥了蘇家的電話，叫家裡的家庭醫生在最短時間內趕過來，並趁此空檔去臥室洗手間弄了一條溼毛巾，試著替商彥降溫。

或許是被溼毛巾的溫度勉強喚回意識，床上的商彥慢慢睜開眼，漆黑的瞳仁過了幾秒才慢慢聚焦。

「……邈邈？」他嗓音低沉，帶著生病的沙啞。

蘇邈邈聽得心痛，直皺眉：「你別說話，醫生很快就到了。」

「嗯。」生病的商彥臉色格外蒼白，卻也乖巧，被溼毛巾沾到的黑髮溼漉漉的，俏皮地捲起，貼在額角。

蘇邈邈伸手為他撥開，指尖觸及皮膚，商彥皺起眉頭，他伸手，緩慢而有力地握住女孩的指尖：「……手怎麼這麼涼？」

「……」蘇邈邈坐在床邊，聞言無奈，垂眼看他，「剛才打你的電話一直沒人接，還以為你出了事，來不及穿外套，就跑出來了。」

商彥順著女孩的指尖慢慢摸上手腕，果然一樣的冰。他皺眉更深，幾秒後，他掀起被子一角，伸手一拉，把毫無防備的女孩拉進被窩裡。

蘇邈邈驚訝地睜大眼睛，還沒反應過來，就被只穿了薄薄睡衣的商彥抱進懷裡。感覺身體像是貼上火爐，蘇邈邈愣了愣，有點慌張地想掙脫：「這樣你病情會加重。」

「別擔心。」商彥聲音沙啞，帶著笑，伸手把人緊緊壓進懷裡，「而且我不是感冒，只是發燒，不會傳染。」說著，他輕吻女孩的鼻尖，「暖和點了嗎？」

蘇邈邈掙不過他，更擔心涼氣透進棉被裡，便任由他抱著。她慢慢放鬆有點緊繃的身體，小心地將耳朵貼在他胸前，聽著有力的心跳敲擊她的耳膜。

蘇邈邈心痛地皺了皺鼻子：「你前陣子太累了，不能再這樣，身體搞壞了怎麼辦？」

剛剛還溫馴得像隻大型犬的男生聽見這句話，頓時十分嚴肅地繃緊俊臉：「不會，我身體很好。」

蘇邈邈撇嘴：「那現在是誰在發燒？我嗎？」

「……」商彥嘴硬，「發燒證明身體免疫系統運作良好，代表我身體健康。」

「……」蘇邈邈不解，仰起頭，狐疑地看向商彥，「你幹麼這麼計較這個問題？」

商彥沉默兩秒：「身體好不好攸關男人尊嚴，必須計較。」

蘇邈邈不明所以，大約愣了半分鐘，才突然靈光一閃，明白了商彥話裡的深意，女孩的臉頰迅速紅了起來。

「商彥！」她有些氣惱地低聲唾他，但聲調仍舊又輕又軟，自然無法讓商彥收斂半分，反而像是火上澆油，那雙漆黑眸子裡熾熱的情緒幾乎燃燒起來。

他傾身，壓到女孩頸子旁，啞聲笑著調戲：「小孩，妳還真是長大了，學會勾引我了？」

「……你、你別胡說。」蘇邈邈往回縮了縮，嚇得都有點結巴。

商彥忍俊不禁，因為發燒而有點昏沉的理智埋得太深，比平時更多了那麼一兩分肆無忌憚。他稍微一用力，翻身把女孩壓在下面，低下頭，輕嗅女孩帶著淡淡花香的長髮。

埋在那醉人的氣息裡，聽著耳邊女孩緊張的呼吸聲，商彥忍不住啞聲笑起來：「真的那麼怕我？」

「才……才沒有……」如果女孩聲音不是那麼細如蚊蚋，可能會更有說服力一點。

商彥低聲笑，他輕輕俯身，咬住女孩的髮帶，輕輕一扯，如瀑的柔軟長髮鋪在雪白的床上。商彥眼底的顏色驀地加深，幾秒後，那些翻湧的情緒被他壓下。

他錯開視線，在女孩頸窩無奈地笑：「我建議這種時候妳還是怕我比較好。」
蘇邈邈安靜幾秒，然後很小很小聲地說了一句。
商彥沒聽清楚，微愣之後抬眼：「妳說什麼？」
「……」對上商彥的視線，女孩連纖細的頸子都染上嫣紅。她偷偷轉開視線，低聲道，「我已經……長大了……」
商彥愣住。
女孩用低軟的輕聲繼續說著，「葉淑晨說，男生在二十歲左右最容易……嗯……性、性衝動……」女孩幾乎要把臉埋進被子裡，「如果我一直……一直不讓你……碰的話……那麼多女生想往你身上撲，你會犯錯……」
商彥半晌才反應過來，他微微抬起上身，垂眼看著身下白皙的臉蛋羞得通紅。他的喉結輕滾，慢慢俯身，一點點貼近女孩的呼吸。
蘇邈邈下意識地用力閉上眼睛，緊張得屏住呼吸，指尖努力地扣住床單。然而這個吻卻遠不如葉淑晨說得那樣激烈，商彥輕輕地吻了一下她的唇瓣，就克制地退開。
蘇邈邈一懵，睜開眼睛。
葉淑晨明明說，只要她主動，商彥不可能忍得住，除非他根本不想……
艱難地退後，商彥近乎狼狽地壓下眼簾：「我不能在這時候碰妳……邈邈。」
他支起上身，寬鬆的睡衣領口半敞，白皙的鎖骨上方，紅得刺眼的咬痕刺青露了出來。
蘇邈邈的眼神一晃，連理智都被晃掉大半。她不知道自己哪來的力氣和勇氣，「砰」一聲悶響，剛要起身的商彥被身旁的女孩反壓在大床中央。

商彥驚愣。

蘇邈邈面紅欲滴，委屈又倔強的烏黑眼瞳，一眨不眨地盯著身下的人。

「你為什麼不……不……」後面的話怎麼也說不出口，蘇邈邈一咬牙，直接跳過，「你是不是不喜歡我了？」

商彥回神，低下眼，無聲地笑起來：「蘇邈邈，妳以後離葉淑晨遠點，她和欒文澤談戀愛之前也是母胎單身，只會拿那些假理論帶壞妳。」

蘇邈邈臉頰通紅。

商彥低聲哄她：「乖，下去。」

蘇邈邈也撐不住了，慢吞吞地挪開身。就在此時，臥室的房門突然彈開，蘇宴帶著蘇家的家庭醫生衝了進來。

「快快，檢——」聲音戛然而止，幾秒後，蘇宴臉色黑了。

據蘇家的家庭醫生後來回憶，當時的場面十分尷尬。他們天不怕地不怕的小少爺默不作聲地重新拉上門，門把被他握得咔咔作響，家庭醫生絲毫不懷疑這門把如果不是金屬製的，多半已經代替它的主人橫屍當場。

半分鐘後，臉頰通紅的女孩從臥室安靜地走出來，垂著漂亮的臉。

蘇邈邈對家庭醫生道謝：「麻煩你了，他突然發高燒……」

旁邊蘇宴冷冰冰地輕哼一聲：「不用急，死不了。」

「……蘇宴。」女孩輕軟的聲調微微壓下，烏黑澄澈的眼瞳不贊同地望向少年。

「……」天不怕地不怕的少年縮了縮脖子，憋屈地偷偷瞪了房門一眼，鬧彆扭似的撇過頭，不再作聲。

家庭醫生匆匆忙忙進去，幾分鐘後又出來，不等蘇邈邈上前詢問，便公布答案：「只是勞累過度引起的高燒。沒什麼問題，多休息、多喝熱水就好。」

蘇邈邈這才放心。

站在蘇邈邈身後的蘇宴適時給家庭醫生使了眼色，對方愣了一下，隨即會意：「小小姐，商先生的病情需要靜養，最好還是不要打擾。」

蘇宴滿意地繞到蘇邈邈身前，同樣勸說：「姐姐，他家裡會派人照顧，之後再請醫生開一份建議飲食清單。妳在這裡也幫不上忙，還可能影響他休息。」

醫生和蘇宴一搭一唱、你來我往一番後，蘇邈邈點頭答應。所以等商彥洗漱完踏出房門，他家小孩早被拐跑了。

距離除夕還有兩三天，蘇邈邈成功被自家弟弟「哄騙」回蘇家。

蘇家長房蘇毅民年少時便離家，除了蘇老太太的壽宴與除夕夜之外，平常基本上不會在老家露臉。蘇老太太唯一的女兒早年因婚姻受阻，與家裡斷絕關係，除了老太太唯一的外孫女蘇桐偶爾與家裡聯繫外，其餘時間也是沒消沒息，所以真正陪在蘇老太太身邊的，只有二房蘇毅清一家。

然而今年因為蘇邈邈的事情揭開前塵舊事，江如詩單方面宣布與蘇毅清一刀兩斷，幾個月前就搬出蘇家，再不肯上門。蘇邈邈回來時就是看到這副景象，偌大一個蘇家完全沒有過年的喜氣，顯得格外冷清；蘇宴卻是習以為常。

「媽工作很忙，以前便很少回家，」蘇宴聳了聳肩，「那時候我不懂，現在才明白，她應該是不想回家，對於趕妳出家門的奶奶和幫凶的老爸，大概是忍受很多年了。」

蘇邈邈遲疑地問：「那……爸爸也不回家嗎？」

蘇宴搖頭，「他以前倒是經常回來，因為媽回家的時間不固定，不知道什麼時候會遇上。以前我一直替爸抱不平，現在想想……」蘇宴輕笑一聲，摻著些複雜的情緒，「也算是『罪有應得』。」

蘇邈邈輕嘆一聲，低下眼，過了幾秒，她又抬頭看向蘇宴：「那你是怎麼……」話才出口就覺得不妥，蘇邈邈一頓，沒有繼續往下說。

蘇宴聽出蘇邈邈的意思，他輕笑起來，露出小虎牙：「姐姐是想問，我怎麼過的嗎？」

蘇邈邈無奈地看他。

蘇宴無所謂地聳聳肩：「媽不管我，幾乎是完全不管，只有少數她實在看不下去的事情，才會主動找我談話，其實家裡我最怕她了。」

聽少年語氣輕巧，蘇邈邈眼神微沉了一下。

「爸也不太理我，他全副心思都在媽身上。媽不在的時候還好，媽只要在家，爸就把我當空氣，好像要跟媽表決心一樣。」

蘇邈邈一愣：「為什麼？」

蘇宴想了想，毫不留情地譏諷：「大概是一種妳喜歡什麼我就喜歡什麼、妳不喜歡什麼我也不喜歡什麼……之類的巴結心態吧。老實說，在妳回家之前，我一直懷疑我是爸在外面跟哪個壞女人生的私生子。」

蘇邈邈被這番話噎了一下，十分無奈地看向蘇宴：「你這些話被媽聽見，小心她又要找你談話。」

蘇宴脖子一縮，小聲碎念：「姐姐妳長得跟媽太像了，媽年輕的時候一定跟妳一模一樣……每次看見妳我就害怕。」

蘇邈邈失笑：「那好，家裡總算有人能管管你，免得你無法無天。」

「我……我才沒有呢。」蘇宴心虛地撇開頭。

姐弟倆坐在日光室裡，送來水果茶的傭人正好聽見這段對話，傭人阿姨忍不住笑起來：「可不是嘛，小小姐，妳一回來，家裡熱鬧了許多不說，連小少爺都安分太多太多啦。」

「……」蘇宴撇嘴，遺傳自母親的瓷白膚色，還是按捺不住地一點點染上赧然的紅。

蘇邈邈眉眼微彎，笑著問傭人阿姨：「小宴做過什麼事？」

傭人阿姨像是終於找到人八卦：「哎喲，可多了。單說『小宴』這個稱呼，以前小少爺最討厭別人這樣叫他，老夫人這樣喊他也被他頂嘴，說什麼聽起來像女孩子，再這樣叫，他就要在頭上戴朵花去學校，把老夫人氣到不行。」

蘇邈邈忍不住笑起來，轉過視線去逗臉越來越紅的蘇宴：「我好像喊了好幾次，怎麼辦？小宴，你真的要戴朵花去學校嗎？」

「……」過了幾秒，蘇宴才悶悶地開口：「姐姐不一樣，怎麼喊都可以。」

傭人阿姨在旁邊聽得笑了：「有了姐姐果然不一樣，以前別說是老夫人，就是在二夫人面前，我也沒見小少爺這麼聽話呢。」

她看向蘇邈邈，跟著又嘆了一聲：「真是可惜，我聽說小小姐要跟商家的少爺訂婚，是不是住不了多久就要搬出去了？」

「……！」前一秒還溫順得像泰迪貴賓的蘇宴，下一秒立刻變成眼神凶惡的哈士奇，「不行，我姐姐今年才多大！」他磨了磨牙，「商彥是禽獸嗎！」

在傭人阿姨的「提醒」下，蘇宴十分警覺，發揮自己十五年累積下來的「撒嬌」本領，硬是把剛有了弟弟的蘇邈邈留在蘇家。就連商彥也被暫時「打入冷宮」，蘇邈邈只打了通電話確認商彥是否已經恢復健康。

一眨眼到了除夕。當天下午，蘇邈邈坐在三樓的日光室，陪江如詩喝茶。江如詩中午回到蘇家，所有人都很意外，蘇老太太親自進公司都請不回來的二夫人，卻被她的女兒打電話請了回來。蘇家上下都誇小小姐體貼懂事，大度容人。

江如詩坐在日光室裡，聽奉茶的傭人這樣誇獎蘇邈邈，也垂著眼溫婉地笑。江如詩向來禮貌而疏離，家裡傭人都清楚，然而此刻的二夫人，看起來好像多了一點不同的情緒，就像是畫裡的美人點上了翦水雙瞳，一瞬間變得栩栩如生。

傭人離開後，蘇邈邈輕輕轉動杯子，低聲道：「我不是為了他們才請媽媽回來的。」

江如詩目光動了動，片刻後，她輕聲笑嘆：「我知道。」

「……」蘇邈邈抬眼看向江如詩。

江如詩溫婉地笑了：「妳和蘇宴，是不是相處得不錯？」

蘇邈邈眼底情緒化開，她輕輕點頭，眉眼彎彎：「小宴是個好孩子，正直善良。」

江如詩也點頭：「就這一點來說，我該謝謝他奶奶。」

「……」蘇邈邈微愣一下。

江如詩注意到她的反應，淡淡失笑：「怎麼？妳以為媽媽是那種黑白不分、一竿子打翻一船人的女人？」

「沒有……」蘇邈邈不好意思地笑笑，「只是，我以為妳多多少少會對他們有些芥蒂。」

江如詩搖了搖頭，「當初嫁給妳爸爸，可不是像他想得那樣，把他當成療傷聖地。」江如詩握著茶杯的手頓了頓，緩緩垂下眼，「妳奶奶雖然個性強勢，但我認同她大多數待人處事的原則……所以她才能教養出妳大伯、妳父親，以及妳那位素未謀面的姑姑……他們或許有瑕疵，但都是品格優秀的人。我喜歡這個家庭的本質，所以才會嫁進這個家。」

蘇邈邈沉默不語。

江如詩又開口：「我知道這次妳要我回來，不是為了他們，而是為了蘇宴，對嗎？」

蘇邈邈默認，停了一下才輕聲道：「或許媽媽說得對，老太太教養得很好，蘇宴也是個很好很好的孩子……但他沒比我幸運多少。」

江如詩動作一頓，幾秒後，她苦笑著嘆氣：「是啊，我是個不稱職的母親。妳不在的那些年，我也沒對妳弟弟真正盡到母親的責任……每次看到妳弟弟，我總會想起妳，想我的寶貝女兒現在在什麼地方，和什麼人一起，有沒有挨餓受凍，有沒有被人欺負，有沒有不開心不高興，有沒有自己一個人躲起來哭……」

江如詩的眼睛慢慢溼潤，她笑著撇開目光，「所以那些年，看見妳弟弟，我不敢抱他，也不敢親近他……總覺得對妳太不公平，同樣是我的孩子，一個在如此優渥的家庭條件下、備受寵愛地長大，而另一個在我和家人都看不到的地方，受盡苦楚和難過……一想到這裡，我就沒辦法像個正常的母親那樣照顧他。」

蘇邈邈並不意外，這幾天蘇宴一直纏著她不讓她離開蘇家，這些事情她從蘇宴一點一滴的敘述和回憶裡，已經慢慢拼湊出來。她也猜到母親行為背後的原因，所以她無法拒絕這個弟弟的任何要求。

在她不好過的童年裡，她的弟弟同樣因為她的不幸而不幸。這讓她對蘇宴產生一種與朝夕相處的姐弟相比，也毫不遜色的感情羈絆。為了蘇宴，她希望江如詩能回來，陪蘇宴度過一個真正消弭親情隔閡的除夕夜。

而江如詩不需要她解釋，不需要勸導，便答應了。想到這裡，蘇邈邈輕聲說：「那個阿姨說錯了，明明媽媽妳才是最大度容人的人。」

「我可沒有原諒他們。」江如詩淡淡地說，聽不出是玩笑還是認真。

「……」蘇邈邈一愣，「可是我聽說，爸爸已經獲准送午餐到公司給妳了？」

「……」被當面揭穿，江如詩動作微微一滯，幾秒後，她才無奈地問，「妳都知道了？」

蘇邈邈笑得眼睛彎彎：「好多人都知道了，媽媽妳不知道嗎？」

「他們怎麼說？」

「爸爸『妻管嚴』的名號已經傳開了，我還聽說，之前他每天在妳公司門外，風雨不誤地吃了三個月閉門羹，櫃檯和保全都快把他拉進黑名單了。一直到前兩天，他才被放進去。」

江如詩表情無奈，不等她說什麼，突然有個帶著淡淡嘲弄的少年聲音響起：「愛情的奴隸，小心最後一無所有。」

一聽這個腔調，蘇邈邈就知道來人的身分，她無奈地側眸望去：「小宴。」

被「訓話」的蘇宴吐了吐舌頭，在母親江如詩不輕不重的一瞥後，乖乖地垮下肩膀，訕訕地走進來。

蘇邈邈見江如詩沒有生氣的樣子，稍稍鬆了口氣，無奈地看向蘇宴：「你不是在樓下陪老太太嗎，怎麼上來了？」

蘇宴聳了聳肩：「有客人來了。」

「客人？」這次開口的是江如詩，顯然她很意外，「這個時候，怎麼會有客人？」幾秒後，她反應過來，「你堂姐和堂姐夫回來了？」

「……嗯。」蘇宴不情不願地點了點頭。

江如詩微微皺眉：「跟你說了多少次，那是你堂姐夫，不是外人。」

蘇宴輕撇了撇嘴：「姐夫都是客人，也是敵人。」

「……」替某個躺著中槍的人噎了一下，蘇邈邈不著痕跡地抬腳在弟弟的小腿戳了戳。

蘇宴委屈地轉頭，看了蘇邈邈一眼，就像是看見主人養了新狗的舊狗。

蘇邈邈被他的表情眼神逗得忍俊不禁，心裡又莫名有點痛。

江如詩顯然偶爾也拿自己這個兒子沒辦法，她站起身：「邈邈，我記得前陣子蘇荷回來過一趟，不過妳是第一次見到妳這位堂姐夫吧？」

「嗯。」蘇邈邈點頭，又說，「我只知道他是商彥的哥哥，但商彥從來不提，所以其他我也不清楚。」

「妳其實應該清楚，只是妳不知道罷了。」江如詩意味深長地看了蘇邈邈一眼。

蘇邈邈不明就裡。

江如詩淡笑：「下樓妳就知道了。我先下去，你們姐弟倆也快來。」

「嗯。」蘇邈邈應了一聲，等江如詩離開日光室，她才轉頭看向蘇宴，「小宴，你怎麼對堂姐夫那麼沒禮貌？他和蘇荷堂姐結婚五年多了，你還叫人家客人？如果讓堂姐夫聽見了多難受？」

「……」蘇宴撇了撇嘴，「才不會，他那個人根本沒有心，就像個大冰塊，還是萬年不化的那種。」

蘇邈邈一愣，有點聽出怨氣的來由，她輕皺起眉，「堂姐夫對堂姐不好嗎？」她回憶了一下上次與堂姐蘇荷見面，又奇怪道，「不會啊，我記得他們感情很不錯。」

蘇宴冷笑：「呵呵，他現在確實把荷姐當寶貝，但妳沒看到他以前……」

「以前怎麼了？」

「對荷姐就跟對陌生人沒兩樣，」蘇宴一臉不屑，「荷姐眼光不好才會暗戀一顆冰塊那麼多年，最後還死心塌地嫁過去。婚後那顆冰塊搞什麼音樂學院深造，領結婚證書當天就出國了，整整三年。就算是聯姻，也太過分了。」

蘇邈邈一口氣聽到這麼多內幕有些愣住：「暗戀？」

「嗯。」蘇宴皺眉想了想，「他們算是單方面的青梅竹馬吧。」

蘇邈邈不解。

「……那個人確實各方面都比較出色，」蘇宴不情願地承認，「所以對什麼都不放在心上，就是個音樂瘋子……所以他可能根本沒注意到荷姐。」

「……」聽到這裡，蘇邈邈了然，她無奈地笑，「既然那時候堂姐夫……呃，準堂姐夫不知道荷姐，又是商業聯姻，那他不喜歡堂姐也情有可原。」

蘇宴立刻凶巴巴地呲了呲小虎牙：「開什麼玩笑？我們蘇家的女孩都是明珠、是寶貝、是無上美玉，我樂意供在家裡溫言細語伺候一輩子。憑什麼送給敵人，還為他們流眼淚？」

蘇邈邈愣了好幾秒才反應過來，這次完全忍不住，笑得眼睛都彎成月牙。

她伸手點點蘇宴的額頭：「記住你自己的話，以後萬一栽到哪個女孩手裡，就好好上香祈禱她家裡沒有像你這樣的哥哥弟弟吧。」

蘇宴癟嘴不語。

姐弟倆終於達成共識，一起下樓。接近一樓客廳時，聽見裡面隱約傳來交談聲，蘇邈邈突然想起母親之前意味深長的話，她好奇地看向蘇宴：「對了，媽媽剛才說我其實應該認識這個姐夫，是什麼意思？」

蘇宴憋了兩秒，不情願地問：「……妳追星嗎？」

第二十二章　餘生歸妳

看見商驍的那一瞬間，蘇邈邈愣住。大約過了五秒鐘，她才慢慢嘆了一口氣，勉強壓下那聲已經衝到喉嚨的驚叫。

她覺得她有必要跟蘇宴說清楚講明白，有一種巨星等級的存在，能讓不追星的人也完全抵擋不了誘惑，瞬間理智全失，比如——商驍。

蘇邈邈往後退，背靠上客廳外的牆壁。

蘇宴不解：「我們不進去嗎，姐姐？」

蘇邈邈兩眼發直：「我需要平復一下呼吸。」

蘇宴皺眉：「妳剛剛不是說妳不追星。」

蘇邈邈站直身體，眼神認真：「商驍不是明星，小宴，這種說法對他來說是一種……」

蘇邈邈語塞，頓了幾秒才繃著臉，「侮辱。」

「……」蘇宴不予置評。

蘇邈邈非常認真地與他對視，烏黑的瞳仁裡寫滿「這是你的錯，快點認錯」。過了幾秒，蘇宴嘆氣屈服：「好，他不是明星，是藝術家。」

蘇邈邈點頭又搖頭，鄭重其事：「他不是藝術家，他就是藝術。」

「……」蘇宴差點要翻白眼，很好，他們家又瘋了一個。

蘇邈邈再次深呼吸，輕輕握拳：「我要進去了……不知道能不能幫葉淑晨要到簽名，聽說驍神從不簽名，真是讓人頭痛……」

蘇宴不發一語地目送蘇邈邈進入客廳，然後他揉揉臉，眼睛一閃，這種挫敗感，可不能只有他獨自「享受」。

蘇宴嘴角一勾，眼底掠過狡黠，他從褲子口袋摸出手機，打開通訊錄，滑到備註「仇人二號」的電話號碼，撥了出去。

對方很快接起電話：『小宴？』

「……」蘇宴咬咬牙，「我姐可以這樣叫我，不代表你也可以，商彥先生。」

『沒問題，小宴。』

「……」蘇宴做了個深呼吸，壓下鬱氣，竭力讓聲音聽起來不那麼咬牙切齒，「今天下午你還會來找我姐嗎？」

『……我記得之前三天，我都被你或者你的人攔下了？』

「今天例外。」

商彥不解。

「……」望著客廳裡的那道側影，蘇宴輕瞇起眼，「我覺得，他比你的威脅更大，而且相信我，你也會有同感。」

「……」

進到客廳，蘇邈邈緊張得幾乎要同手同腳。

「邈邈。」注意到她進來，雙人沙發上的蘇荷起身，眼底帶著掩飾不住的笑意。她步伐輕快地走上前，伸手拉住蘇邈邈，「聽說妳在老家，我一直想來找妳。」

「但是年底通告太忙。」蘇邈邈笑著接下她的話，輕輕眨眼，「我懂。」

蘇荷笑起來，「沒人比妳更善解人意。」她拉著蘇邈邈轉過身，「我為妳介紹一下，商驍，我丈夫，同時也是……」蘇荷微微促狹，「妳男朋友的哥哥。」

蘇荷身後的男人聞言站起身：「妳好，我是商驍。」

蘇邈邈不得不承認，這兩兄弟的五官頗為相似，但或許是習慣和姿態大不相同，所以蘇邈邈從來沒有將兩人聯想在一起。

和商彥永遠一副桀驁不馴、疏懶、漫不經心的模樣不同，商驍看起來非常冷淡，而且這種冷淡並非刻意為之，而是從眉眼、五官，甚至眼神與動作，透露出來的清漠。

站在這個人面前，你會感覺他無欲無求，不受任何牽絆，世上再美的東西也不能得他一瞥，更不可能引他佇足。要麼是那雲上不食人間煙火的仙，要麼是那金碧輝煌、香燭萬點裡巋然不動的佛。

「您好。」

蘇邈邈不自覺用了敬稱，突然意識到這一點，她不由得無奈地看向蘇荷，同時微微傾身，輕聲道：「萬里長征啊。」

蘇荷會意點頭，做出一副認真的表情，眼裡卻藏著笑：「這句話應該刻成我的墓誌銘。」

蘇邈邈敏銳地發現，蘇荷說出「墓誌銘」的瞬間，某位雲上仙或金身佛很輕地皺了一下眉。他從後方看了蘇荷一眼，那千里雲霧或者萬點香燭裊煙便在這一眼裡散了，仙成了謫仙，佛破了戒。

蘇邈邈垂眼莞爾，仍與蘇荷輕聲耳語：「得償所願。」

蘇荷笑笑，一副沒心沒肺的模樣：「老夫老妻，還能離嗎？得過且過吧。」

「……」蘇邈邈一噎，她下意識地抬眼去看商驍的神情，然後轉回來，笑著嘆氣，「荷姐，姐夫粉絲滿天下，妳敢恃寵而嬌，小心被口水淹死。」

蘇荷聞言笑笑，她回眸，貓一樣慵懶漂亮的眼睛掃過商驍：「會嗎？」

男人清俊五官間不見波動，開口也是冷淡禁欲的語調：「不會。」

蘇荷愜意地笑：「會也不怕。」她目光微微掠過，在男人一絲不苟地扣到最上面一顆釦子的黑色襯衫和領帶上停住。

蘇荷眼底閃過一點俏皮，她伸手拉鬆男人的領帶，勾著領帶把人拉近，紅唇輕吻上男人的唇角，聲音暗啞帶笑：「人我都睡了……她們能拿我怎麼樣？」

看著這位所有媒體譽為第一性冷感的鬼才巨星，被蘇荷勾著領帶吻得玩笑又恣肆，而男人縱容地任人施為，甚至眼底隱隱帶著笑意的模樣，蘇邈邈忍不住退後半步，心裡搖頭。

深情自古，不過一物剋一物啊……

掛斷蘇宴的電話，商彥第一時間趕到蘇家。

蘇邈邈才剛從客廳出來，路過一樓的儲物室，旁邊門突然打開，手腕一緊，蘇邈邈被人扯了進去。

「砰」的一聲悶響，她壓著身前的「人肉墊」撞到儲物室的牆壁上。蘇邈邈已經猜到是誰，居然敢在蘇家瞞過那麼多耳目向自己伸出「魔爪」。她壓下眼底笑意，在黑暗裡也不驚慌，抬頭問：「劫財嗎？」

「……不。」那個壓到她耳邊的呼吸還帶著微微鼓動的喘息，顯然剛經過劇烈運動，「劫色。」

說著，那人彷彿宣洩情緒似的，在女孩耳尖上不輕不重地咬了一下。蘇邈邈被那氣息撩撥得耳後發癢，麻麻酥酥的感覺順著耳尖流進心房，滲入四肢百骸。

蘇邈邈有點站不住，伸手扶住男生的手臂，薄薄的襯衫下是有力的肌肉線條。女孩慢慢適應黑暗的眼睛，看到面前這人的胸膛略為劇烈地起伏著。

蘇邈邈忍不住輕聲笑：「你是怎麼進來的？」

聽出女孩的語氣帶著幸災樂禍，商彥無奈，故意壓低聲音「威脅」：「都說了要劫色，還是劫蘇家的小小姐，妳說我是怎麼進來的？」

「唔，」蘇邈邈想了想，「翻牆嗎？那你真幸運，我家後院養了三條狗，非常凶。」

「美色當前，我會怕三條狗嗎？」聲線低沉微啞，黑暗裡那人慢慢壓下身，循著氣息吻過女孩的臉頰、鼻尖、唇瓣、下顎……氣息繾綣之際，他突然輕咬了女孩一口。

蘇邈邈被那氣息弄得發癢，忍不住軟聲笑著推開他：「商彥你怎麼跟我家那三隻狗一樣，還咬人呢……」

商彥直起身，昏暗的儲物室裡，隱約看見那雙黑眸微熠：「這是懲罰。」

蘇邈邈一愣：「什麼懲罰？」

商彥瞇起眼：「妳是不是見到商驍了？」

沒察覺到語氣裡的危險，蘇邈邈毫無防備地開口：「是啊！你之前怎麼不告訴我商驍是你哥哥。你不知道我身邊有多少人是他的粉絲，葉淑晨之前還一直碎念，說要去看商驍明年的全球巡演……」

隨著蘇邈邈的話音，那雙漆黑的眸子逐漸瞇起，直到某個間隙，商彥突然開口：「他帥還是我帥？」

蘇邈邈毫不猶豫：「他。」

商彥氣結。

蘇邈邈仍無警覺：「驍神真是帥炸全場。如果不是身體不好，我一定會參加他每一場演唱會。他的音樂真的是一種藝術，他本人也——嗚……」

這次，商彥沒耐心等蘇邈邈把話說完，他握著女孩的後腰，轉身把人壓進牆角，單手箝制住女孩試圖掙扎的手腕，唇稍稍分離，將她的雙手直接扣到頭頂，再一次傾下身。

這個吻滾燙而火熱，幾乎要把蘇邈邈融化。她第一次遇到商彥這般強勢且不加掩飾的攻擊，那樣毫不收斂也不再按捺的侵略幾乎讓她喘不過氣。

她甚至有種錯覺，彷彿商彥隨時會把她吞吃入腹，連吮吻的力道都近乎貪婪而狂野……

不知過了多久，商彥終於慢慢克制地鬆開她被捏得發麻的手腕，他的氣息比方才更為沉重，漆黑眸子裡的欲望一點點退去。

商彥垂手，想為女孩整理被自己揉亂的衣服，卻突然被按住。

「不……不能在這裡。」女孩聲音低軟，臉頰帶著火燙的溫度。

商彥一愣，隨即啞然失笑，他慢慢低下頭：「妳以為我要做什麼，嗯……小孩？」

經過無比激烈的熱吻之後，蘇邈邈實在不懂面前這人怎麼還能「厚顏無恥」地喊她小孩？她側過下巴，趁著那人壓上來，輕咬了他一下，微惱地低語：「如果我是小孩，你早就被抓進牢裡了。」

商彥莞爾：「妳終於知道，在妳成年以前，我忍得多辛苦。」

「……」蘇邈邈輕哼一聲，語調軟而低，沒再說話。

商彥卻忍不住繼續逗她：「妳剛剛以為，我想做什麼？」

蘇邈邈沉默幾秒，突然仰起頭，她鼓起全部的勇氣，在黑暗裡聲音緊張得帶著點顫慄：「為什麼……不？」

商彥聞言愣住，不知過了多久，他才低笑一聲：「我只喜歡妳，也只愛妳，只想和妳在一起，這一點無庸置疑。」

「那你……」

「但某些事情上，我思想比較傳統。」商彥輕聲，卻鄭重，「我愛妳，也最珍惜和尊重妳。我們有一生的路要走，所以什麼事情都不必急於一時。妳一定會是我的，邈邈，而我希望會是在妳成為我新娘的那天。那天我會告訴全世界，我們相愛，相守，互許一生。我們永不分離。」

蘇邈邈從前聽商嫻提過，商家這兩個兄弟無論是脾氣、性格還是處事，向來不是很合得來。直到這天晚上，她才終於發現，商嫻這句「不是很合得來」說得有多委婉了。

起因是商家父母商盛輝和駱曉君的到訪。聽傭人說商盛輝夫妻抵達蘇家莊院外，商彥也有些意外，蘇邈邈還第一時間去找江如詩確認。

江如詩聽了驚訝地看了商彥一眼，「對，一個半小時前，我主動聯繫了你父母，詢問他們是否有時間，我們兩家難得聚在一起吃年夜飯。」江如詩一頓，遲疑地問，「當時恰好和你哥哥在客廳……他沒有告訴你嗎？」

商彥忍了忍，額角一跳：「……沒有。」

蘇邈邈卻忍不住在旁邊輕聲笑起來，惹得商彥無奈地看了她一眼。

江如詩沒多想，點了點頭，隨即她對兩人溫聲道：「剛剛邈邈不在，老太太遣人過來找了好幾次。你們既然露了面，今天畢竟是除夕，晚餐前先去跟老太太問安吧。」

蘇邈邈眼神閃了閃，低頭答應。

商彥見狀開口：「我陪妳一起。」

蘇邈邈微笑：「好。」

江如詩目送兩人離開，眼見門就要關上，她突然想起什麼：「唔，有件事忘了說。」

商彥和蘇邈邈轉回身，江如詩笑意溫婉地望著商彥：「商驍和蘇荷也在老太太那裡，你們年輕人多聚聚，熱鬧熱鬧。」

「……」話已出口，木已成舟。

商彥面無表情地跟在蘇邈邈身後，往蘇老太太的房間走。經江如詩提醒，房門一打開，兄弟倆四目相對，商彥毫不意外，商驍看起來還是那副漠然的表情。

一眼之後，各自撇開視線，一股超越感官的低溫在房間裡蔓延開來。蘇邈邈和蘇荷面面相覷，唯一沒有察覺、或者說並不在意的，大概就是蘇老太太。

她身後是房間裡最溫暖的壁爐，老人腿上還蓋著厚度適宜、花紋漂亮的羊絨毯。蘇邈邈的大伯蘇毅民和父親蘇毅清，依序坐在老太太的左手邊，而商驍和蘇荷則在他們對面。

「奶奶，大伯，父親。」按輩分問好之後，蘇邈邈走進房間。

一看到蘇邈邈，蘇老太太臉上的皺紋好像都淡了些，她眼中露出有些焦急又不安的喜悅：「邈邈來了？來，來奶奶這邊坐。」

蘇邈邈頓了頓，老人聲音裡帶著她這一生不熟悉且不自知的討好，讓女孩不忍心拒絕。

她看了商彥一眼，走到蘇老太太身邊，坐到她右手邊的長沙發上。

離蘇邈邈最近的，便是坐在蘇荷左邊的商驍，她笑著與商驍打招呼：「驍神。」

「……驍神？」剛走過來的商彥輕瞇起眼，居高臨下、目光危險地看著女孩。

蘇邈邈抬頭，眼神無辜：「大家都是這樣叫的。」

「……」商彥面無表情，「玩ＩＴ的也都叫我彥神，怎麼從來沒聽妳這樣叫過我？」

男人可真幼稚啊，蘇邈邈忍不住笑：「那吳泓博他們都叫你彥爹，我也要跟著叫？」

話音一落，年輕人對面的兩位「老父親」投來如芒刺在背的視線。

「……」商彥面無表情地瞥了旁邊的男人一眼，轉身坐在蘇邈邈身邊，堅持捍衛女孩身旁的「領地權」。

蘇邈邈自然看到了，她笑著轉頭，裝作沒看見。

好好的家庭寒暄，在某兩位無法忽視的低溫下，匆匆結束。

傭人們準備好了年夜飯，專程來房裡請大家移步餐廳。到了餐廳長桌，蘇老太太坐上唯一的主位。左手邊一排是蘇毅民、蘇毅清、江如詩為首的三位長輩，帶著蘇荷、蘇邈邈、蘇宴三個晚輩；右手邊則是剛抵達的商盛輝與駱曉君，以及商驍和商彥。

駱曉君向蘇老太太問安，又寒暄了幾句，才對蘇毅民客氣道：「今晚叨擾親家了。」

蘇毅民微笑回應：「一家人不用這麼客氣，不過商嫻今晚怎麼不在？」

一直臉色不太好的商盛輝皺眉，駱曉君倒是言笑如初：「她男朋友的母親在國外，聽說最近身體不太好，商嫻前幾天陪她男朋友去看望，有事耽擱，來不及趕回來。」

「這樣啊……」

商盛輝終於有點忍不住，搖頭嘆，「女兒向著外人。」他一頓，看了看身旁兩個兒子，難得兩人表情眼神一致，眨也不眨地望著對面的人。商盛輝噎了噎，哼道，「兒子更向外。」

一桌人終於忍俊不禁，各自輕聲笑起來。連主位上一貫嚴肅的蘇老太太都忍不住笑：「這麼久以來，家裡還是第一次吃一頓這麼熱鬧的年夜飯。趕緊開席上菜吧。」

吃過年夜飯，趁著長輩們閒聊，商彥拉著蘇邈邈上了三樓的露臺。

露臺燈沒有開，一輪彎月皎潔地掛在雲端。夜裡微涼的風從兩人身旁耳畔掠過，乘著夜色與風的歌聲隱約從遠方傳來，還有老樹枝椏窸窸窣窣的細碎低語。

一切都安靜美好，時間緩慢流淌，每一個剎那都像永恆。

直到幾聲吵鬧，劃破了寂靜。蘇邈邈和商彥一起往樓下看去，二樓那個比三樓更向外延伸幾十坪的露臺上，蘇宴領著傭人家的幾個小孩子，拿著一堆仙女棒跑了出來。

「都聽我指揮。」蘇宴一本正經，「不准爭，不准搶，仙女棒燒完之前不准鬆手，違規的打屁股，聽到沒有？」

蘇宴平常就是「惡名在家」，幾個小孩被他管得服服貼貼，沒一個敢反駁或者出聲，全都聽話地點頭。

蘇宴這才滿意。接著他把手裡的仙女棒一根根點燃，遞到小孩子們手上。夜色伴著刺啦刺啦的燃燒聲，小小一根仙女棒亮盈盈的，孩子們跑著跳著，鬧得很開心。

揮舞的仙女棒在黑夜點亮一條條尾巴，商彥和蘇邈邈並肩站在三樓露臺上，望著樓下的孩子們。

「想下去玩嗎？」商彥見女孩一眨不眨地望著，忍不住低聲笑問。

蘇邈邈遲疑了一下，也笑著搖頭：「還是不了吧。」

商彥不解：「不喜歡嗎？」

蘇邈邈側身看他，漂亮的眼睛彎成月牙：「不是，只是蘇宴現在對你還很有敵意，我可不想新年做的第一件事就是勸架。」

商彥輕瞇起眼：「你這是誣衊，收拾妳那剛滿十五歲的弟弟，我需要等到零點以後嗎？」

蘇邈邈樂了：「是是是，你可是『三中商閻羅』呢，怎麼會需要那麼久？」

聽到這個稱呼，商彥噎了一下。幾秒後，他無奈嘆氣，伸手輕捏女孩的下顎：「這種中學黑歷史，能不能不要再提了，當作我們的小祕密不好嗎？」

蘇邈邈欣然點頭，從善如流，「當然好啊。」不等商彥開口，她又輕聲笑起來，慢慢湊近，「但是有一個問題，埋在我心裡很久了。」

「……？」商彥垂眼看她。

蘇邈邈今晚顯然很開心，表情非常豐富，她神祕兮兮地湊過去問：「你這『商閻羅』的名號由來，是你高一那年把一個得罪你的人打得渾身是血，是真的嗎？」

商彥毫不猶豫：「假的。」

「――？」蘇邈邈一愣，「那學校裡為什麼傳言跟你有關，而且你自己也默認，連校方都沒有出來替你澄清？」

「因為不全然跟我無關，而且也不是什麼光彩的事。」商彥捏了捏眉心，似乎是因為回憶起那一天而十分無奈，「那天是我蹺課，剛好遇見那個學生。學校南牆有一道金屬柵欄，妳知道吧？」

「嗯，我知道。」蘇邈邈應聲，「但這跟那個有什麼關係？你們蹺課不都是從科技大樓旁邊的矮牆翻出去嗎？」

商彥微微皺眉：「那天我懶得繞到矮牆翻出去，就直接走到金屬柵欄那邊。金屬柵欄比較高，但旁邊有一片斜坡花壇。我沿著花壇的邊緣窄路助跑，跳過柵欄到校外，被那個人看到了。」

蘇邈邈更加好奇：「然後呢？」

商彥不太想說：「他很不服氣，模仿我的動作。」

蘇邈邈追問：「再然後？」

商彥嘆氣：「以前在家裡，我們三個都受過體能和格鬥方面的專業訓練。落地時我可以藉由受身緩衝，而他不僅不會，還被金屬欄杆的頂端絆到。那個欄杆高度兩公尺以上，不難想像他摔下來的慘狀。」

蘇邈邈頓了幾秒，噗哧笑出來：「結果學校裡就傳言是你打的？『商閻羅』這個名號確實是冤枉你了。」

笑過之後，蘇邈邈努力繃住臉，一副認真求教的模樣：「那我叫你什麼好？」

「……」

「啊，對了。」女孩一拍手掌，眼睛彎成月牙，「計院紅牌，這個怎麼樣？」

商彥噎住。

趁著夜色，蘇邈邈笑得更放肆了：「彥神，你有沒有聽過？A大有句話流傳甚廣：『四年不能睡商彥，考進A大也枉然』。」

「……」幾秒後，商彥輕瞇起眼，俯身去捉身前的女孩，「那真可惜，她們是注定要枉然了，不如妳幫她們得償所願？」

蘇邈邈笑著逃跑：「不行，你自己說了，你是個很傳統的人。」

商彥把人抓回來，一本正經地開口：「我仔細想了想，既然妳迫切要求，我也不是不能為妳破例。」

「不要，我沒有迫切要求，商彥你別亂栽贓，我只是替A大廣大的女性同胞表達夙願而已。」蘇邈邈在他懷裡笑開了，「你聽了有何感想啊，大紅牌？」

商彥又氣又無奈：「誰是紅牌？」

「你啊。」

「那妳是什麼？」

「唔……」蘇邈邈想了想，眼睛一亮，「恩客？」

「……」商彥嘆氣，「到底是誰把我家小孩帶壞？」

蘇邈邈樂不可支。

三樓的動靜終於驚動了樓下的蘇宴，夾雜在一堆孩子裡的少年頓時警覺地抬眼，借著月色看清三樓露臺上抱在一起的兩人，蘇宴立刻炸毛：「三樓那個，你放開我姐！」
「……」
「我告訴你，我姐年紀還小！」
「……」
「你不准親她，聽到沒有！」
「……」
商彥瞥了蘇宴一眼，嘴角一扯，笑得輕蔑又撩人：「謝謝提醒，弟弟。」說著他俯下身，刻意當著蘇宴的面，在女孩唇上烙下一吻。
幾秒後，全家都聽見少年懊惱的吼聲……
兩人守著月色，直到二樓孩子們的笑鬧漸歇，露臺上的夜風也逐漸變涼，商彥解開身上羽絨外套的釦子，雙手一拉，將女孩裹進懷裡。
蘇邈邈一愣，側身抬眸：「我不冷。」
商彥垂眼看她，似笑非笑：「我冷，所以妳抱緊一點。」
蘇邈邈無奈，卻也聽話地轉身伸出手，摟住男生瘦削的腰。她輕輕靠進商彥懷裡，耳朵貼上他的胸膛，聽著有力的心跳聲。
幾秒後，她輕輕勾起嘴角：「……真好。」
「什麼真好？」

「我一直想要跟你一起過除夕……等了好久好久，終於等到了。」蘇邈邈輕聲說著，片刻後，她仰起頭，下顎輕抵男生的胸膛，認真地看著他問道：「你說，我們會在一起度過多少個除夕？」

商彥垂著眼，眸色漆黑地盯著她，片刻後低聲笑：「這個我不知道。」

「？」蘇邈邈一愣，似乎是沒料到這個答案，「為什麼？」

商彥在外套下摸索著蘇邈邈的手，十指緊緊相扣。他目光不移地望著她，隨著十指交握的力道加強，慢慢俯身，他輕輕吻上女孩的唇角：「因為沒有人知道自己能在世界上活過多少個除夕夜。」

商彥頓了頓，舉起十指交扣的手，在女孩的無名指上再落下一吻。

「但我知道，我餘生的每一個除夕夜，都會和妳一起度過；因為妳就是我的餘生，邈邈。」

番外（一）　求婚

蘇邈邈大學畢業後的第二年，以一個A大研究小組為創業基礎的數據分析團隊WATNG正式融資上市。WATNG在短短四年內創造業界崛起神話，被譽為IT界二〇二〇年代的最強黑馬，成為海內外IT界的焦點，其動向更是強勢霸占相關雜誌報刊頭條數週，無人能出其右。

然而在這樣的關注度下，WATNG的幾位創始人卻始終保持神祕，任憑無數家媒體拚盡全力挖掘窺探，仍沒有查到半點風聲，這更彰顯了他們在業界的絕對強勢地位。

往後很長一段時間，探知WATNG背後的初創團隊，成了無數家新聞媒體的最高目標。

在這樣的形勢下，商彥加緊拓展海外市場，並逐步將公司事務交由職業經理人安排。

年底，商彥終於結束一切事務回國。在離開機場的路上，他先視訊商家父母，確定兩位不在家，於是掛斷電話的第一秒，商彥就要司機調整導航，把目的地改為蘇家，然而卻撲了個空。

「邈邈不在？」商彥聽完領自己進門的蘇家管家回應，不由得愣了好幾秒，「前天晚上我和她通話，她還說自己在家？」

「大概是怕二少爺擔心吧。」

「……」商彥聞言步伐頓住，他皺起眉，「這話是什麼意思？」

管家猶豫一下，低聲開口：「小小姐前段時間身體不太舒服，被二夫人接回C城，聽說那邊有間國內很有名的療養院，院長是二夫人的朋友，她們現在在那裡。」

聽管家說蘇邈邈身體不舒服，商彥心裡撲通一下。他之前出國開拓海外市場，料定涉及資訊領域會有多方阻撓，必然不太順利，期間他最擔心的就是蘇邈邈的身體。離開前他還對吳泓博幾人千叮嚀萬囑託，一定要他們把蘇邈邈的情況即時告訴自己，結果……

商彥心裡焦急，一邊準備上二樓問候蘇老太太，一邊打電話給吳泓博。

接到電話，吳泓博顯得既意外又心虛：『彥爹，你……回國啦？』

「我走之前怎麼跟你說的？」

『……』吳泓博一個頭兩個大，他就知道商彥一回來定要找他算帳。

商彥氣得冷笑：「你們膽子很大啊？做資訊情報的公司，結果總負責人連自己未婚妻在國內的近況都不知道？我看不如我們就地解散？」

吳泓博聞言，慘兮兮地開口：『彥爹，公司裡的情況你又不是不知道，你出國以後不是我和欒文澤說了算的，邈邈不讓我們告訴你，我們沒辦法啊。』

「少跟我推脫。」商彥見距離蘇老太太的休息室越來越近，壓低了聲音，「在我趕到C城前，把邈邈這一個月的近況報告發到我私人信箱。有半點遺漏，明天你就給我去各大頭條裸奔吧。」

吳泓博差點哭出聲：『彥爹，你不能這麼對我啊，明明欒文澤和葉淑晨也有參與，為什麼只有我一個人要遭受這樣不公平的待——』

他話還沒說完，電話被進到蘇老太太休息室的商彥直接掛斷。

商彥跟蘇老太太問好。

「商彥來了啊。」蘇老太太上了年紀，近年越發慈祥，再加上商彥原本就最得她歡心，一見到他，蘇老太太便忍不住眉開眼笑。接著她有點責怪地看向一側，「小宴，怎麼不跟你彥哥哥問好？」

坐在蘇老太太手邊，拿著手機不知道在弄什麼的蘇宴聞言，頭也不抬，不輕不重地哼了一聲：「他又不是我什麼人，年齡也沒差多少，我幹麼要跟他問好？」

蘇老太太拿自己這個孫子最沒辦法，聞言責怪道：「這是什麼話？以後都是一家人。」

「誰跟他是一家人？」蘇宴扔下手機，「追我姐的人可以排到太平洋，他這種一走就兩個月、連我姐身體不舒服都不知道的人，算哪根蔥？」

「小宴！」蘇老太太難得對蘇宴冷下聲音。

一直沉默的商彥卻開口了，他沒有解釋自己遭人刻意隱瞞，直言道：「老太太，小宴沒說錯什麼，這次是我的錯，他不認同或者責怪都是應該的。」

蘇宴原地炸毛：「你叫誰小宴？」

商彥向來不與蘇宴計較，就當作沒聽見，他朝蘇老太太點頭：「那我先回C城了，之後再陪邈邈一起來看您。」

「嗯。」老太太點頭，「小宴，去送送你彥哥。」

蘇宴原本張口想拒絕，突然眼珠一轉，似乎想到什麼，他一臉不情願地站起來，跟在商彥身後走了出去。

估計老太太應該聽不到兩人的聲音了，蘇宴冷颼颼地刮了商彥一眼：「我告訴你，我已經在為我姐物色對她最好的人選了，而你處在淘汰邊緣，你最好有點自知之明。」

商彥聽到手機的郵件提醒，拿出來一看，寄件者是吳泓博，料想是和蘇邈邈的身體狀況有關，便沒有理會蘇宴，立刻打開郵件查看。

往樓下走的蘇宴等了半天沒等到回應，回頭一看，差點氣歪鼻子：「我在跟你說話，你怎麼好像沒聽見？我姐要被人搶走了你都不著急？」

「……噓。」商彥被他吵得頭痛，皺著眉，眼也不抬地示意他安靜。

蘇宴氣到失聲。

商彥這些年讀了無數跟先天性心臟病相關的資料和病例，幾乎算是半個專家，所以看到吳泓博發來的報告沒多久，就確定蘇邈邈的身體並無大礙，心裡的那塊石頭終於放下。

「你剛剛說什麼？」收起手機，商彥下到一樓，才突然想起來似的看向蘇宴。

蘇宴卻面無表情，像個石頭人：「沒什麼，不關你的事，快滾蛋吧。」

商彥啞然失笑。他的司機已經把車開到正門外，商彥走下臺階，正準備上車，腳步又停：「我聽邈邈說，你這學期又當了一科？」

「……」

「別讓你姐和我操心。」

「……」蘇宴差點氣炸，「這關你什麼事？」

商彥進入車內，坐穩後笑著望向前方，看也沒看車外氣憤的少年：「怎麼說，邈邈和我也是A大的榮譽校友。我是無所謂，但叫人看邈邈的笑話就不好了。」

「……！」

話音一落，車門關上，轎車揚長而去。

蘇宴氣極，於是之後蘇老太太叫他提前打電話給蘇邈邈和母親，通知她們商彥要去的事情，他便自動「忘記」了。

蘇邈邈和母親的住處是在C城療養院旁邊的一棟小別墅。

商彥搭乘最近一班飛機趕到C城時已是晚上，天色昏暗，派來接他的轎車停在別墅外。樓上臥房一片漆黑，看來裡面的人已經睡了，商彥忍耐許久，最終還是按捺下心裡強烈的思念，吩咐司機：「車停在這裡，你叫車回去吧。」

司機愣了一下：「商總，您今晚不會是準備睡在車裡吧？天氣太冷了，我還是送您到附近的飯店——」

「不用了。」商彥揉揉眉心，乾脆地拒絕。

司機不敢再說什麼，下車離開。而商彥坐在柔韌適宜的皮質座椅上，單手搭著車門，一邊以指節輕敲窗戶上映著的二樓臥室，一邊忍不住嘴角勾起笑意。再忍一晚，就能看見他家小孩了，真好。

凌晨五點多，如司機所言，坐在車裡的商彥被凍醒。臨近年終的C城氣溫相當低，即使蓋著車內備妥的毛毯也收效甚微，尤其是夜間和凌晨。

好不容易撐到天光大亮，商彥看了一眼腕錶，早上六點半了。

按照蘇邈邈的習慣，一般都是這個時間起床。再過十分鐘，她應該會洗漱完畢，綁起長髮，走到窗邊……

商彥推門下車，等了兩分鐘不到，二樓朝陽的小臥房裡，窗簾緩緩拉開，穿著乳白色睡衣的女孩露出身影。

商彥並不急著讓女孩發現自己，相反的，他望著落地窗內那道嬌小的身影，目光中的思念和渴望幾乎無法壓抑且近乎貪婪，他鉅細靡遺地看著女孩的身影，像是想把她刻進腦海裡。

或許是商彥的目光太過熾烈，他只盯了大約五秒，二樓落地窗前的女孩就愣了一下，有所察覺地把視線投向樓下。

四目相接，蘇邈邈一愣，幾秒後，她反應過來，轉頭從窗邊跑開。

而早有準備的商彥立刻撥下手機裡的號碼，蘇邈邈擺在床頭櫃上的手機震動起來。她一愣，若有所感地回頭看向窗外，站在早上熹微的陽光裡，男人拿著手機，笑著朝自己揮手。

蘇邈邈也露出笑容，她猶豫了一下，還是按捺住想跑下樓的衝動，先走過去接起手機。

『……別跑。』電話裡的男聲帶著微倦的沙啞，但仍掩不住溫柔與笑意，『身體重要，慢慢走下來，我已經等了一整晚，不差這幾分鐘。』

蘇邈邈被戳穿了那點迫不及待想要擁抱心上人的小心思，臉頰忍不住微微泛紅。她輕輕「嗯」一聲，拿著手機躡手躡腳地離開房間。

快要走到玄關時，一個聲音從身後傳來：「邈邈？」

「……」被逮個正著的蘇邈邈，不知怎的有一種青少年瞞著父母談戀愛的心虛感，她遲疑地轉身，「媽。」

「妳一大早，是要去哪裡？」江如詩不解地看著蘇邈邈，接著她目光向下，更驚訝了，「而且你還只穿著睡衣就要出去？」

蘇邈邈臉色發窘，「我……就是……」她向來不擅長說謊，支支吾吾了半天都沒想到合適的理由，最後只得自暴自棄地實話實說，「商彥來了，就在外面，我出去見他。」

「商彥回國了？」江如詩顯然也十分驚訝，然而下一刻，她微微冷下臉，「妳身體不舒服的時候他在哪裡，現在才回來？」

「媽，」蘇邈邈無奈地軟軟喊了一聲，「我之前不是跟您說過，是我特意要吳泓博他們瞞著商彥。這次的海外拓展業務對公司很重要，WATNG 不止是商彥一個人的，也是大家共同的心力和成果，不能只因為我一點小毛病，就耽誤了公司的大事。」

江如詩自然不是不通情理的人，但事關女兒，她多少還是有芥蒂。所以即便聽了蘇邈邈的解釋，她臉色依然沒有緩和多少，只稍微鬆口。

「出去可以，先披上羊毛圍巾，而且不准待超過五分鐘。妳的身體還在恢復期，不准像大學創業時那樣勉強自己了，知道嗎？」

「知道啦知道啦。」得到准許，蘇邈邈眉開眼笑，接過傭人阿姨遞來的圍巾，披上身，便樂不可支地出去了。

江如詩嘆了一口氣，傭人阿姨了然地笑笑：「女大不中留啊，夫人。」

江如詩聞言皺了皺眉，有些複雜地瞥了關上的門一眼：「……就算不中留，某些人也別想太輕易『偷』走。」

知書達禮一輩子的江如詩，此時的話裡難得透出點孩子氣，傭人阿姨也忍不住笑了。

蘇邈邈一跑到別墅外，就被大步迎上來的男人抱個滿懷，力道大得讓她有點慌，臉頰也通紅發燙。

「你別抱這麼緊，」蘇邈邈有點不好意思，「附近住的都是家裡舊交的長輩，萬一被看見多尷尬……」

「我抱我家小孩，誰敢有意見？」商彥低聲笑。

話雖如此，他還是依言慢慢鬆開女孩。他低下頭，見懷裡的女孩臉頰微紅，身上圍著羊毛圍巾，搭配圖案簡單幼稚的睡衣，商彥忍不住彎下身，在女孩嘴上親了一下，又啄了一口。

「小孩，妳膽子太大了吧？」

蘇邈邈無辜地眨眼：「我沒有啊。」

「是誰要吳泓博他們瞞著我？」

蘇邈邈沉默兩秒，精緻豔麗的小臉微繃，義正詞嚴地說：「一定是吳泓博自作主張。」

話才說完，她自己先忍不住彎下眼角失笑。她伸手環抱商彥精瘦的腰身，在他懷裡輕輕蹭了一下：「你別欺負吳泓博，他好慘的，每次都被你教訓。」

商彥伸手輕輕捏起女孩的下巴，假意威脅：「好啊，小孩，我看妳膽子果然大了，居然敢當著我的面心疼別的男人？」

蘇邈邈想了想：「吳泓博不算。」她彎眼笑開。

兩人親暱了一陣，別墅的正門忽然打開，江如詩裹著深色系暗花紋的長圍巾走出來，站在臺階上，沒什麼表情地望著兩人。

「時間到了，進來吧邈邈。」

剛要打招呼的商彥一愣，不用兩秒他就猜到癥結所在，不由得心下無奈，趁最後機會在女孩耳邊「威脅」：「看妳做的好事？」

蘇邈邈朝他偷偷一笑。

「邈邈。」江如詩又催促了一遍。

蘇邈邈萬般無奈，戀戀不捨地從商彥身上收回指尖，輕輕跟他揮了揮，然後才一步三回頭地走上正門的臺階。

江如詩繃著臉：「快去吃早餐。」

「……哦。」蘇邈邈答應一聲，無奈地進門。

正門外只剩下商彥和江如詩，一低一高地站在臺階兩端。

商彥乖乖問好：「江阿姨。」

「別叫我阿姨。」江如詩沒好氣地瞥他，「邈邈前陣子身體不舒服，我還以為你怎麼也會回來看看，結果你從頭到尾臉都沒露？」

商彥嘆氣。他很清楚這種時候說什麼理由都沒用，江如詩和蘇毅清夫妻從一開始對他的印象就不太好，也怪他過去年少輕狂，桀驁不馴的性格人盡皆知。

可當年……他也沒想到自己會栽在蘇家小小姐手上啊？早知今日，當初蘇荷和商驍聯姻結婚，他就該恭恭敬敬地先給江如詩和蘇毅清夫妻磕三個頭才對。

商彥在心裡長長嘆了一口氣，罕見地低眉順目，把身上那點桀驁不馴收斂得涓滴不剩。

「江阿姨，我知道錯了。今後公司的事情會全數交由職業經理人管理，我會一直陪在邈邈身邊，我用性命擔保，請您放心。」

「……」江如詩眉眼間鬱結不見鬆動，聞言只挑了挑眉，「今後？」

「是。」

「誰答應把邈邈的今後給你了？」

「……」饒是商彥向來處變不驚，聽到這句話也不由得愣住。

兩人訂婚是兩三年前的事了，江如詩不可能拿這個開玩笑，唯一的可能是，她真的有意取消婚約。

商彥難得慌張失措，他連忙抬頭看向臺階上的江如詩，卻見江如詩已經轉身回到別墅，只剩話音：「既然上個月沒回來，你就不用回來了。今天當是見最後一面，後續的事情我跟你父母談，你回去吧。」

「江阿姨——」別墅的門關上，切斷商彥著急的話音。

商彥完全懵了。

之後連續敲三分鐘也敲不開別墅的大門，商彥確定：這次不是演習，江如詩是真的要逼他表態。

商彥嘆了一口氣，拿出手機，點開通訊錄，又順著公司開發的內部小平臺，看了一下幾個聯絡人的狀態。唯一已婚且能出主意的，好像只剩商嫻了。

商彥再次嘆氣，撥電話給商嫻。

商嫻正與薄屹在國外度蜜月，電話另一頭吵吵鬧鬧的，不知道在做什麼。

聽商彥說完來龍去脈，商嫻一點也不客氣，先大笑十秒鐘，然後跟薄屹分享這分快樂。

最後，終於在商彥忍到極限之際，提出一個解決方案。

『苦肉計。』

「？」

『這種時候，就要打破常規啊，我的傻弟弟。』

「……」商彥深吸口氣，吞下那個稱呼，「具體一點。」

『嘖，你還要我怎麼具體？』

「具體方法，別說得那麼籠統。」

『哦，那麼一個字。』

「嗯？」

『跪吧。』

電話兩端一陣沉默。

「商嫻。」

『少拿這副威脅人的語氣跟我說話，我是誠心給你建議，你和商驍就是太缺乏童年，狗血劇看得太少，建議有時間去惡補一下韓劇。男人的苦肉計絕對是對付女人的最佳方案，不管是妻子還是妻子她媽。多數女人擺脫不了心軟的弱點。』

「……」沉默許久，商彥換隻手拿手機，無力地捏了捏眉心，「妳確定？」

商嫻在電話另一頭笑得很囂張：『我就算不確定，你能怎麼辦？』

「……」商彥無奈，「信妳一次。」

這次輪到商嫻靜默不語，幾秒後，她訝異問：『你真的要試？』

「如妳所說，不然我還能怎麼辦？」

『我看你是想氣死老爸。』

「放心，這件事我不會讓他知道。」商彥一頓，「如果消息從妳嘴裡洩露出去……妳知道以WATNG現在的業務平臺能力，我能把妳和薄屹的私生活挖到什麼地步吧？」

『……』幾秒後，商嫻咬牙切齒，總結道，『你活該有今天啊，盼了二十年，我總算盼到能把你吃得死死的人。』

掛斷電話，商彥看了看別墅緊閉的正門。他伸手抹了抹臉，片刻後，掌心壓下眼睫，無聲地笑。

或許商嫻說得對，他乖張跌撞、無法無天了這麼多年，終於還是遇到自己的剋星。

讓他曾千般不馴，只為她一人妥協。

在「苦肉計」的幫助下，商彥最終成功把他家小孩，從他未來岳父岳母手裡求了回來。

兩家打鐵趁熱，趁著年關，直接敲定婚期。除夕一過，還未出正月，商彥知會兩家長輩後，便又帶著蘇邈邈回到C城。蘇邈邈起初不理解，商彥也不肯告訴她，只含糊地說要為婚禮上播放的特輯拍照和錄影。蘇邈邈對這些不太在意，就隨他的意思。

正月十六那天，一大早，剛過六點，商彥就進入飯店套房的主臥，把還在被窩裡賴床的女孩挖起來。

蘇邈邈捲著睡衣和被子在大床上滾了一圈，把自己窩成一團，睡眼惺忪，微繃的小臉上寫滿發自靈魂的抗拒：「幹麼這麼早……」

「拍照片和錄影啊，我們不是說好了？」商彥耐心哄勸。難得看女孩這麼孩子氣的模樣，他心裡柔軟得化作一灘泥。如果不是時間緊迫，他一定忍不住抱著女孩在被窩裡躺一上午，看她窩在自己懷裡睡得安安穩穩的模樣，是他最幸福的時刻。

商彥想著，遺憾地嘆了一聲。他抬手看看腕錶，再次俯身，伸手輕輕搔著女孩的下顎。

「快起來了，小懶貓，我跟那邊約好了時間。」

「你請他們……等等……」

「不行。」商彥被女孩半夢半醒、有氣無力的聲音逗笑，幾乎忍不住要拍下來收錄到影片裡，但這一幕他又實在不想讓其他生物看見，只得放棄。

商彥清清喉嚨：「那邊情況特殊，不是什麼專業的攝影地點，所以不能等我們。」

「……」蘇邈邈一張小臉上，豔麗漂亮的五官都快擠到一起了。

她腦袋昏沉地爬起來，剛想下床，突然感覺腰間一緊。商彥把女孩像小貓般揣進懷裡，抱著她往主臥套房的洗手間走去。一邊走他一邊皺眉，輕掂了掂女孩的重量：「妳今年過年是不是又瘦了？」

蘇邈邈原本還微豎起細細的眉想要抗議，然而被商彥像拎小貓一樣抱著，實在氣不起來，索性自暴自棄聽之任之，被商彥輕輕鬆鬆地帶到洗手間。

洗漱完畢，蘇邈邈看著主臥床上擺著的衣服，不由愣了一下。

「這是哪來的？」她不記得自己有這套衣服。

「今天拍攝的服裝。」商彥面不改色地說。

「……哦。」蘇邈邈拿起來比了一下，「這衣服看起來好素，能用來做婚禮特輯嗎？」

她話才說完，一回頭，發現商彥已經換好衣服。簡簡單單的白襯衫和黑色長褲，布料質地看起來都不是什麼高級訂製，但似乎和自己手上這一套有點像是情侶裝。

蘇邈邈對穿著不是很挑剔，見商彥已經穿上，也就沒什麼異議，自己跑到更衣室換上。

吃過早餐後，兩人坐上車，前往傳聞中的「婚禮特輯攝影地點」。然而車子越往前開，蘇邈邈表情越微妙。二十分鐘後，看見黑色轎車前方漸漸放大的三中校門，蘇邈邈臉上掛著一副「果然如此」的表情。

她低頭看了看身上的小黑裙和白襯衫，又轉頭看了看商彥身上的衣服：「這是三中的新制服？」

「嗯。」此時商彥自然不用再隱瞞，疏懶笑著說，「喜歡嗎？」

「唔……」蘇邈邈回憶幾秒，「好像比我們那時候的好看很多。」

商彥莞爾失笑。

蘇邈邈轉向窗外，看到黑色轎車直接駛進大門內，女孩感慨地點點頭：「難為你能說動學校，人家確實不能等我們。」

「不是很難。」商彥笑了笑，「畢竟我們也算是三中的榮譽校友？」

「你，理科榜首。」蘇邈邈伸出指尖戳了戳他，「我，中途『輟學』。」那根白嫩的手指又要往回指。

然而手指轉到一半，商彥突然低下頭，飛快地咬了一下女孩的指尖，順勢把她撲倒在柔軟的座椅上：「喊師父。」他笑著逗她。

蘇邈邈被商彥一撲，嚇得走神，過好幾秒才反應過來，她抬起視線，最先看見的就是後照鏡裡司機驚呆的目光。

一瞬間蘇邈邈感覺自己像是被扔進火爐，忍不住抬腳踢他，微微惱怒：「商彥。」

「嘖。」商彥伸手勾住女孩踢過來的小腿，「威脅」地抓了抓，「聽話，不然師父要『清理門戶』了。」

蘇邈邈閉上嘴，不願就範。

商彥往前壓，黑眸微微瞇起，深處漾著點危險的情緒：「真的不喊？」

「師……」蘇邈邈終於妥協，聲音細如蚊蚋，「師……師父。」費了好大力氣，她才把這簡簡單單兩個字叫出口。

「乖，小孩。」商彥得逞，鬆手直起身，笑意壓抑不住。

蘇邈邈也快速坐起來，臉頰粉撲撲的，又羞又惱地偷偷瞪了商彥一眼：「……幼稚。」女孩小聲碎念。

商彥絲毫不以為忤，他側過身，若有深意地一勾嘴角：「這只是開始，妳今天得做好心理準備，記得昨天是怎麼說的？」

「……」蘇邈邈癟嘴。

「嗯？」

蘇邈邈心不甘情不願地小聲說：「全、全力配合……」

「乖。」商彥伸手摸摸女孩的頭頂。

自從過了二十歲以後，蘇邈邈就再也不讓他這樣摸了。而此時女孩有氣無力地坐在座椅上，垂著小臉和細白的手腳，一副想發火又努力忍住的委屈表情，眼神哀怨極了。

商彥再次忍俊不禁。

三中今年比較晚開學，提前返校的只有即將面臨大學考試的高三生，故而學校裡有三分之二的教室空著，為蘇邈邈和商彥提供了不少便利。

兩人帶著攝影師徑直來到當初的高二一班。六七年過去，教室內課桌椅早就換新，牆面似乎也重新粉刷過，黑板和教學設備換成了最先進的，常年貼在前後黑板上方的標語也不見了，取而代之的，是印著另一個年級數字的獎狀，還有兩個嶄新的石英鐘。

校方派人拿鑰匙打開教室門，蘇邈邈走進教室，以目光細細摩挲每一個角落，那些熟悉或者陌生的痕跡都已淡去，唯一不忘的，是那些追逐打鬧的身影，依舊歷歷在目。

蘇邈邈心底突然湧起複雜的情緒，一顆心漲得滿滿，略有些酸澀，讓她忍不住看向身後的人。

目光相接的瞬間，蘇邈邈才發現，商彥一直看著她。在曾經熟悉的環境裡，心態也像是回到初相識的那一年，僅僅只是這樣對視，女孩就忍不住羞赧。

她轉開視線：「我們第一個場景要在這裡拍嗎？」

「……嗯。」商彥從女孩身上移開目光，嘴角輕勾，「雖然不是我第一次遇見妳的地方，不過應該是我們待在一起最久的地方，所以就從這裡開始。」

蘇邈邈猶豫了一下：「可是教室裡空蕩蕩的，怎麼拍？」

商彥莞爾：「又不是要拍別人，只拍我和妳。」

「？」女孩有些意外。

「小孩，跟我來。」商彥朝蘇邈邈伸出手，同時示意攝影師準備錄影。

蘇邈邈有點不好意思地看了攝影師一眼，輕聲咕噥：「說好了不在外人面前這樣喊的。」

「今天不一樣。」商彥牽起女孩柔軟的指尖，走到教室最前排、靠近窗邊的桌前——是當初兩人的位置。

商彥依舊如初地走進最裡面，拉開椅子坐下。他側過身，抬起視線，在窗外陽光下，側顏被光影勾勒出清雋的稜角。他仰頭望著女孩，臉上帶著蘇邈邈最熟悉的笑意，疏懶散漫。

「不坐嗎？」

「……！」蘇邈邈驀地回神，剛剛有那麼一瞬間，她幾乎以為自己真的穿越到七年前。

蘇邈邈突然無比感懷商彥的這個決定，她想好好配合，一定要錄好這次的影片，因為將來她一定會反覆觀看，珍藏懷念一輩子。

女孩內心的感動一直延續到商彥從隨身的背包裡拿出一枝還未拆封的筆。男生把中性筆拆開，遞到蘇邈邈眼前：「喏。」

「……」盯著那枝中性筆三秒，確定上面沒有什麼特殊的標記，蘇邈邈茫然地抬頭看向商彥，「給我這個做什麼？」

商彥莞爾失笑：「做妳高中最喜歡做的事啊。」

蘇邈邈一頭霧水。

商彥微笑：「妳不是最喜歡咬筆頭了嗎？」

「……」感動瞬間消散。

「還記得我沒收妳多少枝筆嗎？」

「……」她當然記得，就在不久前，她又從他那裡翻出那個寫著「情敵」的盒子，裡面裝滿了她被沒收的中性筆。

蘇邈邈一張豔麗的小臉上表情褪去，停頓兩秒，她繃著臉瞥一眼那枝筆，轉開頭。

「……不要。」

「聽話。」

「不。」

「乖。」

「……」

「昨天我們不是說好了？」

蘇邈邈眼神十分哀怨且「屈辱」地轉回來，伸出細白的手指不情不願地抓住那枝中性筆。

商彥顯然是有備而來，蘇邈邈剛接過筆，他就從背包裡拿出一本書，是高二上學期的數學必修課本——蘇邈邈當初最討厭的課本，之一。

女孩一張小臉頓時更加慘兮兮地皺起來，商彥忍住笑意，幫她翻開其中一頁，鋪平了放在桌面，然後又從背包裡拿出一張有點泛黃的試卷。

商彥取出試卷的手略有遲疑，幾秒後，他慢慢把試卷展開，露出其中用紅筆批了個叉的題目。商彥把試卷放到女孩面前，許久後他嘴角微勾，伸手指了指課本上翻開的那一頁，又點了一下打叉的那道題目。

「前天我不是才為妳講解了這道題，妳怎麼還是做錯？」

「……」蘇邈邈一愣。

看見課本和試卷的當下，她以為商彥只是為了做做樣子，然而聽到這句話以及每一個字背後彷彿反覆練習了無數遍的複雜情緒，她突然猜到了。

蘇邈邈伸手拿起那張試卷，翻到最開頭的姓名和時間欄，她的動作一滯，這是高二上學期，她離開前做的最後一份試卷。試卷還沒有改完發下來，她就動身出國了。

這張試卷，這句話，商彥在心底重複了兩年，然後找回那個做錯題的女孩，又等了五年，終於把這句話說了出來。

「前天我不是才為妳講解了這道題，妳怎麼還是做錯？」

那是七年前的「前天」。

蘇邈邈突然有點鼻酸，她慢慢低下視線，過了幾秒才輕聲道：「以後不會再錯了。」

商彥從頭到尾，目光都柔和未變：「再錯怎麼辦？」

蘇邈邈輕聲低語：「再錯……打斷腿。」

商彥一愣，幾秒後，他眼神微深，眸裡像是掠過點水光，卻很快消失不見，他啞聲笑起來：「妳說的，不准反悔。」

「不反悔，」蘇邈邈認真地說，「我現在就再解一次。」說完，女孩真的拿過課本，比對上面的範例，訂正試卷上那道做錯的題目。

商彥笑著看向女孩。

旁邊的攝影師目瞪口呆，這絕對是婚禮特輯攝影的一對清流，沒有之一。怪不得是A大畢業，拍婚禮特輯都不忘解題，這樣的小夫妻如果不上A大，天理何在啊。

攝影師看向鏡頭，鏡頭裡的女孩顯然認真投入解題，手裡的中性筆晃了晃，又晃了晃……在晃到第三次的時候，女孩不自覺地把筆頭叼進嘴裡。

拍攝前商彥特別交代過，攝影師知道這是商彥想要的畫面，連忙將鏡頭推近，而鏡頭裡的另一位主角顯然也注意到女孩的習慣動作，他向前一伸手，笑著從女孩手裡抽走中性筆。

「沒收。」

「……？」

十分認真解題的蘇邈邈一懵，有些茫然且不可置信地轉頭看向商彥，漂亮的杏眼圓睜，像是隻發現自己受騙的小動物。

商彥看得心癢難耐，他眼神一深，向前俯身，在女孩水潤的唇上一吻，又輕啄一下。

伴隨著繾綣的吻，商彥啞聲低笑：「妳不知道，邈邈。每一次……每一次看見妳咬筆頭，我都忍不住想這樣做，所以我最『討厭』的，就是你這個習慣了。」

吻完，商彥晃了晃自己手裡的筆，看著女孩緋紅的臉頰，他莞爾一笑，「這枝還是沒收。」商彥想了想，又補充，「情敵十七號。」

「……」

蘇邈邈無言以對，中性筆都能被當成情敵，禽獸。

教室裡的「咬筆頭」事件拍攝完後，攝影師又跟著商彥和蘇邈邈去學校圖書館的自習區。高三學生的自習課基本上都在教室進行，所以三人並沒有遇到什麼阻礙，順利結束拍攝。

再次見識到「鎖骨上的咬痕刺青」事件後，攝影師忍不住笑著感慨：「你們現在這些年輕人，真是一對比一對會玩。」

配合演出的蘇邈邈臉頰通紅，感覺到攝影師調侃的眼神，忍不住抬腿想踢商彥兩腳。

商彥及時搬出後續的拍攝進度「自救」。

「主要場景就這兩個。」他笑著牽住蘇邈邈，「其餘就是零星的校園取景，不用錄影，只拍攝照片，用來做照片牆。」

「好，那我們繼續。」攝影師附和。

「……」

照片拍攝確實比錄影簡單得多，用不到一半的時間，就完成校園取景。

攝影師正準備收工，蘇邈邈突然拉住商彥：「有一個場景，我想拍。」

「嗯？」商彥一愣，繼而失笑，「我還以為妳想趕快結束拍攝呢？」

蘇邈邈惱然地瞪他：「還不是因為你想出那些稀奇古怪的場景？」

「怪嗎？」商彥莞爾，「那妳說，妳想拍什麼？」

「……」蘇邈邈目光閃了閃，「我們先過去再說。」

「好，接下來都聽妳的。」

攝影師跟著蘇邈邈和商彥在校園裡走，對於三中，攝影師自然不如蘇邈邈和商彥熟悉，所以跟著蘇邈邈前進的攝影師一臉茫然，商彥卻慢慢有所察覺，他目光複雜地看向蘇邈邈：「妳確定？」

「……」蘇邈邈沒說話，轉頭看他，漂亮的眼睛裡帶著柔軟乾淨的光。

商彥無奈：「我不太喜歡那裡。」

「為什麼？」

「……」商彥沉默幾秒，坦言，「妳知道，當初我在學校一帆風順，幾乎不曾感到挫敗。」他一頓，意味深長地看向蘇邈邈，「好像每一次都是因為妳。而那一次……」商彥眼神微沉，「我從來沒有像那天一樣，感覺所有事情都脫離掌控，逼得我快要發瘋，想撕碎什麼、毀掉什麼才能平息。」

蘇邈邈聽得愣然：「那就不去了吧。」

商彥頓了頓，搖頭：「但我不喜歡那裡是因為妳，如果妳不介意，我就不再討厭它。」

「……」蘇邈邈眉眼一彎，「我當然不會討厭。」

商彥有點意外：「為什麼？」

蘇邈邈沉默兩秒，坦然：「因為在我心裡，那是我們真正認識的開始。」

「……」

「坦誠相對，不再遮掩。」蘇邈邈輕笑起來，「而且，你應該不知道，在那天之前，你和其他人在我眼裡其實沒有太大差別。」

商彥愕然：「嗯？」

蘇邈邈想了想，笑道：「就好像，你是『不討厭我的路人商』，他們是討厭我或者不討厭我的路人甲乙丙丁……」

商彥也跟著失笑：「那天之後呢？」

女孩沉默不語，直到兩人一起站在那片熟悉又陌生的假山噴泉池前。

記起那一天，記起那一天走過來的那道身形，記起回憶裡被光影割碎而此刻終於完整的複雜心情。

蘇邈邈垂眼，莞爾輕笑：「那天之後，你是商彥，你是我的世界裡第一個有名字的人。」

商彥身體一僵，眼神微震，過了很久，他才近乎狼狽地垂下眼，低聲笑起來：「還好那時候妳沒說。」

「嗯？」蘇邈邈不解地看他。

商彥嘆氣，啞然失笑：「不然，我不敢保證會不會發生什麼……不該發生的事。」

聽出商彥的言下之意，蘇邈邈臉頰微紅，抬腳尖想踢他：「你那天還要我喊你師父呢。」

商彥一本正經地回答：「那就是我在人性底線上掙扎啊。」

「……」蘇邈邈更想踢他了，呸！禽獸。

不過在拍攝前，商彥還是猶豫了一下：「現在是冬天，不是夏天。」

蘇邈邈指了指沒結冰的水：「這裡是活水，一直流動，溫度不會低於四度。」

商彥啞然，幾秒後他忍不住笑起來：「為了婚禮特輯，這麼拚命？」

蘇邈邈搖頭：「不是為了特輯，是為了記住。」

「……好。」商彥終於鬆口，似乎有點無奈，「如果被江阿姨知道，我可能又得在妳家門外跪一天。」

蘇邈邈笑了起來：「你拍不拍？」

「……」商彥嘆氣，轉頭，對攝影師招招手。

攝影師自來到噴泉池前，就進入傻眼和懷疑人生的狀態。看見商彥招手，他顫著心肝走過去，擠出笑容：「商先生，你們這是打算……？」

不過幾秒，商彥已經脫掉身上的長款羽絨外套，裡面只有一件薄襯衫和長褲。他把衣服遞給目瞪口呆的攝影師，隨即笑了：「衣服放到一邊，別弄溼了。後面這段，還是錄影。」

「啊？……哦，好……」攝影師茫然地接過衣服，然後一低頭，看見商彥從外套口袋裡取出一個小方盒。

攝影師一愣，壓低聲音：「在這裡？」

商彥點頭，笑道：「隨機應變。」

「……」攝影師看了看他身上單薄的衣衫，忍不住內心敬佩，對他豎起大拇指，「為了應變不要命啊？……我拍了這麼多對新人，總算是見到一對讓我相信真愛的了。」

商彥低笑，他握緊手裡的小方盒，趁轉身塞進褲子口袋裡。

蘇邈邈也在做心理準備，直到他來到身邊才發現他脫了外套，不由愣住，「你……」話未說完，她想了想，輕輕皺眉，「那我也要脫掉。」

女孩剛要動作，卻被商彥按住手：「這個不行。」

「可你……」

「聽我的，不准抗議。」商彥強硬地說完，接著垂眼低笑，「好了，就算是為了讓我少跪一點，進去吧？」

蘇邈邈一頓，點頭。她輕咬住牙齒，心一橫，先一步跨進水池裡。噴泉池裡的水確實是恆溫活水，但畢竟是正月，低溫還是讓她僵了一下。

緊隨在她身後，商彥也跨進池水裡，水花濺開，在陽光下，是似曾相識、明媚又刺眼的亮度。

蘇邈邈心裡一軟，正打算繼續前進，怎知面前的人突然「脫稿」演出。

商彥拿出褲子口袋裡的小方盒，打開，單膝跪進讓人發冷的水裡。

他牽住女孩的手，仰頭看她：「妳願意嫁給我嗎，邈邈？」

「……！」蘇邈邈完全懵住，難以置信地看著商彥。

商彥並不著急，他平靜地看著她，溫柔地重複了一遍：「妳願意嫁給我嗎，邈邈？」

這一次，蘇邈邈反應過來：「我當然願意，你快點起來！」

商彥臉上笑意綻放，他保持跪姿不動，取出戒指，小心地為女孩戴上。他輕閉上眼，虔誠而深切地，吻上鑽戒和蘇邈邈的指尖。

「我這一生歸妳，至死不渝。」

番外（二）　極光

商嫻二十二歲那年，從國外一所頂尖大學的商學院畢業歸國，仗著有錢有才又有閒，她為自己留了一年的空檔年。

這一年她活得恣意瀟灑，多采多姿，然而萬萬沒想到，在這空檔年的最後兩個月，她陰溝裡翻船了。

起因是她答應接下為期一個月的高職代課。委託她幫忙的是高中死黨范萌，范萌因為闌尾炎手術住院，預計術前術後約要三四週時間。

范萌是師範畢業，畢業實習是在當地的一所高職裡擔任英語老師。這次闌尾炎事發突然，根本來不及找同校的代課老師，情急之下，抓了商嫻這根國外留學多年的救命稻草，求她去幫忙頂一個月的課。

「這所高職學生不愛聽課，甚至有老師上課直接放電影給學生看，自己回辦公室喝茶看報呢！輕輕鬆鬆，沒壓力！」

范萌慘白著一張小臉，信誓旦旦地拍著胸脯跟商嫻保證。商嫻正好也玩了快一年，準備收收心。算算空檔年還剩兩個月，再看看范萌那副小可憐的模樣，就輕快地答應了。

既然只代課一個月，她也懶得找住處，便在距離學校最近的一間四星級飯店包了一個月的閣樓套房。

代課的前一天，商嫺才坐飛機從外地趕來。一路上舟車勞頓，商嫺一到飯店就倒頭大睡，直到夕陽西下。醒來後，她打飯店內線叫了客房服務送上晚餐，服務生拿了小費正要離開，商嫺突然叫住對方：「你們這附近，有沒有休閒酒吧之類的地方？」

「有。」服務生把具體地址告訴商嫺。

商嫺想了兩秒：「就在那所高職旁邊？」

服務生一愣，笑：「對，就在高職的後街。多虧學校裡那些不學無術的富二代，那一條街的酒吧生意非常好。」

「知道了，謝謝。」

等服務生離開，商嫺吃了幾口晚餐，便去浴室沖澡。洗掉一身的疲憊後，商嫺把長髮吹得半乾，隨手從衣櫃裡挑出一套薄款運動服，穿上出門。

剛入六月，C城的夜晚已多了兩分燥熱。商嫺依照服務生給的地址，來到高職的後街。這天恰好是週末，街上不乏看起來十六七歲的少年少女，穿著稀奇古怪的衣服，染著五顏六色的頭髮，化著妖魔鬼怪的濃妝……

走在他們之間，商嫺一身薄款黑色運動服，乾淨俐落地綁著半溼半乾的馬尾，難得覺得自己像個正常人。但「正常人」現在有點擔心，那個所謂的休閒酒吧是不是真的像她希望的那樣休閒清淨。

懷著深怕踩雷的心情，商嫺走進那家名為 Aurora 的酒吧。出乎意料，一走出酒吧內的暗影長廊，映入眼簾的燈光立刻博得商嫺的好感。

不同於多數酒吧裡讓人目眩眼花的燈光效果，這間休閒酒吧的光線格外柔和，更令商嫺驚喜的是，就如同 Aurora 這個名字，採用了盡可能接近極光的變幻效果。

商嫺仰頭看著天花板上柔軟輕緩地變幻著的光影，情不自禁露出讚賞的笑容。她緩緩走向吧檯，眼角餘光瞥見吧檯後面趴著的身影，大概是調酒師。商嫺伸手叩了叩檯面，頭也沒回地問：「你們酒吧的燈光設計很不錯，你知道是請什麼人做的嗎？」

無人回應。

商嫺疑惑地回頭，就見一個戴著黑色棒球帽的少年，拎起帽簷，揉著睡意惺忪的眼睛看向她。

短短幾秒鐘內，商嫺注意到拎起帽簷的那隻手骨節修長、白皙漂亮，而帽簷下少年的那雙眼睛像貓一樣，透著漆黑的光，五官輪廓俊俏得讓商嫺想吹一聲口哨。

好在最後一點人性阻止了她，她把那聲口哨吞下，對著睡意慢慢消散的少年露出笑容。

「你好。」

「……妳好。」少年的聲音乾淨得出乎意料，讓人聯想起那些昂貴且質地音色華美的樂器，只帶著一點剛睡醒的沙啞。

他回憶一下商嫺的話，露出個少年感十足的笑容：「這是我們老闆設計的，好看嗎？」

「當然。」商嫺毫不猶豫，她眷戀地看向天花板，又轉回身，「你們老闆很厲害喔。不過，再厲害，雇用童工還是犯法的。」

「……」少年似乎愣了一下，幾秒後，那雙貓一樣的眼睛輕輕勾起眼角，露出燦爛的笑容，深具感染力，讓商嫻有一瞬間覺得自己是在加州的陽光裡，而不是在這緩緩流淌的夜色和「極光」之下。

少年笑著說：「我今年十九了。」說著，少年站直身體。

商嫻這才發現，即使自己穿著增高運動鞋，面前這個被她懷疑未成年的少年，依然足足比她高十幾公分。瞬間降級到矮人國，商嫻尷尬地輕咳一聲，再也不能懷疑人家未成年了。

然而少年卻在那一笑過後，又重新趴了回去，還把下巴抵在手臂上。

商嫻目光落向那同樣極具青春活力的漂亮前臂線條，又聽見少年笑著說：「而且我們酒吧也不讓未成年人進入啊。」

「……」商嫻和那雙亮得像是會說話的眼睛對視兩秒，才確定他是在說她，不禁失笑。

這個世界上沒有比一個二十歲以上的女性，聽到別人以為自己未成年，更加愉悅的事了。但商嫻很有自覺，所以她放任自己爽了十幾秒後，就淡定地瞇起眼：「按年齡，你只能叫我姐姐，知道嗎？」

少年似乎被勾起好奇心，直起身往前湊了湊，黑色的棒球帽簷差點撞到商嫻的額頭：「妳今年多大？」

「……」商嫻被那雙漆黑眼眸裡的光芒刺得有些恍神，幾秒後才反應過來。她笑著伸手，推歪少年的帽子，退後拉開距離，「女人的年齡永遠是祕密，懂嗎，小鬼？」

被推開的少年扶正帽簷，臉上浮現一點懊惱的神情。他繃緊臉龐，顯得有點嚴峻：「我不是小鬼。」出口的話，卻逗得商嫻想笑。

「好，你不是。」她笑著坐上高腳椅，側撐著額頭，支在檯面上，「會調酒嗎？」

少年似乎猶豫了一下：「會……一點？」

商嫻一愣，失笑，「你們老闆該不會是看上你的長相，放你在這裡當吉祥物吧？」她晃晃指尖，「不為難你了，幫我倒一杯威士忌吧。」

少年點頭。半分鐘後，商嫻對著面前杯子裡的液體輕瞇起眼，盯了兩秒，她一撩眼簾，不施半點妝容的臉蛋上，一顰一笑便多了點撩人的味道。

商嫻啞著嗓音低笑：「你們這裡不但疑似雇用童工，還賣假酒啊？」

不知是少年臉頰飛過紅暈，還是天花板燈光的效果，商嫻見那少年似乎噎了兩秒，才有點不好意思地笑道：「我奶奶說，漂亮的女人最好不要一個人在外面喝酒，容易出事。」

「……」商嫻垂眼，似笑非笑地問，「那這是什麼？」

「冰紅茶。」少年笑得燦爛，嘴角還露出一顆小虎牙，「我請客。」

商嫻一愣，看了看玻璃杯裡澄澈透亮的液體，柔和的光影破碎，金粉一樣灑在裡面。

商嫻回過神，笑著拿起杯子，朝著少年舉杯，「謝謝。」啜了一口，她輕瞇起眼，「不過，我得承認，這是我第一次被男生請喝……」商嫻瞥著杯裡液體，失笑，「冰紅茶。」

少年似乎被她的話弄得有些不好意思。

這一次商嫻看得很清楚，不是燈光問題，是少年白淨的臉上染了紅，不過他仍朝自己笑著，像是……

商嫻又啜了一口冰紅茶，想起幾百里外家裡那隻毛皮油亮的狗，眼睛也是這樣亮晶晶的，讓人看了心情很好，甚至想抱進懷裡磨蹭一下。

商嫻垂眼笑了笑：「你在這裡打工嗎？」

「嗯，我在這裡……兼職。」少年低下頭去擦拭手邊的杯子。

商嫻隨口問道：「還在讀書？」

少年猶豫了一下，笑道：「現在還在讀，不過應該撐不久了，我不喜歡讀書。」說完，他抬頭偷望了一眼商嫻的反應。

少年或許覺得自己做得很隱密，然而商嫻眼角早已瞥見，但她只是笑笑，什麼也沒說。

兩人之間安靜了片刻，少年好奇地問：「妳不排斥嗎？」

「排斥什麼？」

「不讀書。」少年不好意思地抓了抓頭，「我家長輩都不同意，一提起這件事就教訓我。而且，我以前的朋友也很不贊同。」

商嫻笑了：「所以你剛剛是想偷看我有什麼反應？」

「……」被拆穿的少年臉一紅，結巴了一下，「我沒、沒偷看。」

商嫻笑笑，向前俯身，手肘撐上吧檯。在迷離柔緩的「極光」下，女人的眼睫慢慢眨了眨，像是一把小刷子輕輕掃過人的心尖，撓得人四肢百骸發癢，卻沒有藥物緩解。

少年的臉更紅了。

商嫻不再逗他，退回身：「我不是你的長輩，也不是你的朋友，當然不會關心你，也不會告訴你讀書好或者不好。」

「……就這樣？」少年沉默兩秒，笑容都有些暗淡。

商嫻向來是個狠角色，依照平常的作風，她絕對能沒心沒肺地說出「是啊」兩個字。她怎麼也沒想到，自己會有一天像現在這樣，憋了三秒，硬是一個「是」字都說不出口。

……一定是因為這小鬼太像家裡那隻狗了。

商嫻在心裡寬慰自己。

吧檯後面的少年卻在她的沉默下重新燃起眼裡的光，笑容也更燦爛幾分，幾乎有點刺眼：「我知道妳不是。」

……聽聽，這種給三分顏色就開染房的水準遠遠超過家裡的狗。

商嫻放下杯子，決定好好教教這個小鬼做人的道理。

「知道我不是什麼？」

「知道妳不是真的這樣想，還知道妳心很軟。」

商嫻輕笑：「哦？我自己怎麼不知道？」

少年手下動作不停，順勢指了指天花板緩緩流淌變幻的「極光」，「因為妳會欣賞美啊。」少年放下手裡擦好的杯子，笑著抬起眼，又露出那顆小虎牙，「我奶奶說過，在熙熙攘攘的世界裡，能停下來感觸和感知美的人，心靈也一定很美。」

本來想教育人的商嫻琢磨了幾遍這句話，點了點頭，感覺自己學到了：「你奶奶一定是個聰明又美麗的女人。」

少年擦杯子的手微微一頓，連眼底漆黑的光也暗淡下來，但他很快便掃去這點陰翳。

「不過，」商嫻想了想，難得多說了句，「你想過如果不讀書，將來要做什麼嗎？」

「當然。」少年的眼睛一亮。

商嫻被他果斷的回答弄得一愣，隨即莞爾笑道：「既然有很堅定的方向，我猜他們勸阻你也沒用。」

「這麼說，妳是支持我的？」少年眼睛更亮了。

商嫻差點嗆到，哭笑不得地問：「你認識我嗎？」

「不認識。」少年搖頭，「不過可以認識一下。」

商嫻假裝沒聽見後半句：「既然不認識我，那我支不支持你有什麼關係？」

少年笑著指了指天花板的「極光」：「妳跟我奶奶一樣是美人，她現在不在我身邊，我就當妳是她。如果妳支持我，那她一定也會支持我。」

「……」商嫻笑容一僵，這奇葩邏輯被他說得一副很有道理的樣子。

商嫻嘆氣，把空掉的杯子往前一推：「那你奶奶有沒有教過你，自己的人生要由自己決定，因為別人沒辦法為你的人生負責和買單？」

少年眨了眨眼：「沒有。」

「那現在我教你了。」商嫻跨下高腳椅，抬眼，眼底笑意彌漫，「……小乖孫？」

「……」少年一噎，白淨的臉慢慢漲紅。

商嫻笑得愉悅，在心裡唾棄自己連這麼點大的小男生都不放過，同時伸手拉開手拿包的拉鍊，準備付錢，她可不想連一個剛成年的小男生打工的錢都不放過。

然而錢還沒掏出來，一道身影突然晃到兩人旁邊：「薄屹！」

商嫻轉頭望去，靠到吧檯上的是個濃妝豔抹，以致分辨不出年齡的女人。煙紫色的唇、抹得慘白的臉，還有十分龐克風的深色眼影，再加上有點像是遭遇電擊的爆炸髮型……

商嫻挑了挑眉，轉向薄屹：「你朋友？」卻見吧檯裡，少年第一次露出有點冷的神情。從她這個角度看過去，清晰的下顎線條流暢地延伸到少年白皙修長的脖頸，繃得凌厲，連喉結都多了兩分這個年齡獨有、帶著滿滿青春賀爾蒙的性感。

少年笑起來那麼具有感染力，而不笑的時候，一個冷淡寡然的眼神都能穿透人心。

商嫻尷尬地抬手遮了遮眼，順勢揉了揉眉心，而少年已經收斂神色，垂下眼去擦杯子：「不，不認識。」

商嫻嘆了口氣，心想這少年長了這麼好看的外表，可惜不太懂女孩的心思，也不會和女孩相處。這種情況下，他越是寡淡不回應，對方就越是不甘心。

果然如商嫻所料，靠上吧檯的女人幾乎是瞬間漲紅了臉，表情難看。她瞪向商嫻：「妳是從哪裡冒出來的？」

「……？」商嫻愕然，這就是她沒有料到的了。

不等商嫻開口，吧檯後方，少年手上的玻璃杯發出「吱嘎」聲響，商嫻驚訝地望過去，能擦出這種聲音，那個杯子幾乎是在破碎邊緣了吧？

少年聲音微冷：「請妳對我的客人放尊重點。」

女人更惱怒：「既然都是客人，為什麼我們要你過去喝一杯就不行？她卻能跟你坐在這裡有說有笑？」

少年臉色更冷，他把手裡擦拭的杯子和抹布放下。而吧檯外的女人得寸進尺，趁機抓住少年的手腕：「我不管，你今天必須跟我們喝一杯，不然別怪我們去跟店長投訴你！」

商嫻在旁邊嘆了口氣，她看得出來，無論出身如何，少年的家教十分良好，以至於他很難說出什麼過分的話，或者對女性暴力相待。

這跟把一隻小狗扔進一群母狼裡，有什麼區別？

商嫻心裡更加嫌棄這個只有審美力的酒吧老闆，她伸手進包包：「冰紅茶的帳，我自己結吧。」

相持不下的少年少女一愣，只見商嫻從包包裡拿出一截折疊短棍，「啪」的一聲，在空氣中甩出清脆俐落的聲響。

下一秒，那個女人尖叫著縮回手，摀著手腕蹲到地上。酒吧裡她的同伴被尖叫聲驚動，紛紛圍了過來，把地上哭得妝都花了的女人扶起，見她手腕上腫起一塊，幾個人驚恐又憤怒地瞪著商嫻。

「妳幹什麼？怎麼打人？」

「想打架是不是？」

「妳找死！」

「……」

商嫺被這幾個女生逗笑了，她回頭看向吧檯後的少年：「給我一個空杯。」

少年皺著眉，聞言他遲疑一下，將一個杯子遞給商嫺。

商嫺把杯子倒扣，讓最厚的玻璃杯底朝上，手裡的小折疊棍不輕不重地往外一甩。「嘩啦」一聲，厚底玻璃杯一瞬間在棍頭下碎成好幾片。

幾個還在叫囂的女人陡然一默，像是被掐住脖子的雞，鴉雀無聲。

商嫺面帶微笑地收起折疊棍，眼皮一垂，望向嚇到忘記哭的那個女生。

「小小年紀不學好，學人搶男人，還想打架？」

「……」

「我被家裡的格鬥教練按在地上揍的時候，妳們還在媽媽懷裡吃奶呢，知道嗎？」

「……」

「知道嗎？」商嫺笑容陡然一沉，聲音也壓低了。

幾個明顯年紀不大的女生嚇得臉色都變了：「知知知……知道了。」

「再讓我看見妳們找他麻煩，」商嫺恢復微笑，「我就不會再手下留情了。到時候妳們可以比較一下，身上哪根骨頭最硬，好嗎？」

「不……我們不敢了……」幾個女生看那一地碎玻璃，嚇得眼神顫抖，幾人對視幾眼，狼狽地逃了出去。

商嫺收回視線，手裡的折疊棍一甩，又收成短短無害的模樣。她把像筆一樣的折疊棍放回手拿包，取出一疊現金，擺到碎掉的杯子旁。

她抬眼看向少年，眸裡帶著歉意：「杯子麻煩你收拾了。」

少年似乎被她的凶悍嚇到，愣了愣才說：「這個杯子不值這麼多錢。」

「剩下的是小費。」商嫻勾唇一笑，「不過，冰紅茶我不付了，你要請我，對嗎？」

說完，商嫻朝他笑著轉身，往外走去。

身後少年焦急地追上來：「妳之後還會來嗎？」

「……」商嫻一愣，她回眸。少年的眼裡映著光，比他頭頂那片「極光」更漂亮、乾淨，引人深陷。

看得商嫻有些恍神，過了幾秒，她輕笑：「也許吧。」說完，轉身離開。

「……」少年有些失魂落魄地站在原地許久，終究沒有追上去，轉身回到吧檯。

調酒師回來後，見薄屹還站在原地，心不在焉地擦著酒杯，他上前接過，「小老闆，你再這樣搶我的工作，我都要懷疑你想炒我魷魚了啊？」他還要再說什麼，突然看到那一疊鈔票，「臥槽，這是什麼？」

薄屹無精打采地瞥了一眼，低聲說：「小費。」

「小費？誰這麼大方？我怎麼從來沒遇過？」

「……」

「算了，我知道，因為我醜。」調酒師嘆氣，「那些目光短淺的女人，哥當年也帥過啊，現在經過歲月的洗禮應該更有魅力才對，她們怎麼就不喜歡我呢？」

少年眼睛一亮，像是聞到肉香的狗，他轉頭看向調酒師：「她有一點點喜歡我嗎？」

「當然，來酒吧的女人哪個不喜歡你，」調酒師斜眼看他，「不喜歡你，會給你這麼多小費？不過我看看，這女人不會還留了電話號碼和時間吧？我在電視上常看到這一套，小老闆，你年紀還小，不要被這些女人騙了。」

調酒師說著，伸手去翻那疊錢，他原本是說著玩的，結果翻了翻，他猛地一愣，拎出一張白色的卡片，上面只有一個名字和電話號碼。

『商嫻』

『XXXXXXXXX』

調酒師愣了愣，半晌後，表情複雜地晃了晃名片：「我就說吧，世風日下，人心不古啊，小老闆。」

「……」薄屹表情僵硬，他雖然一有時間就「幫」調酒師代班，這種寫著電話號碼的紙條不是沒收過，但是，「她不一樣。」少年的聲音裡帶著特有的倔強。

調酒師又晃了晃那卡片：「一樣的。」

「……」

「跟那些女人一樣，她只是想睡你。」

「……」

調酒師嘆口氣，「好了，我幫你扔了，不用謝我——」話音未落，調酒師手裡一空，兩秒後，他反應過來，驚悚地轉頭看向旁邊的少年，「小老闆，我們店裡的營收糟糕到需要你去賣身維持嗎？……不會吧，我看最近生意很好啊！」

薄屹輕哼一聲，微繃著俊臉，面無表情地把卡片塞進褲子口袋：「垃圾別亂扔。」說完，他扔下抹布，轉身離開。

……怎麼看都像是落荒而逃。

回到飯店，商嫻重新沖了澡。幾分鐘後，她拿著手機，穿著浴袍，坐進柔軟的沙發裡。

電話另一頭是個有點懶洋洋的女聲，似乎已經準備就寢：『不過遇見了個小帥哥，妳還擾我清夢……嫻哥，妳是出國太久沒見過本土帥哥是不是？』

「這個不一樣，特別乾淨。」

『唔，在哪裡遇見的？』

「……」

『嗯？怎麼不說話？』

「咳，酒吧。」

『……』

「……」

『好吧，所以妳勾搭這個在酒吧遇見的特別乾淨的小帥哥了嗎？』

「沒。」商嫻笑著輕瞇起眼，帶點遺憾，「我家老頭子有多古板，妳又不是不知道，那小帥哥才剛成年，比我小三歲呢。」

『妳可真慫啊，嫻哥，這不像妳風格。』

「……少來，我是來為人師表的，又不是來禍害少年的。」

『我相信，真的。』

「蘇荷……」商嫻磨牙威脅。

電話那一頭轉移話題：『對了，妳不是要做名片嗎？寄給妳的那個新設計看到了嗎？』

「嗯。」商嫻起身，走向套房的客廳，拿出手拿包翻找，「滿簡潔的，尤其是右上角的無色暗紋，這個設計我喜歡。」

『喜歡就好，那我跟設計師說，確定用這一版。』

「……」

『妳怎麼又不說話了？』

「……」商嫻對著倒空的手拿包愣了幾秒。

『沒事吧，嫻哥？』

「我好像……把那個樣張弄丟了。」

『有什麼關係，樣張而已，也沒多少個人資料。』

「……」從記憶裡翻出薄弱的印象，商嫻無力地窩進沙發，「蘇荷。」

『嗯？』

「我好像……把樣張夾在小費裡，給了那個小帥哥。」

『……』蘇荷反應過來，『妳們國外回來的女人，約炮都這麼光明正大嗎？』

「……」商嫻氣結。

商嫻忐忑了一整晚，手機都沒有陌生的電話打來。直到凌晨，她才終於有了點睡意，結果一點多，手機突然震動，商嫻嗖一下翻身而起，撿起踢到地上的手機一看——房屋廣告。

「……」商嫻惡狠狠地把那個號碼封鎖，重新躺回床上。躺下去沒幾秒又翻起來，把手機轉靜音，倒頭睡覺，心裡默默鬆了口氣，總算可以安心睡了。

然而第二天，凌晨六點，商嫻頂著兩個淡淡的黑眼圈，面無表情地站在鏡子前塗遮瑕膏。

一整晚，那個俊俏少年在夢裡朝她陽光燦爛地微笑也就罷了，怎麼夢著夢著還往十八禁的方向發展了？

還好鬧鐘響得早。

商嫻打了個呵欠，面無表情地想，范萌這學期的英語課排得很糟，一個禮拜五天共八節課，有四節是上午或者下午的第一堂。

週一的課就不幸中槍，而且商嫻還得提前去找代課班級的班導要學生名冊，為了不耽誤上課，她只能盡快趕到學校。

七點整，商嫻來到學校的辦公大樓，找到自己代課班級的班導。戴著老花眼鏡的班導翻遍了辦公桌上疊得亂七八糟的紙張，終於從裡面翻出兩張皺巴巴的成績單。

「不好意思啊，小商老師。」班導抱歉地笑著，把皺巴巴的成績單遞給商嫻，「這學期的學生名冊還沒發下來，妳先用他們上學期的成績單當名冊吧？」

「……」看著自己在老花眼鏡上的倒影，商嫻也不能說「不」，只得苦笑著點頭，「好的，那您忙，我去準備上課。」

班導扶了扶老花眼鏡，遲疑地說了一句：「上課……也不用那麼著急。」

商嫻當下不懂這句話的意思，但半個小時後，提前三分鐘踏進代課班級的瞬間，她就明白班導的意思了——偌大的教室裡廖廖坐著二三十個學生，充其量只來了一半。

商嫻在班級門口頓了頓，挑了挑眉，心平氣和地走進教室。

教室裡吵得像是大型養鴨場，不過隨著越來越多學生注意到商嫻，四周便慢慢安靜下來。沉寂片刻，不知道是誰「臥槽」了一聲：「新同學？長得真漂亮啊……」

這句話叫回其餘人的魂，班上立刻七嘴八舌議論起來。

「還真是漂亮。」

「我看今年校花可以重新選了。」

「蓋梓琪怎麼不在，嘿，還沒來呢？要是被她看見新同學，就有好戲看了，哈哈……」

「不行，我想追她。」

「幹，你能不能有點出息，搞什麼一見鍾情！」

「你不喜歡？那你別追。」

「……我可沒說。」

嘈雜的聲音伴隨著男生們的探究、好奇，甚至不懷好意的目光，也有不少女生明顯敵視的眼神。

商嫻一概視若無睹，直到有人厚著臉皮喊了一句：「新同學，做個自我介紹！」

商嫻面帶微笑地瞥過去，「好。」她拿起粉筆，轉身在黑板上寫下自己的名字，「商嫻。」把粉筆扔進黑板槽，商嫻俐落轉身，一字一頓，「你們的英語代課老師。」

全班啞然。

對於這個效果，商嫻還算滿意，但她沒有借著安靜下來的空檔說點什麼，反而從旁邊拉過教師的椅子，擺在講臺桌後面，坐了上去，閒散地翻起手上的成績單，上面的分數慘烈得讓她難以想像總分是多少。

幾分鐘後，上課鈴聲響起。教室裡的學生數量總算多了一些，但顯然跟全員到齊還有不小的差距。而且上課鈴聲除了讓她這個老師自覺地站起身外，教室裡的學生可以說是淡定自如，絲毫不受影響。

該說說，該笑笑。

第三排畫眼影的女生手都不抖，右後方角落裡有個還睡得鼾聲連天，剩下的人一半在玩手機，另一半嬉皮笑臉地盯著她說閒話。

商嫻無聲地嘆口氣，她從包包裡拿出折疊棍，在講臺桌上叩了叩。金屬相擊的聲音十分清脆響亮，教室裡慢慢安靜下來。

學生們各式各樣的目光集中到商嫻身上，商嫻神色淡定，嘴角笑容一點未變：「其他學生呢？」

「老師，這是第一節課，他們哪裡起得來啊！」

「對啊！我是事先聽見消息才專程來看新老師的！」

幾個男生嘻嘻哈哈笑成一片。

「ＯＫ。」商嫻也不惱怒，微微一笑，「我是你們的英語代課老師，名字你們也看到了。接下來一個月，你們班的英語課都是我來上，有什麼學業上的問題，你們可以隨時在課堂前後來找我諮詢。」

「好的——老師——」男生們不正經地拖長尾音。

商嫻依舊簡短俐落，「接下來，我說一下我上課的規矩。第一條，不准遲到。」商嫻掃一眼空位，眼底笑色微涼，「你們可以不來，但不准在課上到一半的時候進來。當然，我會如實記錄缺席。」

「……」

「第二條，課堂上可以玩手機，可以織毛衣，可以化妝，可以睡覺，我不會管你們，但有幾個前提。」商嫻掃視全班，「不准發出聲音，不准散發氣味，不准影響他人。」

「……」

「第三條，」商嫻一頓，微笑，「想到再補充。」

「……」

「不過代課一個月，還真以為自己了不起啊。」教室前排一個正在塗指甲油的女生碎念了一句。

安靜的教室裡，她這句話自然傳進每個人的耳朵裡。學生們抱著看熱鬧的心情，紛紛轉頭笑嘻嘻地看商嫻的反應。

商嫻走過去，兩人相隔數尺，那個燙著大波浪鬈髮的女生翻著白眼站起來：「幹麼？我說得不對嗎？妳不就是個臨時代課的，那麼囂張幹什麼？」

她話音未落，商嫻已經走到她面前，手裡握著的折疊棍在空中甩開，凌厲的破風聲隨之響起，接著「嘩啦」一聲，桌上那一排指甲油，被商嫻一棍全部掃到地上，摔碎混合，狼藉一片。

翻白眼的女生懵住了，她難以置信地瞪大眼睛看著滿地狼藉。在這間滿是得罪不起的富二代的高職裡，竟然有一個年紀輕輕的女老師敢這樣對她。

班上其他學生也傻了，幾秒後，眾人慢慢回神，面色不善又猶豫地看向商嫻，而商嫻淡定地望著指甲油的主人：「第二條，課堂上做什麼都可以，但沒經過我的允許，不准發出聲音。現在懂了嗎？」

女生終於反應過來，表情扭曲，幾乎抬手就要往上撲：「妳知道這些要多少錢嗎？妳他媽一個月薪水都不夠——」

商嫻手一抬，泛著黝黑色澤和冷光的折疊棍抵在氣得發瘋的女生鼻子前。

女生的動作戛然而止，商嫻嗤笑了聲，淡淡一掃地上那約莫四五瓶指甲油的殘骸：「最多幾百塊一瓶的地攤貨，妳是沒見過錢嗎？」

商嫻垂手，折疊棍一甩，「啪」的一聲敲在女生的課桌上。原本擺著指甲油的桌面立刻出現一個不大不小的圓形凹陷。

周圍學生看了不禁吞了口口水。

「臥槽……」

「人、人間凶器啊……」

「這他媽要是敲到腦袋上，是不是當場就要送醫？」

「嘶——光看都覺得痛。」

指甲油的主人首當其衝，更是瞬間白了臉，眼神微顫地看向商嫻。

商嫻已淡定轉身：「指甲油、課桌都可以開清單給我，我不折舊，原價賠償。」

她站上講臺，居高臨下地掃視全班，極富攻擊性的美終於在此時，帶著面無表情的冰冷神色震懾全場。

「放心。下一次，就算這棍子敲到哪個不守規矩的學生身上，不小心敲壞了哪個部位，我一樣原價賠償。你們儘管來試試，看我的薪水夠不夠幫你從頭到腳換一套新的。」

全班噤聲，連後面幾個一直開玩笑的男生，也看著商嫻手裡那根折疊棍，頭皮發麻。

下馬威效果不錯，商嫻臉上終於恢復一點笑容。她垂眼掃了掃名單，淡聲問：「班長是誰，我今天定下的規矩，由班長負責通知其他還在睡覺的學生。」

班上靜默許久。

商嫻真的有點意外，她抬頭：「你們班沒班長？」

「……有。」第一排顯然還是有幾個想學習的學生，一個戴著黑框眼鏡的男生小心翼翼地舉起手。

商嫻一愣：「你是班長？」

那個班導雖然老眼昏花，但不像是傻子，應該不會選這個容易被霸凌的學生做班長吧？果然下一秒，那學生就慌忙搖頭：「不是我，是我鄰座同學。」

商嫻目光往旁邊一落，佩服地笑了，她輕瞇起眼：「不錯啊，班長帶頭不上課？」

全班噤若寒蟬。

教室裡體感溫度突然降了十度，那個戴黑框眼鏡的瘦小男生也一副驚嚇過度的樣子。他抖了一下，小心翼翼地替鄰座同學辯解：「不……不是……他平常都按時上課……」

商嫻斂眉垂目，面無表情地拿起成績單。班上學號就是按成績排的，商嫻眼也不抬地問：「你們班長學號多少？」

男生小心回答：「六七？」

「……」商嫻挑眉，抬頭，「你們班一共多少人？」

男生低聲說：「六七。」

「……」商嫻這次是真的氣極反笑，「倒數第一名做班長，你們導師很有想法啊？」

她的目光落到最後一頁的最後一行，再往左邊一掃。

『薄屹』

名字倒是挺……商嫻突然一滯，這個名字，好像有點耳熟？

正當商嫻心裡萬馬奔騰、臉上面無表情的時候，教室前門突然打開，氣喘吁吁的男生跑進來：「……報告。」

聲音一如昨日的清冽，乾淨，動聽。

商嫻恍惚了一下，抬眼。她一向自詡反應能力一流，但此時此刻，即便她看到成績單上的「薄屹」就已有預感，乍見教室門前的少年，她還是愣了幾秒。

那少年先反應過來，眼睛驀地一亮，像是條件反射似的往講臺邁出一步：「妳怎麼……」

「在這裡」三個字還沒出口，商嫻驀地回神，立刻打斷：「咳，你就是班長吧？」

薄屹被商嫻嚴肅的語氣弄得一愣，但他還是乖乖地點了點頭：「嗯，我是。」

教室外的長廊上灑了一地晨曦，如同細碎的金粉，還有星星點點落在少年肩上。溼漉漉的黑髮似乎剛洗過，少年站在講臺下，以不低於她的海拔，用那張滿溢著青春活力的俊俏面孔，一瞬不瞬地望著她。眼裡的喜悅絲毫沒有遮掩，乾淨純粹，像帶著光，虔誠而漂亮。

商嫻被看得心虛，竭力強迫自己從少年身上移開目光：「我是英語代課老師，商嫻。」

少年一愣，被這個消息稍稍抽離重逢的喜悅：「妳是……老師？」

商嫻似乎沒聽到他的疑問。不同於昨晚在酒吧裡，那個笑容輕柔漂亮的女人，站在講臺上顯得疏離淡漠，即便同樣在笑，也與昨晚完全不同，好像刻意跟他拉開距離。

薄屹有些恍惚。他一路跑來，嘴脣乾澀，再加上乍見昨晚夢裡的人，緊張複雜的情緒蜂擁而上，讓他喉嚨緊縮。

他抿了抿唇，有些倔強地往前走了兩步，抬眼看向商嫻：「妳會代課到什麼時候？」距離拉近，少年身上帶著沐浴乳或是洗髮精的淡淡清香，瞬間將努力闔上每一個毛孔的商嫻拉進他的氣息裡。每一次呼吸都讓商嫻肩背微僵，她情不自禁地向後退了半步。

描畫精緻的眉微微一皺，靠著多年在商家打滾的經驗，這點場合她自覺還鎮得住。她聲音微冷：「這是課堂，我是老師，你是班長，還遲到，這種情況下你該怎麼稱呼我？」

仔細一看，商嫻才注意到，站在面前的少年眼瞼下也有藏不住的淡淡烏青。按照對方的年齡來推算，這小孩昨晚睡得比自己還差啊。

莫名有點心虛的商嫻抬起眼，撞上少年微微暗淡的目光：「……老師。」

他低下頭，不情不願地喊了她一聲，聲音有點悶悶的，但仍帶著少年獨有的乾淨質地，十分動聽。

「嗯，」商嫻移開眼，「回座位吧。」

不久前才被商嫻下馬威的學生們都愣住了，顯然沒想到商嫻這麼輕易放過帶頭違反第一條規矩的薄屹。不過礙於商嫻手上折疊棍的威力，沒人再敢大聲說話，唯有角落裡隱約傳來：「長得好看就是吃香啊。」

「……」

嫻哥行得正坐得端，但嫻哥自己也不知道為什麼更加心虛了……

第一節課總算被商嫻「熬」過去了，本來為這幫小鬼上課，順便折磨一下他們，是商嫻的空檔年裡最後一個月的娛樂，然而多虧某個坐在第一排、幾乎一瞬不瞬地盯了她一整節課的少年，這場娛樂之旅瞬間峰迴路轉，大有化作修羅場的態勢。

一節課下來彷彿老了好幾歲的商嫻無聲嘆氣，喊了句「下課」。她剛踩下講臺，還未抬眼，突然面前投下一道陰影，商嫻下意識地抬頭望去，目光來不及聚焦，手腕一緊，一道拉力傳來，商嫻被面前的少年拉向門外，微繃的乾淨聲線在空氣裡震盪：「我有話對妳說。」

商嫻一懵，教室裡還來不及喧譁的學生們也愣住，各種好奇八卦的目光紛至沓來。

等商嫻反應過來，她已經被少年扯到走廊上。身後教室裡投來的目光如芒刺在背，商嫻眼神微冷，驀地停下腳步，向後抽手。

「放開。」女人聲音微冷，帶著和昨天晚上的柔美全然不同的涼意。

「……」薄屹沒再堅持，放鬆僵硬的修長指節，轉回身。

兩人面對面站在長廊上，身高差距更是明顯。看著面前比自己高了十幾公分的少年，商嫻在心裡腹誹這個世代不知道是吃什麼飼料長大的，臉上卻不動聲色。

「有什麼話在這裡說，而且我告訴過你，叫我老師。」

「……妳是說在課堂上，現在不是。」

少年似乎被她的冷淡刺痛，那雙漆黑的眼眸帶著黯然又倔強的情緒看著她，一點餘地都不留給自己，果然還是個孩子，單純幼稚……卻又乾淨地把所有情緒都寫在眼底，不摻一點雜質。

商嫻幾乎無法與他對視，她嘆氣，垂下眼，聲音盡量降低到只有兩人聽見：「薄屹，有什麼話你就現在說吧。以後在學校裡遇到，無論課上還是課下，我希望你和我都只是普通的師生關係。」

少年垂在身側白淨修長的手掌驀地緊握成拳，實在是太美好的年紀，連青筋微繃的弧線都那樣漂亮而獨具青春活力的美感。

薄屹身體僵了很久，一語不發，在商嫻幾乎要轉身離開的時候，少年克制隱忍得微微發啞的聲音傳來：「……就這樣嗎？」

商嫻微微皺眉，「當然就這樣。」她仰起臉，為了縮小海拔差距對她氣勢的影響，商嫻不著痕跡地往後退了一步，然後才看向薄屹，「你是學生，我是老師，你還想怎樣？」

少年繃了很久，始終低垂著頭，已經乾了的碎髮從冷白的額前垂下，細細碎碎地遮住那雙漆黑的眼。

商嫻注意到露在白色運動服外，男生漂亮的鎖骨和修長的脖頸線條，不知何時有點微微漲紅，大概是氣紅的。

商嫻心裡嘆氣，「如果你沒有其他事情要說就回去吧。」她轉身要走，手腕卻再一次被箝住，商嫻皺眉，眼裡溫度澈底冷了，「薄屹，你——」

「那張名片算什麼？」

商嫺愕然，不由得沉默下來，甚至懷疑人生。

他果然看到了，而且還誤會了，這年頭的孩子們思想怎麼都那麼……一點就透？這可真是個難以啟齒的誤會啊。

商嫺頭痛：「那個不是給你的。」

她沒想到，少年聞言似乎更惱了：「那妳想給誰？」握在她手腕上的力道驀地加重幾分。

「……」越抹越黑，商嫺皺眉，「你先把手放開。」

「妳先告訴我答案。」

「你沒有跟我討價還價的權利，薄屹，你只是我代課的一個學生而已。」

商嫺有點惱羞成怒，四周投來的目光她可以不在意，但這個少年過於執著，以致情況超脫她的掌控，是從小到大她最無法忍受的事。

薄屹聽出她的情緒，頹然地鬆手，像隻鬥敗的公雞，連披在身上的晨光都暗淡了一些。

商嫺不忍心再說重話，她清楚這個年紀的男生，感情來得快也去得快，得不到反而最讓他們挫敗與不甘。

如果不是今早意外重逢，她相信用不了多久，少年生命裡最美好的這段時光中，那些瑣碎得未必會在記憶長河裡存留太久、卻彌足珍貴又美麗的小事，會一點點沖淡她的痕跡，直至消失不見。

而此時此刻的他們，只是時間長河的小小分支跟他們開的玩笑，只是一個意外而已。

商嫺揉了揉自己的手腕，轉身走出去幾步，又頓住，片刻後，她回頭，迎上站在原地的少年的目光，其中帶著最後一點不甘的執著。

商嫻心裡驀地被什麼東西刺了一下，神思恍惚，但很快便強迫自己鎮定下來：「那張名片如果還在的話，可以還給我嗎？」

「……」最後一點執念散了，聲音帶著僵冷的沙啞，「昨晚就扔了。」

說完，少年頭也不回地走進教室。

商嫻在原地站了幾秒，她本想直接下樓離開，反正之後沒課了，但少年最後那個眼神始終在她面前揮之不去，於是商嫻妥協，轉身朝班導的辦公室走去。

班導見到商嫻顯然十分驚訝，似乎以為她是來告狀的，一開口就安撫：「小商老師，妳別急，跟這些學生沒什麼好生氣的，不如……」

「老師，您別誤會，我沒生氣。」商嫻淡定地笑笑。

「啊？妳不是來告狀的啊？」班導驚訝地扶了扶老花眼鏡。

「不是。」

「呃，那課上得還順利嗎？」

「順利。」商嫻說，「學生們很聽話。」

「……？」班導不敢置信，要不是全校學生都一個德性，他會懷疑小商老師走錯教室。不過既然能在高職當班導，自然是多一事不如少一事，他立刻轉移話題：「那小商老師過來是為了……？」

商嫻直言：「班長的個人資料是否能讓我看一下？我想記下他的聯絡方式，以後有什麼事情，我方便直接請他通知班上同學。」

「哦哦，當然可以，沒問題。」

班導扶著老花眼鏡又去那一堆紙裡翻，這次倒是俐落，很快便拎出一個資料夾，把最上面的一張遞給商嫺：「喏，他就是班長，叫薄屹。」

「……嗯。」照片裡笑容陽光的少年又將商嫺帶回昨晚的記憶裡，她有點走神，但很快定睛往下看。

班導突然想起什麼：「小商老師，這週恰好輪到英語老師看晚自習，妳晚上能過來吧？」

「……」商嫺沒回答，她此時眼睛盯著資料表上薄屹的出生年月。

很簡單的一道數學題，商嫺不用一秒就能算出結果——薄屹今年只有十七，未成年。

商嫺面無表情，瞇起眼，輕慢地磨了磨牙，終於把目光從薄屹的資料表上挪開。她面帶微笑地看向班導：「抱歉，我沒聽清楚，您剛剛說什麼？」

「……」班導極其緩慢地顫抖一下，不知道為什麼，他突然覺得四周的溫度從盛暑降到寒冬。

班導不敢多問，只重複了剛才的問題，商嫺聽了微微皺眉：「晚自習？具體是要做什麼事情？」

班導見事情有得談，先鬆了口氣，換上和藹的笑容：「也沒什麼，就是看著肯來自習的學生們，控制一下秩序，不要太吵鬧就好。」

商嫺又問：「一整週？」

「對，」班導小心地觀察商嫻的表情，「這整週原本是范萌老師負責的。」

商嫻想了想：「晚自習多長時間？」

「兩節課。」

「好，我知道了。」商嫻把貼著少年陽光燦爛笑容的資料表放回班導桌上，「我今晚會準時到教室。」

班導終於放下心，眼角的褶皺差點多了好幾層：「麻煩小商老師了。」

「不，應該的。」商嫻轉身準備離開，才剛踏出一步，又想到什麼，停下腳步，轉回身，「老師，有個問題想請教您。」

「嗯，小商老師不用客氣，請說。」

「我看這個班長的學號是六十七號，成績是上學期班上最後一名，這樣的成績，怎麼會做班長呢？」

「……」提起這個，班導有點哭笑不得，「小商老師妳別誤會，薄屹是個好孩子，在班上他很有威望，性格沉穩活潑，從來不打架不鬧事，跟學校大多數學生完全不同。」

商嫻心裡稍寬，臉上也露出笑意：「那他的成績……？」

「嘿，這就沒辦法了。」班導搖頭苦笑，「他的數學考多少分，小商老師猜猜看。」

「零分。」商嫻毫不猶豫，這個問題她不用猜，她向來對數字敏感，之前在課堂上看成績單，隨便掃一眼，薄屹的分數已經全部記在腦海。

班導聞言笑起來：「是啊，零分！」

「他交了白卷？」

「那倒不是，所有選擇題他都答了。」班導說。

「……一題都沒答對？」商嫻錯愕。

班導點頭輕笑，眼睛無奈地瞇起來：「是啊，一題都沒答對。」

商嫻沉默，一題都沒答對只有兩種可能：要麼運氣差到連猜十幾道題，每題都猜錯；要麼……商嫻輕瞇起眼，他知道所有正確答案，故意選了錯的。

「我後來了解了一下，」班導顯然是真的挺看好自家班長，怕商嫻對他有意見，特別又解釋，「好像是和家裡長輩鬧得不愉快，才這樣做的。」他笑著嘆氣，「到底還是孩子，行事難免幼稚了點。」

商嫻沒說話，她想起昨晚在Aurora酒吧，少年說不想讀書，但是一談起自己是否有堅定的目標和想做的事情，眼裡便亮起熠熠的光。

安靜許久，商嫻點頭：「我知道了。老師，您忙，我先回去了。」

「小商老師路上小心。」

「好。」

因為昨晚沒睡好，商嫻在飯店裡補了一覺。睡到下午，她才起床吃了點下午茶，到飯店樓下的健身房跑了一個多小時的跑步機，然後回樓上做SPA，沖澡，換衣服，最後坐車去C城高職。

一直到進入校門，商嫺才突然發現，自己竟然無意間又把昨晚那套黑色薄款運動服拿出來穿了。

「……睡眠不足使人智障。」商嫺自怨自艾地嘆氣，她看了一眼腕錶，時間顯然不允許她回去換衣服，只好硬著頭皮進入教學大樓。

晚餐時間快要結束，在學校餐廳吃完飯的學生們陸續回到教室，像猴子似的在整棟教學大樓裡玩鬧。

渾身用不完的精力啊……

商嫺慢吞吞地打了個呵欠，瞥一眼這些比自己小了四五六歲的少年少女，心裡一邊感嘆歲月殺人，一邊來到薄屹所在的班級樓層。

一樣的吵鬧。

商嫺這一身運動服混在學生裡實在不起眼，再加上她洗完澡後懶得化妝，素顏加馬尾便出門了，此時安靜無聲地溜進教室，好一陣子，沒有一個學生注意到她。

商嫺也不在意，她今晚的任務比上課輕鬆，只要學生沒有吵翻天，她就不會多管閒事。

話雖如此，商嫺的目光還是不自覺地落向第一排的某張桌子。看了幾秒，她輕瞇起眼。

班導說得沒錯，薄屹這個班長在班上絕對很有威望，人緣也非常好。

拿著五顏六色的課本，跑到他桌邊前後左右團團包圍問問題的女生，至少有十個起跳。

其中有幾個是真心、幾個是假意很難說，但少年坐在座位上揉著眼，面色有些疲倦，卻仍不掩笑容裡的陽光。猶如畫卷一般的模樣，自然吸引住所有女生的目光。

商嫻捏了捏眉心，腹誹范萌太不會找人，最適合代課的人選，明明非薄屹莫屬。雖不敢說成績如何，但至少全班女生一個都不會缺席。

商嫻心有戚戚。花一樣的年紀，花一樣的樣貌，又是最乾淨澄澈、不摻雜質的純粹笑容。這個年紀的女孩，有幾個能抵擋少年的誘惑……別說少女，她自己都差點栽了。

商嫻自嘲地笑了笑，而教室前排，終於有學生不經意發現商嫻的存在。

「商——商嫻老師？妳怎麼在這裡？」

班上前排安靜下來，被女生圍在中央，笑容陽光的少年動作驀地一滯。他一秒都沒有停頓，抬眼望向前方，穿著昨晚那件黑色薄款運動服、綁著馬尾而混淆年齡的漂亮女人正彎著眼角，笑意柔美。

「我來看今天的晚自習，別擔心，不上課。」

這一笑漂亮而溫柔，帶著與白天的凌厲冷豔全然不同的美，瞬間讓班上男生看傻了眼。

「……」薄屹垂眼，握緊了手裡的細鉛筆，白皙的指背上青筋微凸，看起來快要把筆桿折斷。

不等商嫻再說什麼，第一節晚自習的上課鈴聲響起，圍在薄屹課桌旁，來不及問問題的女生們露出遺憾的表情，紛紛散開。

薄屹鄰座那個戴著黑框眼鏡的男生，也終於得以回到自己的座位。他看了一眼講臺上的商嫻，露出欲言又止的神情，但最終他只往後面轉了轉頭，又安靜地趴下去。

商嫻沒有注意到。事實上，上課鈴聲一響起，她就拿出包包裡的手機，轉成靜音，然後戴上耳機滑經濟和時事新聞，尤其《新聞X播》是每日必看。然而熟悉的前奏才播放一半，商嫻就聽見耳機外隱約有個聲音喊著「老師」。

她抬頭一看，一頭綠毛，耳廓上還打了一排耳鑽，彷彿把自己當成珠寶展示櫃的男生站在面前，笑嘻嘻地看著她，手裡拿著本皺巴巴的英語課本。

「商老師，我想問妳幾個文法問題。」

「……」人不可貌相啊，看起來腦袋跟那頭綠毛一樣塞了一堆草的男生，居然還知道問「文法問題」。

男生沒有刻意壓低聲音，在還算安靜的教室裡清晰可聞。

商嫻點頭：「可以問，但你聲音小一點，不要影響其他同學自習。」

「那老師，我們乾脆去走廊上說吧？」

「……」商嫻目光一閃，片刻後，她淡淡一笑，點頭，「好啊。」

男生做了個「請」的動作，商嫻生平第一次見到這麼醜的紳士禮，但她無意計較，率先起身，走了出去。

那男生嘴角一勾，彷彿得逞似的笑了。走出教室前，他轉頭朝全班無聲地做了一個飛吻。

「……噁心。」薄屹身旁、戴著黑框眼鏡的男生小聲說了一句。

薄屹聞言，冷眼看過去。鄰座的男孩四下望了望，確定沒人注意，便湊過去小聲開口：

「我下課時聽見他們幾個在後面說話，周軒榮根本不是去問問題，他是覺得商老師好看，想趁機占老師便宜。」

薄屹側顏一僵，他停下手裡的筆，轉頭：「什麼……」

話未說完，教室後面幾個男生嘿嘿笑了起來。

「來，下注下注。我們賭賭看，周軒榮能不能成功抱得美人歸吧！」

「你們瘋了吧，商嫻可是老師哎？」

「老師又怎樣，我去班導那裡問了，她也才大學剛畢業。」

最先開口的那個學生說完，繼續笑道：「讓我想想賭什麼？就賭……賭周軒榮幾天能跟美女老師上本壘，怎麼樣？」

「哈哈哈哈——這個可以！」

後座幾個男生紛紛笑了起來，在那刺耳的笑聲裡，夾雜了「咔嚓」一聲輕響，但沒人注意到，除了薄屹鄰座的同學。

戴著黑框眼鏡的男生目瞪口呆地看著那根斷成兩截的筆，再抬頭看向突然起身的薄屹，他有不好的預感……

「哎？班長也來賭啊？那你先——」

「砰」一聲悶響，開口的男生被一貫溫和陽光的少年一拳掄到地上。

黑框眼鏡君一口氣衝出教室，跑到長廊盡頭，氣喘吁吁地轉過去：「商、商老……」話音戛然而止，他目瞪口呆地看著前方的「暴力場面」，連氣都忘記喘。

穿著黑色運動服的女人正面帶微笑地拎著她那根折疊棍，一下接一下地往前抽。角度刁鑽，去勢極快，抽得她面前的男生一下抱頭一下護肚子一下躲小腿，嘴裡哀叫求饒。

「你爸媽沒教過你，什麼叫尊師重道嗎？在學校裡都敢對老師動手動腳，那出了社會是不是敢跟上司耍流氓？你這樣的孩子，遲早得接受社會的毒打。」商嫻聲音溫柔，「老師愛護你，先替你爸媽好好管教一下你的手，」伴隨一陣破風聲和相應而起的哀叫，商嫻又抽第二下，「還有腳。」

男生哭得一把鼻涕一把眼淚：「嗷嗷嗷嗷——老師我錯了我錯了嗚嗚我再也不敢——嗷……我再也不敢了嗚嗚嗚嗚……」

「這麼簡單就認錯了？不會吧？」商嫻抬起腕錶，瞥了一眼，她淡淡笑，低下視線，「再堅持幾分鐘，我多教育你一下，還有哪個文法不懂，你告訴我，我保證教得你畢生難忘。」

「嗚嗚嗚嗚……」走廊裡迴盪著男生一把鼻涕一把眼淚哭著求饒的聲音。

黑框眼鏡君看得肝膽俱寒，他顫抖著看了一眼商嫻手裡快要揮出殘影的折疊棍，小心翼翼地往前挪了挪。

「老……老師……」

商嫻目光懶洋洋地射過去，紅唇一勾，似笑非笑：「怎麼，你也要請教文法問題？」

黑框眼鏡君立刻把腦袋搖成波浪鼓，「不不不不——」他連連否認，努力從恐懼中爬起來，報告正事，「麻煩您，麻煩老師您回教室看看……薄屹……薄屹和邵松打起來了！」

「——！」揮到半途的折疊棍倏然一停，瞬間收勢，商嫻皺眉，「薄屹？打架？」

「小商老師妳別誤會，薄屹是個好孩子，在班上他很有威望，性格沉穩活潑，從來不打架不鬧事，跟學校大多數學生完全不同。」

想起白天班導跟自己說過的話，商嫻面無表情地握緊手裡的折疊棍。

沉穩活潑、不打架？

「知道了，走吧。」商嫻往回一甩手，「啪嗒」一聲收起折疊棍。她踏出兩步，又往後一瞥，「你去哪裡？」

一臉鼻涕眼淚、正想偷偷轉身溜走的男生嚇得當場僵住，抖了幾秒，他轉頭，看向商嫻的目光有點顫抖：「我、我想上廁所……」

「憋著。」商嫻皺眉，「先回教室。」

男生看了一眼商嫻手裡收成一小截的折疊棍，不敢出聲，小白兔一樣縮手縮腳地跟在商嫻和黑框眼鏡君身後，一起回教室。

一打開教室的門，裡面鬧哄哄的亂成一團。三分之一的學生衝上去拉人，三分之一的學生跳到桌子椅子上看熱鬧，另外三分之一淡定自如，一臉普渡眾生的悲憫表情，漠然坐在座位上。

商嫻皺了皺眉，勸架的三分之一學生比中間打架的兩個看起來更激動，身影此起彼伏像海浪一樣，把打架的兩人擋得乾乾淨淨，一點情況都看不到。

商嫻面無表情，走上講臺，伸手一甩折疊棍，「砰砰」連敲兩聲，力道大得天花板似乎都跟著抖了兩下，站在教室門口的周軒榮更是抖得不成人樣。

全班慢慢安靜下來，圍著衝突中心的人群散開，露出兩道身影。一個鼻青臉腫；一個秀氣如初，只是嘴角破了點皮，殷紅的血為薄唇點上血梅一樣的斑駁殘痕。

嘴破了的少年仰起頭，漆黑的眼神裡留著點因打架而激起的狼性。

商嫻心神微微恍惚，很快她便正色，冷聲：「先把那個送醫務室。」

周軒榮顫抖著在門口舉起手：「老……老師，我覺得我也需要……去一趟。」

商嫻微微一笑，眼神冰涼：「我下的手，我心裡有數，你不用。」

「……」

周軒榮快哭出聲了。

商嫻面上那點薄淡的笑意很快消失不見，她垂眼，看向教室後方低頭站著的少年。黑色的碎髮從額前垂下，冷白的側顏被教室內長燈拓下的光影勾勒出極致而凌厲的少年感。

商嫻心裡嘆氣：「……薄屹，你跟我出來。」

她走下講臺，幾個學生已經俐落地扶著地上那個鼻青臉腫的人出去了，剩下的人時不時驚慌地看向沉默的薄屹，還有幾個女生眼裡帶著點崇拜的情緒。

商嫻走到教室門外，回頭，見少年仍站在那裡一動不動，她冷下眉眼：「出來！」

這一聲輕而厲，震住了全班。無論是白天的冷豔還是晚自習的柔美，無庸置疑，他們都還沒看到商嫻真正發火的樣貌。而此時，顯然所有人都看到了。

商嫻說完，轉身離開，全班噤若寒蟬，又過幾秒，低沉著眉眼的少年終於抬起手，用手背抹掉嘴角的血，一言不發地走了出去。

經過教室門口，絲毫不知道薄屹為何打架的周軒榮還顫抖著往後看了一眼，同情地望向薄屹：「班長……保、保重啊。」

薄屹冷眼看他，周軒榮被盯得後背發毛，直到薄屹離開，他仍一臉茫然。

旁邊的黑框眼鏡君低聲說了句：「你這兩天最好離班長遠點。」

周軒榮呆愣半晌，恍然道：「是不是他最近心情不太好？我今天還是第一次見他跟人打架，平常一副陽光燦爛的樣子，凶起來也是嚇死人啊。」

黑框眼鏡君憋了憋：「邵松被送到醫務室，是他嘴賤替你挨打，不然被揍的就是你了。」

「……？」周軒榮嚇傻。

今晚窗外夜色格外清冷，走廊上的燈光被夜色薰染得暗淡了幾分。站在走廊盡頭，相對而立的兩人被燈光在灰白的牆壁上拓下長長的影子。

沉默在空氣裡發酵，直到商嫻開口：「為什麼打架？」

「……」

「說話。」

「……」商嫻氣極。昨天她一定是被那「極光」弄得眼花，才會覺得這個小鬼乖巧又陽光。如今扒開向日葵般的外殼一看，裡面分明是個彆扭又倔強的小屁孩。

……儘管這個小屁孩至少有一八二。

商嫻默不作聲地往後退了半步，盡可能減少兩人之間的視線高低差，才稍稍覺得有了些氣勢。

「你是不是要我把這件事報告你們班導？」

少年聞言終於有了反應，他側抬頭，漆黑的眼眸輕淡地在她臉上一掃：「……隨便。」

「……」商嫻氣得差點當場升天，多虧商盛輝夫婦教得好，越是生氣商嫻越是面帶微笑，儘管有點咬牙切齒，「剛剛跟我出來的那個，被我收拾得求饒了三分鐘，你是覺得我不會對你動手？」

薄屹身體僵了一下，眸子微抬，和商嫻對視。這一瞬間，商嫻竟然在他眼裡看到鬆了口氣的情緒，只是很快被倔強的彆扭取代。

他很輕地笑了聲，撇開臉：「隨便。」

「……」

薄屹似乎覺得這句話不夠有力，幾秒後，他眼神閃了閃，又突然轉回來，拉起商嫻握著折疊棍的手，把那輕鬆能敲碎一個厚底玻璃杯的棍子抵到自己胸口。

他上前半步，低著頭，仗著身高優勢，居高臨下地看著商嫻，露出一個很淡的笑，似有若無的嘲弄：「妳用盡全力打，我吭一聲就跟妳下跪。」

「……！」商嫻瞳孔猛縮，她還真沒見過少年這副氣勢全開的模樣，一瞬間真有些被他震懾。

女人漂亮微捲的眼睫眨了眨，幾秒後，她驀地回神，皺起細細的眉，扯回手腕，再次退後半步，回了薄屹一個毫不遜色的嘲弄笑容：「那我可不敢，對未成年人犯罪，罪加一等。」

「……」前一秒還氣勢十足的少年驀地一頓，片刻後他鬆開手，不自在地轉開視線，「我不是故意隱瞞年齡。」

商嫻表情不太好看，她原本有一點奢望班導提供的資料是錯的，而現在看來，他真的未成年。

……她今年是犯太歲嗎？

商嫻腹誹。

很快她想起什麼，眉頭一皺：「所以，你在酒吧打工的事情，你家長知道嗎？」

沉默幾秒，少年乖了不少：「知道。」

「……」商嫻表情有些不善，在她看來，即便家裡條件再差，放任還沒成年的少年在酒吧那種場所打工，家長實在太不負責任。要不是被她撞見，那天那些女客逼他陪酒，他豈不是讓人吃得一點不剩……

想到這裡，商嫻火氣竄上來，眉眼變得涼薄，「以後不要再去了。需要工作我可以介紹給你。」她瞥他一眼，「那種地方，魚龍混雜，再遇上上次那種情況，你要怎麼辦？」

「……」提起昨晚的事情，少年想起自己一夜不眠，還有這女人白天那副薄情寡義的模樣，他那顆稍熱的心又冷了下去，「跟妳沒關係。」
商嫻氣極反笑：「你現在是好壞都不分了？」
「誰是好誰是壞？」薄屹驀地抬眸，眸子裡帶著點受傷的情緒，更多的是拚命想掩藏的心思，「至少她明白說出來她想要什麼，而妳……妳不是跟她們一樣的想法嗎？」
商嫻一噎，幾秒後，她咬牙切齒：「誰跟她一樣的想法！」
少年看著她：「不是嗎？不然那名片算什麼？那些錢又算什麼？」
商嫻氣笑了：「你真覺得那些錢是我要買你一晚？」
「……」少年瞳孔微縮，他張了張口，眼神掠過恥辱又低沉的情緒。
如果是別的女人，他早就……
壓下心底再次冒出來的戾氣，薄屹撇開視線。
商嫻卻讀懂了他沒說出口的答案，真是氣到不行：「就算那樣，也是你騙我在先。如果知道你還沒成年，我從一開始就不會和你——」
少年像是被戳中痛處，他驀地轉回視線：「未成年怎麼樣！」聲音有點啞。
商嫻冷笑，被他氣得有點口不擇言，「未成年怎麼樣？你說怎麼樣？」她冷冷望著他，「為什麼不讓未成年人進酒吧？那是成人的世界，那些東西就該離你們遠一點，成人的交友複雜，不是你們這個年齡應該接觸和能夠掌握的。真被人挖坑埋了，你爬都爬不出來！」
少年沉默之後，聲音更加沙啞：「那不過是人為定下的界線，我和妳沒有區別，成年人能做的事情，我一樣能做！」

「……」商嫻一愣，她抬頭看向少年，對視幾秒，神色微冷，竟然真的被她料中，在酒吧裡打工也就算了，居然還想……

商嫻氣得腦袋一片空白，她做了個深呼吸，面無表情地睨著少年，冷淡一笑，「怎麼，小小年紀想賣身？」她嘲弄一哂，「會接吻嗎，已經想拉著人上床了？」

話剛說完，面前那雙眼眸一沉。商嫻懊惱已來不及，這種年紀的小屁孩最禁不起激將，她怎麼犯這種低階錯誤。

少年漆黑的眼眸深沉，灼熱的呼吸驀地壓了下來：「妳試試看我會不會。」

商嫻徹底懵了，她感覺自己的大腦和身體分了家，身體麻木石化，幾乎風一吹就會飄散，而大腦跳脫物質之外，彷彿以俯瞰萬物的視角看著一切，甚至很淡定地分析著：除了剛開始呼吸有點急促，還帶著一點淡淡的血腥味，少年的吻技其實不錯，纏綣溫柔，像是輕軟的風，還帶著花香的氣息。

反而她自己完全陷入石化狀態，更像是個什麼都不懂的未成年。

這樣僵持了幾秒，商嫻的理智駁回了情感上對於「這個吻很好還想再久一點」的要求，抬手推開面前俯身壓下來的少年。

少年沒反抗，隨著她的動作退開一步，仍然沉著那雙漆黑的眼，一眨不眨地望著她。

商嫻視線向下移，果然，少年之前打架磨破的嘴角，再一次被她弄出點殷紅刺眼的血跡。商嫻不禁有點心虛。

少年垂眼看著她，漂亮的眼睛裡像是蒙上一點點柔軟，藏在眸子深處的陽光從陰翳裡漏了一點出來。

「妳也有感覺，對吧？」

「……」對個頭。

「我說了，我可以。」

「……」你可以個頭。

暴躁嫻哥氣得要抓狂，商嫻把心裡那個接近暴走的自己按下去，順道慶幸老爸商盛輝將他們這幾個孩子鍛鍊得「泰山崩於前而色不改」，這讓她至少能維持表面的淡定從容，與平常一般無二地抬頭。

「沒感覺。」她的聲線非常穩。

少年眨了眨眼，一絲狼性閃過眼底，讓商嫻提高警戒，差點甩開折疊棍。然而很快的，少年的情緒消退，彷彿只是商嫻的錯覺。

少年慢慢垂下眼：「真的嗎？」

「嗯，」商嫻眼不眨，從容淡定，「真——」

她「的」字尚未出口，又聽少年輕聲淡淡道：「有點難過，這是我的第一次。」

儘管商嫻心裡那個代表理智的小人咆哮著「他一點都不難過，他是故意要博取妳的同情」，但商嫻還是沒辦法對著少年那張俊俏的臉再重複一遍「沒感覺」。

商嫻心裡嘆息……妳再這樣心軟下去，早晚栽在他手上。

而她的沉默，再次給了薄屹答案。

那雙漆黑的眼眸重新燃起星星點點的光，趁商嫺思考人生之際，他突然湊過來，再一次在她的嘴角輕輕地親了一下，然後在她反應過來前退開：「我以後會很熟練的！」

「……？」商嫺不敢置信少年的舉動。

再一次露出小虎牙的大男孩轉身往樓梯下跑：「晚自習結束了，明天見，『老師』。」

商嫺面無表情，這時候才想起喊老師？

等那道身影跟拿到糖的孩子一樣跑下樓，消失在樓梯口，商嫺忍不住輕笑起來。她下意識地伸手摸了摸嘴角，以後會更熟練？還真是長江後浪推前浪啊。

晚上回到飯店，商嫺做完護膚，拿著手機窩進沙發裡，跟她的軍師、不知名的十八線小女星蘇荷打電話。

蘇荷在電話另一頭邊敷面膜，邊開擴音和商嫺聊天：『怎麼樣，第一天代課，是不是覺得自己被年輕人薰陶得小了好幾歲？』

商嫺回憶了一下今天的雞飛狗跳，冷笑：「老了好幾歲還差不多。」

『嗯？』

「妳猜我今天在班上看見誰了？」

『……』蘇荷沉默兩秒，小心翼翼地問，『妳哥？』

「……」商嫻無力，「妳除了我哥以外還認得別的人形生物嗎？」

蘇荷笑得歡快：『說吧，別賣關子了。』

商嫻沉默兩秒，從牙縫裡擠出幾個字音。

『……？』蘇荷以為自己聽錯，安靜幾秒後，她找回聲音，『嫻哥，妳再說一遍？』

「……」商嫻有點自暴自棄，懨懨地仰躺在沙發上，哼了聲，「妳沒聽錯，我看見昨晚那個小帥哥了。」

『……』蘇荷小心翼翼問，『妳確定不是妳執念太深，出現幻覺嗎？』

「……」商嫻氣結，「我還是有道德良知的好嗎！我會對一個比我小那麼多歲的小帥哥有執念？」

『會。』

「……我們絕交吧。」

蘇荷在另一頭笑起來，很快又恢復嚴肅：『我還在敷面膜呢，妳別逗我笑了。』

商嫻輕哼了聲：「那妳最好別敷了，我還有另一個更大的消息要告訴妳。」

蘇荷屏息等待。

商嫻眼神飄了飄，幾秒後，她用最平板的語氣快速說完：「今晚我不小心被他親了。」

『……？』蘇荷清了清喉嚨，『不好意思面膜掉了，妳等我三十秒。』

電話裡傳來水聲嘩嘩，趁著這個空檔，商嫻有點不自在地撇開視線，心裡暗暗唾棄自己沒出息。不過就是個吻，沒什麼大不了的……

很快，電話另一頭重新響起聲音。蘇荷似乎已經解決完面膜的殘骸，拿起電話先嘆了一聲：『嫻哥，妳幹麼想不開，跟個小孩子談戀愛？』

「誰談戀愛了。」商嫻本能地反駁。

蘇荷不上當：『要不是妳默許，我不信以妳的身手，會被一個小孩子偷親。』

「……」商嫻不自在地辯解，「說了是不小心，人有失手馬有失蹄。」

蘇荷安靜片刻，突然笑了，問：『感覺如何？』

商嫻眼神飄了飄。

蘇荷彷彿有第三隻眼：『別心虛啊，快說。』

商嫻輕咳了咳：「還……不錯。」

蘇荷像是聽到笑話，在電話另一頭笑成一團：『妳也有今天啊，商嫻。』

「……」

『想想高中的時候，被妳拒絕的那一票男生。嘖，俗話怎麼說？天道輪迴，報應不爽？』

商嫻氣結：「好了，可以掛電話了。」

蘇荷笑得更開心，不過很快她反應過來，『不對啊，嫻哥。』蘇荷坐直，『妳昨晚不是跟我說，小帥哥今年十九？是我離開學校太久，脫節了嗎？現在的高中生已經成年了？』

商嫻突然沉默。

蘇荷不解。

商嫻依然不語。

在這詭異的沉默裡，蘇荷感覺到一絲微妙，她輕瞇起眼：『說實話，他到底多大？』

「……」

『……』

商嫻心虛氣短聲弱：「十、十七歲多一點吧。」

『……？』蘇荷愣住。

商嫻陷入自我厭惡。

空氣沉寂無數秒，蘇荷幽幽一嘆：『嫻哥，睡未成年人一晚，換免費睡單人牢房好幾年，這筆生意不划算。』

「……」商嫻無力，「妳別咒我。」

『從妳進入全球頂尖的商學院起，我就一直期待能在財經新聞看見妳，但按照這個情況發展下去，妳是想上焦點論壇或者社會新聞版面？』

「……」商嫻無言以對。

『其實真的上了也沒關係，最重要的問題是，以商伯父的性格，他能接受妳找一個年紀這麼小的男朋友？』

「當然不能。」商嫻頭痛地捏了捏眉心，「不過現在八字沒一撇，要擔心還太早。」

『真的八字沒一撇，妳會打電話給我？』

「……」商嫻尷尬。

所以說，有個推心置腹的死黨好處很多，而最大的壞處就是，兩人廝混久了，什麼小心思都藏不住，套用蘇荷過去的話：死黨面前，形同裸奔。

『所以妳打算怎麼辦？』

商嫺想了想：「走一步算一步？」

『這可不像你們商家的人。』蘇荷笑，『你們不是最相信謀定而後動嗎？』

「別拿商驍、商彥那兩個大變態和小變態的行為準則來衡量我，好嗎？」商嫺翻了個白眼，頭大地埋進沙發，伸腿狂踢毯子。

「……不管了！」她坐起身，語氣有點視死如歸，「反正只代課一個月，結束之後我肯定會回A城，到時候就分道揚鑣！」

「……」

蘇荷輕「嘖」了聲，嘲諷：『渣女。』

不過作為死黨，我還是祝福妳，渣到最後吧。』

「……妳又咒我。」

蘇荷輕笑起來：『這叫愛的教育，感受到母愛了嗎，商嫺寶貝？』

「……」商嫺起了一身雞皮疙瘩，扔出殺手鐧，「我要錄音傳給妳婆婆，讓她看看兒媳婦怎麼讓她女兒感受到母愛？」

蘇荷一秒慫了，語氣瞬間嚴肅穩重又正經：『小姑，時間不早，該睡美容覺了，晚安。』說完，蘇荷就俐落地把電話掛斷了。

商嫺嘆口氣，最後只能心煩意亂地爬進被窩。

這晚，她睡得很早，但第二天起床，她還是頂著兩個彷彿寫滿「睡眠品質不良」的大黑眼圈。

站在鏡子前面無表情地擠牙膏、刷牙，直到無意間瞥見自己的頭髮，商嫺突然一僵。

一整晚，她都做同一個夢。夢見自己被中年婦女拿著笤帚追在身後，圍著高職跑了一晚馬拉松。而且最後的結局很一致——大嬸們成功把她按在地上，一邊抓她的頭髮一邊怒吼：誰叫妳勾引我兒子！狐狸精！

「……」天不怕地不怕的嫺哥，再次對著鏡子裡的自己顫抖了一下。

俗話說，夢和現實總是相反的，被那個大嬸噩夢折磨了一整晚之後，商嫺的代課生活出乎意料地平靜了好幾天。

除了某個少年在英語課上，用他那雙漆黑晶亮的狗狗眼一眨不眨地盯著她以外，一切都順遂得讓商嫺心虛，總覺得是暴風雨前的寧靜。

代課的第二個週五下午第三節，也是商嫺這週的最後一節，正巧是薄屹的班級。

一下課，商嫺就被薄屹攔在講臺前。

「最後一節是體育課。」少年眼睛晶亮地看著她，明明是站在講臺下，海拔卻還是比商嫺高一截。

……下週一定要穿高跟鞋來上課。

商嫻微微有些走神，但表面上很淡定，不動聲色地抬了抬眼皮，笑也淡淡：「所以？」

薄屹似乎已經習慣商嫻這副「薄情寡義」的模樣，絲毫不受影響。他朝她笑起來，嘴角露出小虎牙：「我們班要和隔壁班進行籃球比賽，我是隊長。」

「……」商嫻聽懂了，但仍紋絲不動，「所以？」

「所以，妳能不能來看我……們打球？」薄屹輕笑，「老師？」

商嫻一本正經地抬起手腕，看了看錶：「我之後還有事情，很遺憾，只能下次了。」

商嫻說完抱起書本就要走下講臺，然而少年突然跨一步擋在她前方。

「老師，」他放低聲音，「……去嘛。」

商嫻從少年的語氣裡聽出請求之外的意思，她輕瞇起眼：「我如果不去呢？」

少年想了想：「不知道。」

商嫻挑眉。

少年坦然得近乎虔誠，看著她道：「我剛剛想威脅妳，說如果妳不去，我就在全班面前做那天晚上在走廊上做的事。」

商嫻一愣，但她愣的不是後半句，而是前半句「我剛剛想威脅妳」。

「但我想了想，好像做不到，我永遠不會威脅妳。」薄屹遲疑地看向商嫻，「但我還是很希望妳去。」

商嫻沉默，望著她的那雙漆黑眼眸裡一絲未變，尤其是說「我永遠不會威脅妳」的時候。

年輕真好啊，「永遠」這樣的詞，輕易就能說出口，而且說得真實、乾淨、純粹、虔誠，讓人的心也跟著年輕和衝動。

「好。」商嫻鬼使神差地答應了，她好像又看見自己被夢裡某位大嬸追著跑馬拉松。

「……」要死。

不過話已出口，商嫻怎麼樣也沒辦法讓人空歡喜一場，所以將教材送回英語教師的辦公室，她就下樓前往體育場。

到了門外，恰巧遇上和范萌同期的實習老師。商嫻心裡突然冒出個想法，頓時陰雲驅散，人生明亮不少。

她面帶微笑地上前：「于老師，妳下節課有空嗎？」

五分鐘後，高職的籃球場旁，多了兩道刺眼的身影。

學生們多數都穿著高職統一的制服，頂多裙長褲長按照個人風格修改，而此時場邊站著的兩位，從衣著便知道不是學生，更何況，其中一位還是這兩週以來在學校聲名鵲起的英語代課老師，於是這場球賽很快變得空前熱鬧。

其他班的女生不少是為了某位籃球隊長，而其他班的男生，則是為了這位難得在課堂以外的地方露臉的女老師。不難想像，興奮沒多久的狗狗眼很快暗淡下來，隨著商嫻身上的目光越聚越多，甚至有人主動上前搭訕……呵，狗狗眼不只是暗淡，而是越來越凶了。

商嫻早已瞥見少年眼神的變化，然而少年一注意到她轉頭，立刻換上一副烏黑又委屈的小狗眼神看著她。

商嫻被逗得忍俊不禁。這一笑淡雅漂亮，頓時勾走籃球場邊一半年輕雄性的目光，更讓站在商嫻對面的那位仁兄會錯意，緊張得近乎結巴地提出晚餐邀約。

商嫻看了一眼對方胸前掛著的體育老師名牌，淡淡一笑：「不好意思，谷老師，我今晚有別的安排了。」

對方一愣，還想開口，商嫻卻沒有給他機會，她轉頭看向身旁陪自己來的英語女教師，笑了笑：「于老師，我有點口渴，請妳喝個飲料吧？」

于老師早就看出商嫻對這個體育老師不感興趣，於是從善如流地點點頭：「好啊，正好我也有點渴了。」

借著這個理由，兩人避開體育場上的人潮，去了旁邊的學校合作社。

「于老師，妳要喝什麼？」

「我都可以。」

「好。」

商嫻從貨架上拿了兩瓶礦泉水，想了想，又拿了第三瓶。

于老師注意到商嫻手裡的寶特瓶數量，愣了一下，隨即笑道：「看來妳真的是為了看哪個學生啊？」

商嫻心虛了一下，但表面上不動聲色：「備用。」她搖了搖第三瓶。

站在結帳臺前，商嫻想了兩秒，從皮包裡多拿出兩張鈔票：「麻煩幫我送一箱運動飲料，到體育場的籃球比賽場地旁邊。」

店員皺眉想拒絕，但一看見商嫻手裡的鈔票，立刻露出笑容：「好，立刻幫您送去。」

于老師陪商嫻走回體育場，一路上笑著感慨：「妳也太寵學生了。」

「是啊。」商嫻垂下眼，嘆氣，「我也覺得我太寵他……們了。」

運動飲料正好趕在比賽的中場休息時間送到，商嫻帶著那個店員將飲料搬到長椅旁，不經意對上薄屹隱隱有些哀怨的眼神，商嫻忍住笑，裝作沒看見，要男生們把飲料分一分。

一隻委屈的「大型犬」靠了過來：「我也要。」

少年的聲線帶著運動後的一絲沙啞，混著大半午後的陽光，透著雋永又悠長的性感味道。

商嫻喝了口水，忍不住輕瞇起眼，笑著逗他：「箱子裡不是還有？自己拿。」

「我不要和他們一樣的。」

「那沒別的了。」

「……」狗狗氣哭。

商嫻忍笑忍得肚子痛，最後實在看不下去少年沮喪的模樣，從自己包包裡拿出那瓶沒拆封的礦泉水：「喏。」

「——！」那雙眼眸瞬間亮起來，商嫻心裡某個角落突然被戳中，毫無防備地坍塌傾圮。

少年興奮地喝完整瓶水，再次上場前，背著光朝她用力擺擺手。

……真像條傻乎乎的狗。

無邊天際下，萬丈陽光都不及他笑容燦爛。

然而事實證明，樂極生悲真是亙古不變的道理。下半場一個運球過人，薄屹不慎扭傷腳踝，比賽被迫暫停。

場邊的商嫻第一時間過去查看情況。

「……去醫院。」一看到少年腳踝紅腫，商嫻皺眉，當機立斷。

薄屹一愣：「應該不嚴重，我……」

「閉嘴。」商嫻冷聲。

經過兩週的「磨合」，或者說單方面的「調教」，現在薄屹班上的學生深知商嫻的厲害。她神色一沉，籃球隊七八個人高馬大的男生立刻乖巧得像兔子。

「班長，商老師說得對，應該去醫院。」

「嗯，放心吧，晚自習我們幫你請假。」

「路上小心。」

「……」薄屹無力反抗，被商嫻親自開車送到醫院。

等檢查處置完畢，兩人從醫院出來，天已經全黑。商嫻開車返回學校，路上問薄屹：

「你住校對吧？」

薄屹猶豫了一下，開口：「週五不回學校。」

「那要去哪裡，我送你。」

「……」薄屹沉默兩秒，「酒吧。」

商嫻一頓，她回眸：「Aurora？」

薄屹不敢立即回答，他轉頭觀察一下商嫻的神情，但實在看不出喜怒哀樂，只能頹喪地轉回去：「嗯。」

「你每個週末都在那裡打工？」

「……算是。」少年聲音低下去，過了幾秒似乎想起什麼，又突然解釋，「但只是在吧檯學調酒，其他什麼也不做。」

見少年那副急於解釋的模樣，商嫻臉上的冷意消退許多。她專注地看著前方，唇角露出淡淡的笑：「嗯。」

實在不懂這個「嗯」背後有什麼深意，少年心思亂得眉心都皺了起來。一路上，他時不時往商嫻臉上看一眼，直到車子停在Aurora門外。

停好車，商嫻把薄屹送進酒吧。兩人繞過長廊，經過極光區，走到吧檯前。

吧檯後的調酒師懶洋洋地抬眼，看是薄屹張口便笑著喊：「小老——」後面的「闆」字說到一半，調酒師被走在前面的薄屹一記眼刀，嚇得硬生生轉了個音，「薄。」

後到的商嫻一愣，沒多想，上前兩步，好奇地看向身旁的少年。

「小老伯？」商嫻輕笑了聲，坐到高腳椅上，「這是你們之間的暱稱？」

薄屹噎了一下，無奈地瞥了調酒師一眼，調酒師無辜地聳聳肩，接著露出笑容，對商嫻道：「這位美麗的小姐，不知道如何稱呼？」

考慮到對方似乎是薄屹的朋友，關係還滿親近，商嫻便沒有回避，淡淡開口：「你好，我是商嫻。」

「哦，原來是商小——」那調酒師話音一頓，下一秒，他不可置信地瞪大眼睛，「妳就是那個要睡薄屹的？」

「……」商嫻愣住。

一陣難以言喻的尷尬沉默蔓延開來。

三人同時停滯幾秒，調酒師在薄屹銳利的眼神下，訕訕地摸著後腦杓笑著解釋：「不是，那個，我口誤……」

調酒師抬手不輕不重地打了一下嘴巴，然後心情複雜地上下打量薄屹，似乎是十分擔心他已經被商嫻吃乾抹淨。

商嫻忍俊不禁，手肘往吧檯上輕輕一撐，淡聲笑：「放心吧，我是他老師。是個遵紀守法，保護未成年人的好公民。」

「……老師？！」調酒師錯愕不已。

薄屹受不了調酒師萬般震驚的目光，不自在地撇開清俊的臉孔，輕咳了聲。

商嫻再次跟調酒師搭話，「不過你們老闆很大膽啊，」她笑著把玩面前一只小巧的玻璃杯，懶洋洋地撩起眼皮，似笑非笑，「連未成年人也敢雇用？」

「……」調酒師慢慢從剛才震驚的消息裡回過神，長嘆一聲，深深看了低著頭的薄屹一眼，抽回視線，「是啊，我也覺得我們老闆真是太大膽了，什麼樣的炸彈都敢拿回來。」

「……」薄屹不說話，眼觀鼻鼻觀心。

這時有客人進入酒吧，先到吧檯跟調酒師點了一杯深水炸彈和一杯瑪格麗特，再坐到不遠處的座位。

調酒師這才想起自己的正職，走到商嫻面前：「商……老師？」

商嫻輕笑，擺擺手：「你叫我商嫻就好。」

「這我可不敢，」調酒師也笑，「不然……商小姐，妳要喝什麼？」

商嫻思索兩秒，莞爾，「兩杯冰紅茶吧。」察覺身旁投來的目光，商嫻轉過去，勾唇一笑，「這次，換我請你？」

「嗯。」襯著身後極光的變幻，少年的笑容格外令人安心。

閒聊之間，冰紅茶很快見底，商嫻看了看腕錶，又看向始終坐在自己身旁沒動過的薄屹。她垂眼一笑：「所以你們老闆其實是請你來看場子的嗎？」

薄屹心虛，但他很快回答：「算是……營業日每晚都是我負責關店。」

商嫻聞言微皺起眉：「那你不是很晚才回去？」

「我不回去。」少年眨了眨眼，笑容陽光燦爛，小虎牙露了出來，「我沒其他地方去，就住在這裡。」

商嫻愣住了：「你跟家裡……？」

「我跟他們鬧了點不愉快，之前和妳提過。」薄屹似乎不是很在乎，他輕聳聳肩，仍是望著商嫻笑，「他們要我讀書，我不想，升學考試故意考砸，卻還是被他們強制送進高職。」

商嫻不禁好奇：「然後？」

「然後，」薄屹笑，「我爸就不管我了。」

「那你母親呢，她也不管你嗎？」

提到這個，薄屹的笑容凝滯了一下，不過很快恢復如初：「我很小的時候她就和我爸離婚獨自去國外了，之後沒有再聯繫過。」

商嫻無聲一嘆：「所以，你家裡斷了你的經濟來源，你就來這裡打工？」

薄屹眼神一晃，啜了一口冰紅茶，含混回應了一聲。

商嫻也未起疑，皺了皺眉，慢慢帶過這個有點沉重的話題。

夜色漸深，酒吧裡的人漸漸少了，商嫻將面前的玻璃杯推開，從包包裡拿出一小疊紙鈔，壓在杯下。

「我送妳。」少年起身，俐落地跨下高腳椅。

這個商嫻需要踩踏板才能下來的高腳椅，對少年來說，不過就是把腿伸直的高度。

商嫻眼角餘光瞥見，忍不住感慨：「你十七歲就長這麼高，再過兩年不知道會變怎樣呢？」

「妳會知道的。」

「嗯？」商嫻起初沒聽懂，抬眸迎上少年那雙藏了碎星的漆黑眼眸，她心神一晃，同時，薄屹輕聲低笑，「我會讓妳知道。」

「……」商嫻輕咳了一聲，快步往外走。一轉進長廊，她就忍不住趁薄屹還未跟上來，抬手快速搧了搧灼熱得好像要燒起來的臉頰。

不得了，這年頭連冰紅茶都能醉人。

大概因為週末學生們大多會回家，這個時候高職後面的長街反而最為清冷，只有為數不多、還滯留在學校的學生，會在這裡徜徉一整晚。商嫻和薄屹離開酒吧時，夜已經深了，長街上人影更加稀疏。

商嫻抬眸望了一眼自己停在路邊的車，轉身對薄屹說：「你不是還要負責關店？腳又扭傷，先回去吧。」

「扭傷不嚴重，現在已經好了。」薄屹手插在運動長褲的口袋裡，在有點涼的夜風中朝商嫻笑，「我想看著妳離開。」

「……」商嫻有些愕然。

「等妳離開我再回去。」

「……」

這樣絲毫不夾雜任何欲求的話語，毫不掩飾地表達少年那一腔純粹而虔誠的戀慕，讓商嫻情不自禁佇足在原地。

彷彿有人拿著歲久的木椿，在古老的青鐘上緩緩敲響。悠長而引人沉淪的餘音在她心裡、在她四肢百骸、在她每一個毛孔裡迴盪。

商嫻意識到什麼，不由得瞳眸微慄。果然被蘇荷那個烏鴉嘴說中，面前這個少年從第一次見面，她就注定無法對他狠下心，沒辦法「渣」得徹底。

要麼泥足深陷，要麼落荒而逃。

商嫻不自覺退了半步，她正想轉身，突然少年開口：「這個月的最後一天，是我生日。那天剛好是週六，妳能來嗎？」

商嫻踟躕，然而對上那雙讓天上星辰都黯然失色的眼眸，她一個藉口也說不出來。

沉默片刻，少年似乎讀懂她的猶豫，眼神微微暗下來，但笑容仍燦爛，小虎牙露在嘴角：「妳有事不能來也沒關係。那天晚上我會在酒吧，如果妳來不了，可以提前告訴我。」

「……嗯。」商嫻心裡幽幽一嘆。

兩人道別，商嫻上車，發動引擎。後照鏡裡的那道身影，就如他自己說的那樣，一直凝視著車尾，直到再也看不見。

剛回到飯店樓下，商嫻接到一通電話，來電顯示的名字讓她有點意外，不是別人，正是請她代課的范萌。

一接起電話，就傳來一個歡樂的聲音：『嫻哥，我回來啦！』

「……」商嫻一懵，大腦空白了幾秒才反應過來，她一邊把鑰匙遞給飯店的泊車小弟，一邊表情木然地走進飯店大廳。

「這麼快？不是要我幫妳代課一個月嗎？到現在才……兩週吧？」

說完商嫻默默有些驚訝，本以為十分漫長的一個月，竟然因為某人意外出現，而變得十分迅速，不知不覺已過去一半，時間像是從指縫間溜走了一般。

范萌在電話另一頭高興地說：『因為手術後恢復良好，傷口癒合很快，完全超出預期。』

「難怪聽妳的聲音中氣十足。」

『嗨呀，半個月來辛苦我們大小姐了！讓您老人家紆尊降貴到這種小地方代課。明天我飛回C城，一定拿出我一個月的薪水好好感謝妳的大恩大德！』

「……」商嫻沉默兩秒，語氣輕鬆地問，「所以，從下週開始我就解放了？」

『當然！』范萌說完，又小心翼翼地問，『這幾天我都不敢打電話給妳，學校裡那幫魔鬼學生，沒惹到妳吧？』

商嫻淡淡一笑：「他們能算魔鬼？小鬼還差不多。商家那兩隻我都習慣了，還不能對付這群小鬼嗎？」

『嫻哥不愧是嫻哥。』

「少拍馬屁了，先餵飽妳的錢包吧，明天等妳回來，我要幫它大瘦身。」

『哈哈哈，好！』

電話掛斷，商嫻臉上笑色一淡，望著淡金色的電梯門上自己模糊的身影，她的意識也有點恍惚。

不是不知道一切總會結束，只是沒想到這麼快；更沒想到的是，這麼短的時間裡，她好像已經陷進去了。

半晌，電梯門「叮」一聲打開，掩住那聲極輕的嘆息，女人垂眸，面無表情地走進去。

商家老宅打了十幾通電話催商嫻回家，管家天天跟商嫻細數商盛輝多少次怒目看著全家福，但商嫻還是成功拖到月底。

「做事要有始有終。」她一本正經地跟電話另一頭的蘇荷說。

十八線小女星只回了她蕩氣迴腸的一個字：『呸。』以示不屑。

這個月的最後一天，商嫻早早起床，在飯店房間裡收拾行李。

其實沒什麼好整理的，原本就沒打算長住，商嫻又一貫瀟灑，衣服哪裡都能買，哪裡都能扔。然而不整理一點什麼，整顆心就七上八下地躁動不安。她很少遇事不決，現在這個樣子連她自己都唾棄自己。

等來等去，手機終於不負所望地響了起來。

商嫻心跳驀地漏了一拍，幾秒後，她僵硬的四肢微微放鬆，走過去拿起手機。然而心頭萬般糾結，都在看到來電顯示後，被一盆冷水澆熄。

商家這一代三個兄弟姊妹，清一色最怕媽媽。大家長積威深重，商嫻看到母親駱曉君的電話號碼甚至會不自覺立正站好。

「……母親？」她小心翼翼地接起電話。

駱曉君關懷幾句，便切入正題：『妳父親早年一位戰友的兒子，週末剛好到C城出差，今天晚上如果不急著回來，就和他見一面，吃個晚餐吧。』

商嫻頓了頓，這類晚餐她不是第一次吃，也絕不會是最後一次，她早習慣了。從小到大，商家三個孩子，長子商驍冷淡疏離，幼子商彥乖戾不馴，唯獨商嫻，人人誇她懂事，生得溫婉動人，舉止進退得宜，最懂父母心。

或許是為了這句誇獎，也或許希望有一個方面比那大小兩個變態強，她什麼事情都順著父母，這次的空檔年算是她難得任性。然而任性這種事，有一便有二。

這個道理，駱曉君比商嫻懂，所以在商嫻拒絕之前，駱曉君輕描淡寫地加了一句：「不想見的話，上午的機票已經幫妳訂好了，回來見見我。」

「……」這就是商嫻不自覺立正站好的根源了。遲疑兩秒，她嘆氣，「我去見。」

晚上六點，商嫻準時抵達C城最高級的西餐廳。

在大廳石英鐘響起的瞬間，商嫻在侍者拉開的高背椅上坐下，分秒不差，連她臉上的笑容也分毫不差。

「商小姐很準時。」坐在對面的男人溫聲道。

「文先生也一樣。」商嫻戴著如同面具一般完美的笑容，回以最適宜幅度的點頭。

平心而論，商嫻承認，這位算是她相親……不，她共進晚餐的同齡男士中，容貌比較出色的。語氣和笑容給人的第一印象也不錯，既不過分狎近，也不刻意疏遠。如果不是今晚她本該出現在另一個地方——至少糾結要不要出現在另一個地方——這應該算是一頓滿愉快的晚餐。

商嫻將手機看似隨意地擺在桌角，為了搭配這一身小禮服，她不得不摘下自己慣常戴在手腕上的錶，要想知道時間，只能依賴手機了。

商嫻的指尖有意無意地輕撫過螢幕，手機螢幕亮起：七點〇一分。越是煎熬，時間越是漫長，商嫻在心裡無聲一嘆。

侍者在對面男人的手勢下，陸續為兩人上餐。商嫻心不在焉，完全依靠社交本能閒談。坐了片刻後，始終不見其他客人，商嫻終於後知後覺地反應過來：「文先生包場了嗎？」

「被商小姐發現了。」男人笑容淡定，似乎不意外商嫻會詢問，但也不過分期待，「能與商小姐共進晚餐是我的榮幸，不敢有半點怠慢。聽伯母說商小姐素喜安靜，怕旁人打擾商小姐用餐，所以才請人清場。」他一頓，又溫文爾雅地補充，「如果商小姐不喜歡，直言無妨，我再交代餐廳一聲。」

「沒關係，文先生不需要介意。」這滴水不漏的周到，她猜想那狗狗這輩子都學不來。只可惜，面面俱到，唯獨差了一點。駱曉君肯定沒告訴他，商家三個孩子性格迥異，可以說是三角形的三個頂端，唯獨有一點相同——討厭語文。

商嫻生平最討厭別人跟自己咬文嚼字，好好說白話不行嗎？為什麼一定要讓她覺得自己剛從民初穿越回來？

累積了一天的怨念，商嫻知道自己雞蛋裡挑骨頭，但心情就是無法平復。於是又寒暄幾句，眼見對面的男人越聊越起勁，商嫻實在無意應酬，便藉口去了洗手間。

認認真真把手洗了五遍，白皙的指背都揉得發紅，商嫻才終於關上水龍頭，調整了一下臉上的微笑。相信在洗手間耗了這麼久，應該足以讓這位知書達禮、她甚至記不得對方職業的文先生，明白她的意思，知難而退。

然而拿起包包下意識地想去翻手機查看時間，商嫻才赫然發現自己因為心不在焉而犯了一個愚蠢的錯誤——她把手機忘在餐桌旁邊。

商嫻心裡驀地一慌，莫名的、無法言喻的、專屬於女性的第六感讓她眼神微顫，她有不好的預感。

商嫻收起手拿包，踩著漂亮的高跟鞋快步走回座位。她一到桌旁，垂眼便看見自己放在左手邊的手機，心裡稍安，剛要鬆口氣，突然對面的男人抿了一口紅酒，語帶歉意：「商小姐這一趟離開得有些久，剛才妳的手機一直有電話鍥而不捨地打進來，我擔心是什麼急事，就先替商小姐接了。」

「……！」商嫻瞳孔一縮，惱怒的情緒瞬間沖上頭頂，但商嫻知道自己不能發作，先不論兩家交情如何，單說對方措詞嚴謹，邏輯滴水不漏，她根本沒有半點「有理取鬧」的機會。

商嫻只得深吸一口氣，強撐起笑容：「是我疏忽，麻煩文先生了。」

說著，她垂手拿過手機，通話紀錄顯示一個陌生號碼來電，通話時間足足一分鐘。

商嫻眸色一沉，幾秒後，她氣極反笑，淡定地放下手機，重新拿起桌盤上的牛排刀，慢條斯理地切著：「能不能煩請文先生告訴我，電話是誰打的，兩位又聊了什麼？」

對面的男人淡淡一笑：「聽起來是個年紀不大的男生，難免有點年輕氣盛。他沒報家門姓名，所以我也不知道該怎麼告訴商小姐。」

商嫻臉上笑色不變，捏著牛排刀的手卻緊了緊，片刻後她輕笑，問：「那他說了什麼？」

「只是問我與商小姐是什麼關係。」

「文先生怎麼回答？」

「自然是據實以告。」

「……」商嫻眼神一閃，眸裡情緒有點發涼。她仍在笑，繼續切牛排，卻一塊都不往嘴裡送，「他還問了什麼？」

「唔，問了我們用餐的地址。」

「喀」一聲，金屬的牛排刀刀尖，敲到光可鑑人的瓷白碟子邊緣。

……到底還是破了功。

商嫻索性鬆開手，放下刀叉。她拿起旁邊的餐巾輕輕擦拭嘴巴，頭也不抬地說：「看來這頓晚餐到此為止了，文先生。」

「為何？因為這通電話？」

男人也放下刀叉，仍是紋絲不動的笑容，讓人看不出半點瑕疵，也琢磨不透絲毫情緒。

商嫻最討厭這種虛偽，最喜歡……那種純粹。

想起某人，又想到今天是他的生日，再想起剛才那通她永遠不會知道真實內容的電話……

商嫻眼神狼狽地閃了閃，她沒有猶豫，直接站起身：「對，因為這通電話。」

「那我能冒昧問一句，商嫻小姐和電話裡的人是什麼關係嗎？」

商嫺心底壓抑不住的焦躁，終於在此時露出藏在深處的魔鬼犄角。她冷下眼神，面無表情地看向男人：「我想無論兩家交情如何，我和文先生都還不到互相探聽私事的關係吧？」

「……」對面的男人笑容一滯，顯然他怎麼也沒想到，商嫺竟然真的會跟他撕破這虛假的和諧，就因為那麼一通電話。

男人眼底那點被輕視的不滿和自負終於也冒出頭。看到商嫺拎起外套起身，他輕緩地笑了一聲，開口：「如果商小姐準備去彌補那通電話，我想可能來不及了。」

「……！」商嫺臉色一冷，轉回身，垂眼，面無表情，「你是什麼意思？」

「沒什麼。」男人淡淡一笑，低下眼，不疾不徐地說，「只是剛剛打電話來的人，正巧就在附近。」男人側眸望向落地窗外，街道對面是燈火輝煌的商業區，路邊燈光清亮。

男人笑著轉回視線：「更巧的是，他似乎先看見妳和我，然後才打電話來確認妳的身分，看來兩位還不夠親密，隔著這樣的距離，他就認不出妳了。」

「……」商嫺生平沒有這麼想揍過一個人，她握起拳，片刻後終於對男人露出一個微笑，「你該慶幸。」

「？」男人不解。

「要不是兩家的關係擋在中間，我三分鐘內就能送你去C城中心醫院一週遊。」

男人似乎被商嫺粗魯的威脅驚住，商嫺垂眼睨他，面無表情，「我們今晚就當沒見過。」

她轉身，俐落地往外走，「下次遇見別裝作認識我，我並非總是這麼有涵養和耐性。」

商嫻扔了一疊錢給計程車司機，就連忙快步下車，走進高職的後街。

今晚是營業日，大多數高職學生蹺掉晚自習，廝混在這條後街。人影幢幢，弄得商嫻心煩意亂。她身上來不及換下的豔紅色露肩小禮服實在過於顯眼，一路上不知道多少不長眼的小子想往她身上撞，不過被她用七公分細跟高跟鞋狠狠「愛撫」之後，隨著那些慘叫聲，前路變得開闊且明亮。

商嫻終於來到Aurora門外。長廊燈暗，前方音樂聲鼎沸喧天。如果不是剛出長廊，就看到那片熟悉的「極光」，商嫻幾乎要懷疑自己走錯地方。

現場的學生似乎特別多，舞池裡喧喧鬧鬧，群魔亂舞。各種聲音嘈雜，其中甚至還夾雜著集體走音的……生日快樂歌？

商嫻試圖尋找，但四周的雜訊太多，她實在無法判斷生日快樂歌的來源。

她目光一掃，落向吧檯，幾秒後她快步跑過去。

「關音樂！」在吵雜聲中，她對著吧檯內的調酒師高聲喊道。連續喊了幾遍，對方才終於聽見。調酒師轉頭，眼神有些不善地刮了她一眼，搖頭。

「……」商嫻差點氣到岔氣，她從手拿包裡拿出折疊棍，甩開，揚聲，「你自己關掉，或者我直接把所有音箱敲爛。」

調酒師瞥向那根看起來纖細的金屬折疊棍，不屑地輕嗤，剛要說什麼。「嘩啦」一聲，他面前一字排開、不知道多昂貴的洋酒，被商嫻一棍敲碎了一片。

「——！」調酒師眼睛瞪成牛眼。

商嫻把一張黑色無額度上限的信用卡拍在吧檯上，折疊棍指向下一排洋酒。

「別別別——！別敲了！！」

調酒師顫抖著，又氣又恨又畏懼地看了商嫻一眼，快步跑向後臺，幾秒後，整間酒吧裡躁動的音樂聲陡然一停，沙發區傳來的走音生日歌，也跟著戛然而止。

所有人目瞪口呆，不明就裡，而始作俑者商嫻在這一瞬間確定了生日歌傳來的方向。她穿過舞場，快步走向沙發區。

「借過。」在寂靜與茫然之中，這冷惱的聲調吸引了眾人的目光。

許多人眼底掠過驚豔的神色，不過懾於女人的一臉冰霜，那些蠢蠢欲動的男人即便有色也無膽，只敢不甘心地盯著，看她到底是為誰來的。

十幾秒後，商嫻終於停在那片躁動的沙發區，原本排列有序的單人沙發和多人沙發胡亂拼接在一起，中間是多張矮桌拼成一張大桌，上面散布著一堆半空半滿的酒瓶，而桌旁地上和沙發上，橫躺著許多學生，有的清醒，有的早已不省人事。

「巧」的是，其中絕大多數學生商嫻都認識——正是薄屹班上的。

在一群散坐懵然的學生裡找到薄屹並不難，商嫻的目光定格在沙發中央，斜戴著黑色棒球帽的少年手裡拿著一瓶XO，如果那瓶酒沒別人碰過，那這人至少喝了能灌倒三頭牛的量。

商嫻感覺自己的理智在這一瞬間「砰」一聲炸上了天，她面無表情地走向薄屹。

其他清醒的學生有些反應過來，或是驚喜或是驚嚇：「商老師！？」

商嫺一個都不理，她停在薄屹旁邊，彎身，手撐在膝蓋上，腦袋垂到少年身前：「薄屹，起來。」她冷聲喚。

大約過了十秒，少年慢慢仰起頭，倒進沙發裡。他迎著光，俊俏冷白的臉被酒薰染上嫣色，連修長的脖頸也印了紅色。

似乎是燈光太刺眼，看不清楚眼前的身影，少年輕瞇起眼，勾脣而笑，嗓音被酒液浸得沙啞，帶著介乎成熟與少年之間的性感：「妳不是在相親嗎，商老師？」

「……」商嫺皺眉。

「怎麼敢勞妳大駕，來為我過生日。」

「！」商嫺氣得臉色發白，「薄屹，我問你最後一遍，你起不起來？」

少年沒說話，他眼神渙散地和商嫺對視幾秒，驀地閉上眼，拿起手裡的酒瓶，把剩下的酒不要命似的灌下去，棕色的液體溢出脣角，順著男生的喉結滾落。

商嫺氣得頭都有些發暈，「好。」她怒極反笑，眸裡毫無情緒，「你厲害，薄屹。」商嫺轉身就走。

走不過兩步，身後突然傳來酒瓶破碎的聲音，伴隨著幾聲尖叫，商嫺回頭，薄屹站起身，眼神絕望地看著她。

少年冷白的膚色上，眼角一點點染紅。他走到她面前：「商嫺，我在妳眼裡……到底算什麼東西？」

死寂的酒吧裡，少年的聲音滿浸著沉冷的痛。他垂眼看著女人，聲音絕望得哽咽，卻又笑著：「妳是不是把我當成玩具？」

商嫻的喉嚨裡像是塞進了棉花，她張了張口，卻一個字都說不出來。少年通紅的眼角撕得她心口血淋淋地痛，她的沉默卻讓薄屹誤會更深。

少年終於忍不住，伸手撫上女人漂亮的眉眼：「范萌說妳要走，她說妳不會回來了……她要我別想那麼多，妳不是我能得到的。」

「……」

淚水從少年的眼角滑落，劃過他冷白的臉：「玩具不能取悅妳，妳就要換另一個了？」

「……」

「在妳的那些玩具裡，我排第幾名？是不是一點不合意，就可以扔掉？」

商嫻忍無可忍地推開他的手，「薄屹，」她忍著心痛，「你發酒瘋也要有個限度。」她深吸一口氣，又慢慢吐出，「你醉了，我們明天再談吧。」

在現場所有人的注視下，跟一個喝醉的少年糾纏，絕對不是什麼明智之舉，商嫻現在只希望父母的消息不要太靈通。

她心煩意亂，轉身往外走，沒看見少年眼底被絕望湮滅的光，直到商嫻踩下沙發區的臺階，一片死寂的酒吧裡響起少年的低笑：「好……我知道了。」

商嫻腳步一頓，回頭。

站在所有人目光下的少年扔掉手裡破碎的酒瓶，他低著眼，仍在笑，眼神卻是空洞：

「妳給的那些錢，我今晚都花掉了。」

「……？」商嫻不解。

少年終於抬眸，看著她，純粹、虔誠而絕望。他伸手扯開襯衫扣子，「妳來睡我吧。」

他啞聲，像哭又像笑，「玩具聽話。」

Aurora 酒吧二樓，最內側的小包廂裡。

「……現在怎麼辦？」看著有點狹小的單人沙發上，把自己縮成一團的少年，調酒師頭痛極了。

無奈之下，他只能轉向安靜的那人。自從和他一起把醉得意識不清的少年扶上樓又送進這個小房間以後，女人就一直站著不動。

臉還是一樣的明豔漂亮，今晚的精緻妝容更為她添色不少，只是臉色和眸子都陰惻惻的，看得調酒師不敢離開，生怕自己前腳一走，後腳自家小老闆就被這女人掐死洩憤。

聽到調酒師的話，商嫻終於回過神，她輕淡地瞥過去：「問我怎麼辦？以前怎麼辦，現在就怎麼辦。」

調酒師一愣，皺起眉看著商嫻：「妳這個人……」

女人在調酒師眼裡就是個玩弄少年感情的渣女，所以他實在懶得跟她解釋，但看到沙發上少年從未有過的狼狽模樣，再想想對方這些天的失魂落魄，以及今晚的澈底失控……

調酒師心裡嘆了口氣，冷颼颼地刮了商嫻一眼：「我先聲明，我說這些話不是為了妳，而是為了這個傻子。」

「……」商嫻此時正處在當場爆炸和立地成佛之間，聞言冷淡地瞥了調酒師一眼，大概的意思是「隨便你愛說不說」。

調酒師差點氣得七竅生煙，又看了看沙發上不省人事的薄屹，他才語氣僵硬地開口：「我們小……薄屹以前從來沒有這樣過。雖然他自己開、咳，他自己在酒吧打工，但我和他共事這麼久，還是第一次見他碰酒。」

他看向面色緋紅、眉微微皺著，顯然在醉夢裡也不安穩的少年，忍不住有些埋怨地看向商嫻：「而且一喝就喝成這樣……」

商嫻原本還有些恍神，聞言瞥過去：「所以你怪我？」

「不、不怪妳怪誰？」

調酒師被女人那淡然疏離的眼眸一瞪，沒來由地氣勢大減，心想這女人這麼霸道，不知道他們小老闆哪根筋不對，怎麼看上這麼一位……

不可以示弱，他連忙晃了晃腦袋，逼自己強硬起來和商嫻對視：「我聽薄屹說，妳之前在他們學校代課，本來說好了代一個月，結果無緣無故中途離開，連說都不說一聲！」

商嫻聞言坦然：「對，確實是。」

調酒師氣壞了：「妳還這麼理直氣壯？」

商嫻輕輕哼笑，撇開臉，望著狹窄的小窗上，自己的身影被窗櫺割得支離破碎，幾秒後她轉回頭，眼眸裡漠然而迷離：「怎麼，他是你家小孩？」

調酒師一噎：「我只是看不慣妳玩弄未成年人的感情——」

「你也知道他未成年？」商嫻臉上笑意消散，「從頭到尾我都沒有給過他什麼承諾吧？我甚至告訴他，這是成年人的世界，不是小孩該涉足的，可是他不聽，一定要纏上來！」說到最後她語調不自覺升高，聲音微微顫抖。

商嫻瞳仁微慄，剛才在樓下聽見少年那樣自輕自賤，她比誰都難過、心痛。如果不是少年說完就醉倒，不省人事，她大概會控制不住衝上去抓著他的領子好好質問——你為什麼不聽、為什麼一定要纏上來……為什麼要拿這樣熾熱而純粹的感情去一遍遍拷問煎熬她的心？

她比誰都清楚自己應該離開，盡早離開，情況漸漸脫離掌控，她應該趁這段不該發生的感情發生之前、趁她的生活被這脫軌的空檔年澈底撕碎之前，結束一切。

可她做不到。

用盡藉口拖延了半個月，只為等某人一通電話。

等到最後一天還沒等到，她仍忍不住早起細細描眉勾脣，像個情竇初開的少女般蠢蠢欲動地強掩著思念。

甚至為了他一通電話，毀了自己在父母和外人面前維持了二十多年的冷靜自持、聽話乖巧的人設，不顧一切地來到他身邊……

調酒師被吼得愣住了，他沒想到這個女人會如此失態。一瞬間，他突然頓悟，不是這個女人對他們小老闆沒有感情，也不是她表面上佯裝的那般不在乎。

不在乎和冷漠是她的外殼，是面具也是保護。如果外殼碎掉了，最真實也最柔軟、最不設防的那一面，就會完全而澈底地流露出來，再沒有半點退路。

想通了這一點，調酒師突然覺得眼前兩人的靈魂無比契合，一個看似強勢實則柔軟而習慣偽裝自己；一個看似稚嫩卻有一腔孤勇，認定了便一往無前。

……簡直天生一對啊。

調酒師突然有點悵然。既然心裡的芥蒂已解，他嘆了口氣，轉身往外走。

商嫻愣了愣，皺眉問：「你走了，他怎麼辦？」

調酒師沒回頭，「我還有工作呢，隨便曠職是想等著被老闆炒魷魚嗎？」背對著商嫻，他嘴角忍不住翹起，但很快壓下，正色道，「反正他該說的不該說的都說了，妳要是不願意管，就直接把他扔在這裡，難道他還能自己噎死？」

商嫻目光下意識掃過房間，緊蹙起眉心：「這就是他的房間？他平常就住在這裡？」

調酒師心想難得不用撒謊，轉頭看向商嫻：「對啊，薄屹一直住在這裡。他沒有家，我聽說他媽早改嫁了，六七歲以後就沒見過了吧？他爸更糟，反正認識他這麼久，除了有一次聽他爸在電話裡罵他不服管教以外……唔，有兩年多，連過年他都是自己一個人過的。」

「……」商嫻的心沉了下來，等她重新抬起頭，調酒師早已離開，臨走前還「體貼」地幫她和薄屹關上門，甚至再三確認門有無關緊，就差沒加上一道鐵鍊鎖住，最後才滿意地哼著歌走了。

門內，商嫻仔細看著這個房間。相較她二十多年來待過的那些住處，這個房間無疑狹小且逼仄。目光所及只有一張單人床、一張書桌，一張單人沙發，再加一些零碎的小型電器。環境倒是整潔乾淨，書桌上的書排列得整整齊齊……不過還是很小。

尤其是想到在這個房間裡，一個人聽著窗外新年的鐘聲響起，聽著別人倒數計時的笑語喧囂，聽著風聲帶進來那些闔家的溫暖歡鬧，聽著全世界繁碌熙攘而這裡卻安靜寂寥……那該是多麼孤獨？

在這樣的孤獨下，你為什麼還有那樣溫暖如陽光的笑容？

商嫻慢慢嘆了一聲，她放下手拿包，把沙發上的少年費力地攙扶到單人床上。因為後繼無力，放到床上的動作稍重，摔得少年在柔軟的被子裡悶哼一聲。

薄屹翻了個身，不知怎麼抓到商嫻的手，就像是拿到蘿蔔的兔子，抱在懷裡怎麼也不肯鬆開。商嫻掙扎了一下，掙不開，只得放棄。

床上的少年似乎因為「蘿蔔」不再掙扎而舒緩了俊秀的眉眼，他更緊地抱住懷裡細白柔軟的手，輕聲呢喃：「商……嫻……」

商嫻一愣，幾秒後，她澈底放軟眉眼，單手幫薄屹蓋好被子。不經意摸到從少年外套口袋裡掉出來的手機，她拿起來一看，有些意外，手機跟她是同一個國產品牌，而且是同系列同款的最新型號，看來酒吧老闆對他還算照顧，至少在薪水上沒有苛待他。

商嫻心裡隱約掠過點什麼，但這一晚實在太漫長又身心俱疲，她沒有多想，將少年的手機放到一旁，然後艱難地從手拿包裡拿出自己的手機處理一下緊急事務，但還沒處理完，商嫻便意識渙散，俯睡在床邊。

薄屹被胸前的震動聲驚醒，那音樂他再熟悉不過，是他那款手機的預設來電鈴聲。

薄屹沒睜開眼，太陽穴傳來陣陣劇痛，彷彿是大腦對宿醉表達嚴重抗議，他皺著眉去摸索手機，途中碰到懷裡柔軟細滑的皮膚，但腦袋還沒恢復正常人類的判斷力，他毫無所覺地略過，把手機拿到面前，甚至沒看清楚來電顯示，便習慣性地滑開接聽鍵。

「喂……您好？」少年宿醉的聲音格外沙啞而迷濛。

電話另一頭一片死寂。

薄屹腦袋昏沉，茫然地又問一遍：「您好？」

這一次，對方終於有了動靜，是個充滿威嚴的中年男聲，薄屹確定自己從來沒聽過：

『你們昨晚睡在一起？！』聲音聽起來憤怒至極。

少年被吼得清醒了一點，他翻身想爬起，然後……

他看見懷裡柔軟的身體。

薄屹澈底懵了。

商嫺醒來好一陣子了，一直在沉思：昨晚自己睡夢中到底是怎麼爬上這張單人床的？

人類尋求溫暖的本能真是可怕啊……

商嫺面無表情地在心裡感慨，同時被某人緊緊地抱在懷裡，纏在身上的手臂就像是八爪章魚。

商嫺只能勉強抬起視線，看看額頭上方，少年凌厲而漂亮的下顎線條。直到此刻她才清楚地意識到，面前的少年雖然才剛剛成年，但身形已足夠將她遮蔽在懷裡，讓她感受到久違的溫暖和心安。

溫暖的懷抱和他的笑容一樣，讓她不自覺沉淪。

突然聽見手機震動，感覺身旁的人摸索著接起電話，商嫺不以為意，直到自家老爸異常憤怒的聲音劃破空氣，超越手機話筒的局限，清晰無比地炸響在商嫺耳邊。

跟薄屹一樣，商嫺也懵了幾秒才反應過來。

兩人同時僵住，視線相撞，尷尬的沉默令人窒息。

無故爬上床占便宜的商嫺極為心虛：「你……拿錯手機了。」

「……」薄屹一臉茫然。

商嫺尷尬補充：「那支手機是我的，你的應該在你枕頭旁邊。」

「……」薄屹終於回過神。

好在生平第一次喝醉的他酒品不錯，沒有酒後失憶的問題，所以頃刻間，昨晚喝醉前後的記憶如潮水般沖刷過他的腦海。

薄屹視線掃了掃，手上還在通話中的手機確實與自己的同款，但來電顯示是恭恭敬敬的「父親」兩個字，顯然不是屬於他的。

大腦一瞬間反應過來對方的身分，薄屹的表情多了幾分微妙，僵滯片刻，他聲音平靜地開口：「抱歉，您打錯電話了。」

說完，甚至沒給對方反應的時間，薄屹掛斷電話，直接關機，動作行雲流水，不假思索得令旁觀的商嫻目瞪口呆。她用盡畢生勇氣也絕對不敢直接掛斷的電話，少年居然想都不想就掛了。哦，還關機了。

「……」商嫻一想到幾百公里外的商家主宅裡，父親會多麼憤怒，便頓時進入一種心如死灰的佛系狀態。

關機後，狹小的房間裡再度陷入沉默，最後是薄屹先開口：「昨晚喝多了，對不起。」

「……」商嫻的心突突一跳。少年的話說得中規中矩，但看著面前這雙一瞬不瞬盯著自己的眼眸，商嫻總覺得乖巧的表象之下藏著暗潮洶湧。

薄屹接著說：「我會對妳負責的。」

「……」果然。商嫻清了清喉嚨，「我們什麼都沒做，你不用對我負責。」

薄屹改口：「那妳對我負責也可以。」

「……」你還真是不挑啊？商嫻無奈，「薄屹，你今年才十七，感情上沒有什麼經歷，未來也有太多變數，我不覺得我們可以……」她到底不忍心說出口，最後看向薄屹，「你懂我的意思嗎？」

薄屹正色，「十八。」商嫻一愣，薄屹繼續說，「過了昨晚十二點，我就十八歲了，法律上的成年人，擁有一切公民應有的權利和義務，是和妳完全一樣的成年人。」他頓了頓，「昨晚妳幾點送我上來的？」

「……」商嫻腦袋還沒轉過來，下意識地回答，「一點多吧……」

「唔，那時候我已經是成年人了，所以就算我們發生了什麼，妳也不用擔心。」薄屹的神情淡定，「既然妳的最後一點疑慮已經解決，我們之間還有什麼障礙嗎？」

少年從未有過嚴肅又認真的模樣，把商嫻唬得一愣一愣，好半天才反應過來：「薄屹，你誤會我的意思了，我們之間的問題不只是你的真實年齡……」

「我們之間沒有問題。」少年輕蹙起眉，眼神裡終於浮現商嫻熟悉的那一點倔強，但很快淡去，「就算有，我也會全部解決。妳喜歡昨晚相親的那種男人嗎？我現在或許還不能，但總有一天我可以，為了妳，我什麼都可以做到。」

「薄屹……」

「只有一個，可能成為『問題』。」薄屹無比認真地盯著商嫻的眼睛，「只要妳告訴我，從頭到尾，妳對我一點感覺也沒有，那我絕不糾纏，放妳離開。」

「……」商嫻瞳孔輕縮，和彷彿一夜之間長大成人的少年對視，她最後一點面具也終於剝落。

「你啊……」她低下眼，無奈地笑，「我怎麼會來到C城，又怎麼會遇上你這個禍害？」

少年眼底盈滿笑意，陽光燦爛地望著面前的女人：「『禍害』說他只喜歡妳，妳喜歡『禍害』嗎？」

「……」

「喜歡不喜歡？」

「……」商嫻啞然失笑，伸出指尖輕推開貼上來的少年，「喜歡。」

商嫻的空檔年終告結束，讓舉國大中小學生們歡欣鼓舞的暑假，也踩著蟬聲應約而來。拖到七月上旬，商嫻終於踏上回家的路。出發前一天晚上，薄屹死死糾纏著不肯放她走，結果第二天一早，商嫻在機場除了收到他兩則「慰問」的訊息之外，竟然連薄屹的影子都沒看見。

商嫻以為他是因為自己不同意他隨行而鬧脾氣，並未多想，只回了一則訊息給薄屹：『好好照顧自己。我很快回來。』後面還加上一個笑撫狗頭的動態表情符號。

傳完之後，商嫻便關掉手機上了飛機。然而，直到飛機落地、重新開機、確定無數遍網路訊號之後，商嫻才不得不認清一個事實——薄屹根本沒有回她訊息。

看來不止是鬧脾氣而已了，商嫻心裡十分不安，如果不是家裡派來接她的司機和保鏢已經站在面前，她可能會當場買票，飛回去看看薄屹。

「小姐，先生和夫人已經在等您了。」

保鏢眼神犀利，不知怎麼看出她的猶疑，非常客氣且不容拒絕地上前拿走商嫻的行李。

眼見身分證等重要物品都離自己而去，商嫻無奈，只能隨車回家。而回到家中，走進側廳的那一刻，看清了正襟危坐在父親對面的人，她心底所有的不安終於得到驗證。

「先生，嫻嫻回來了。」家裡的管家笑著開口。

商盛輝冷眼掃過來，剛開口要說什麼，坐在對面的薄屹驀地眼睛一亮：「嫻嫻？」

看著父親的臉色瞬間鐵青，商嫻嘴上不發一語，心裡卻把可以想到的髒話都罵了一遍。

五分鐘後，商嫻也正襟危坐地坐到商盛輝對面。

商盛輝面色不善，望向商嫻：「這位年輕的客人今天突然出現在家門口，說要登門拜訪，還自稱是妳的男朋友。商嫻，這是怎麼回事？」

「……」商嫻沉默兩秒，心一橫，「他說的是事實，父親。」

商盛輝臉色扭曲了一下，似乎想發火，但還是按捺下來：「他還未成年吧，商嫻？」

商盛輝不怒自威的氣勢，商嫻向來無力抵抗，她僵了一下身體，張口欲言。然而在她說話前，身旁一直安靜坐著的男生突然動了。

薄屹正經嚴肅地把準備好的身分證雙手遞到商父面前：「成年了，就在上個月月底。」

薄屹笑起來，陽光燦爛。

商嫻愣住。

「……」所以這小子大老遠跑來，就是為了給他看自己的身分證？商盛輝氣到爆青筋，但對著那張陽光燦爛、傻呼呼的笑臉，他偏偏一句重話都說不出來。

商盛輝壓下惱怒，竭力擺出家長威嚴：「我記得你在高職讀書，還沒畢業吧？」

薄屹又笑，在商盛輝眼裡等同挑釁，「前天剛辦理退學手續。」他摸了摸後腦杓，笑得更燦爛，「肄業也算是畢業的一種？」

「……」商盛輝氣極，是他落伍了嗎？這年頭學校肄業、而且是高職肄業，是這麼值得燦爛一笑、光榮退休一樣的事情嗎？

「啊。」似乎是看出商父壓抑的不滿，薄屹恍然，從手邊的公事包裡拿出一疊文件放在桌上，推到商父面前，「這是目前我創業的店鋪，雖然還有些不夠完善，但對於整體營運架構和方向，我已經謹慎思考過了。企劃書在後面，請伯父您過目。」

商盛輝看了看手裡的文件，又面無表情地轉頭看向商嫻：「這是妳男朋友？」

「……」商嫻也有些懷疑。

「妳確定他不是來找我融資的？」

薄屹聞言一愣，從進門起就沒消失過的笑容終於頓住，他連忙搖頭：「伯父，您別誤會，我拿這些東西來是想讓您知道，雖然我年紀不大，但並非腦袋空空的小屁孩。我有能力和商嫻交往，也對我們的未來有無數的設想和打算。我不會單憑一時衝動就請您將商嫻託付給我，我會向您證明我能對她和未來負責，我也願意接受您和伯母的考驗，無論期限。」

薄屹說完，側廳裡安靜很久。商盛輝顯然沒想到，這個只有十八歲的少年能說出這樣一番話。他眼神動了動，沒說什麼，而是安靜地低下頭，慢慢去翻閱手裡的文件。

商盛輝看得很仔細也很認真，他絕不會接受花言巧語、虛有其表的年輕人，自然不會給對方留下半點空隙可鑽。然而越是往下看，商盛輝越是驚訝。雖然人生歷練豐富的他，表面上一點情緒也不露，但商嫻畢竟無比熟悉自己的父親，她自然看得出來，隨著那一頁頁文件，商盛輝的態度慢慢軟化下來。

商嫻目光複雜地看向身旁。

薄屹從她進家門起就一直像個做錯事、怕挨罵的小孩，現在感受到她的目光，少年飛快瞥了她一眼，確定商嫻臉上的情緒不是憤怒之類的，便驀地朝商嫻綻開一個燦爛的笑臉。

「……」商嫻無語。自從兩人交往後，她家這隻狗……怎麼越養越傻了？

不知過了多久，商盛輝手裡的文件終於翻完最後一頁。他慢慢闔上，目光有些奇異地看向薄屹：「如果你是拿著這份文件來找我融資，我說不定會答應。」

「……」聽出商父話中的深意，薄屹眼神一苦，片刻後，他小心翼翼地問，「不融資，融『人』可以嗎？」

商盛輝冷笑：「你是要我賣女兒？」

「……」薄屹一愣，「不敢。」

「我諒你也不敢。」商盛輝說著，站起身，「中午留下來吃飯。」

側廳裡空氣陡然一寂，心情沉到谷底的兩人同時不可置信地抬頭看向商盛輝，而商盛輝已經一邊拿起文件，一邊頭也不回地走了。

「爸，你的意思是……？」商嫻眼睛亮起來，連稱呼也變了。

商盛輝聽到的瞬間，背影一滯，片刻後，他背對著兩個年輕人，心裡無聲一嘆，嘴上卻冷哼一聲：「你們又不是談婚論嫁，不過談個戀愛，還要跟我申請批准？」

商嫻面露喜色，然而下一秒，她又聽商盛輝開口：「但是那天晚上妳的行為讓我和妳母親很失望，都大學畢業的人了，還和未成年的孩子談戀愛。哪怕只有兩個小時，也不是我們教妳的道理。」

商嫻無話可說。

商盛輝淡淡道：「去反省。」

商嫻乖乖低頭：「……是，父親。」

等商盛輝離開，薄屹才小心地看向商嫻：「反省？怎麼反省？」

「……」商嫻無奈地看他一眼，「跪著反省。」

「那我陪妳。」

「不行。」

「為什麼？」

「沒你的位置。」

薄屹最後還是纏著商嫻，跟她一起去了三樓反省專用的靜室。

最大的煩惱已經解決，商嫻心裡輕鬆不少，然而愉快的心情在她拉開靜室門的瞬間戛然而止。

「你什麼時候回國了？」

看著有些昏暗的靜室裡，聞聲回頭的稚嫩少年，商嫻像是被人踩到尾巴的貓，險些原地跳起來。

十四五歲模樣的稚嫩少年聞言輕淡地哼笑一聲：「關妳屁事。」

「……」商嫻氣結。

這還是薄屹第一次見到有人能不被商嫻惹毛，反而把商嫻氣得七竅生煙。他好奇地從商嫻背後冒出頭：「嫻嫻，他是誰啊？」

商嫻磨牙：「我弟，商彥。」

薄屹一愣，有些驚訝，「妳還有弟弟？」他笑著轉向房裡的稚嫩少年，「你好，我是薄屹。初次見面，以後請多指教。」

「……」商彥目光淡淡地掃過薄屹，片刻後，嘴角輕輕勾起個弧度，笑得有點輕蔑，看向商嫻，「聽說比妳小五歲？」

「……」

「妳可真夠禽獸的啊，姐姐。」

——《他最野了》全書完——

高寶書版集團
gobooks.com.tw

YH 122
他最野了（下）
作　　者　曲小蛐
特約編輯　余純菁
責任編輯　吳培禎
封面設計　陳采瑩
內頁排版　賴姵均
企　　劃　何嘉雯

發 行 人　朱凱蕾
出　　版　英屬維京群島商高寶國際有限公司台灣分公司
　　　　　Global Group Holdings, Ltd.
地　　址　台北市內湖區洲子街88號3樓
網　　址　gobooks.com.tw
電　　話　(02) 27992788
電　　郵　readers@gobooks.com.tw（讀者服務部）
傳　　真　出版部(02)27990909　行銷部(02)27993088
郵政劃撥　19394552
戶　　名　英屬維京群島商高寶國際有限公司台灣分公司
發　　行　英屬維京群島商高寶國際有限公司台灣分公司
初　　版　2023年02月

本著作物《他最野了》，作者：曲小蛐，由北京晉江原創網絡科技有限公司授權出版。

國家圖書館出版品預行編目(CIP)資料

他最野了/曲小蛐著. -- 初版. -- 臺北市：英屬維京群島商高寶國際有限公司臺灣分公司, 2023.02
冊；　公分. --

ISBN 978-986-506-648-2(上冊：平裝). --
ISBN 978-986-506-649-9(中冊：平裝). --
ISBN 978-986-506-650-5(下冊：平裝). --
ISBN 978-986-506-651-2(全套：平裝)

857.7　　112000518